读客外国小说文库

熊猫君激发个人成长

钱德拉教授
想做一个幸福的人

[英] 拉杰夫·巴卢 著

刘国伟 译

江苏凤凰文艺出版社
JIANGSU PHOENIX LITERATURE AND
ART PUBLISHING, LTD

PROFESSOR CHANDRA FOLLOWS HIS BLISS

Rajeev Balasubramanyam

献给我的父母

01

　　那本应该是他人生中最重要的日子。他的小女儿贾斯敏从科罗拉多飞来，分享他的胜利。《金融时报》《华尔街日报》上已有几篇文章在提前祝贺他了。"就像百米赛中的尤塞恩·博尔特，"《金融时报》的文章中写道，"就像十一月总统选举中的克林顿夫人，这是一位不可能失败的赢家。"瑞典皇家科学院一向以他们的机密性和保密策略闻名，但这一次，就连赌徒也认为，2016年诺贝尔经济学奖非钱德拉教授莫属。

　　他那晚没能入睡，只是在床上躺着，想象自己该如何庆祝。当然会有人来采访他，例如美国有线电视新闻网、英国广播公司、天空电视台。结束后，他还会在贾斯敏登机之前带她去吃顿早午餐，也许还会允许她喝一两杯香槟。傍晚，学院会在剑桥的某个地方举办一场庆祝宴会。他的竞争者会到场。他们都是与他唱反调的人，是阴险小人、平庸之辈，但他会宽大为怀。他会告诉大家，无论是百万美元的支票，还是十二月份和瑞典国王共进的晚宴，于他而言都没有任何意义。真正让他高兴的是，他可以以此来回报一些人曾经给予他的信任。这里面包括他已故的父母、他信赖的同事，以及他过去的导师米尔顿·弗里德曼。在他还是个职位卑微的副教授时，米尔顿·弗里德曼曾在雪地里帮他换过轮胎。

那天上午，他已将获奖感言排练了十多次。他穿着睡衣，把一杯咖啡端到卧室，放在电话旁，然后舒展身体躺在床上，头枕着手，期盼着电话打来。一个小时后，他的女儿走了进来，发现他睡着了。

"爸爸，醒醒，"贾斯敏一边说，一边晃晃他的脚，"爸爸，你没获奖。"

钱德拉愣住了。他等这一刻等得太久了，吃尽苦头。他在海德拉巴获得学士学位，在剑桥获得博士学位，在伦敦政治经济学院获得第一份工作，在芝加哥度过令人精疲力竭的十年。返回剑桥后，又碰上2008年爆发金融危机，他的团队立即遭到中伤、怀疑，头上扣着屎盆子。而之后的每一年里，他都清楚地记得——尽管他的名字会先出现在评奖委员于四月份公布的初选名单中，接着再出现在夏天公布的决选名单中，但那枚十八克拉的金质奖章总是落入他人之手。他的苦日子本该在这一年到头，他所有磨难本该在这一年获得回报。

"我想问一下，这一次，那个幸运的获奖者是谁？"

"获奖者有两个。"贾斯敏说。

钱德拉一跃而起，把两个枕头推到他的背后，将老花镜戴到了鼻子上。

"名字呢?"

"想不起来了。"

"试着想想。"

"心脏和色拉酱肉[1],好像是。"

钱德拉哼了一声:"不是哈特和霍姆斯特罗姆?"

"是他们。我觉得是。"

"那明年又会是谁呢?星空和小屋?"

"我不知道,爸爸。有可能。"

"好了,那就这样吧。"他一边说,一边把被子拽过来,盖住身体。他意识到,假如不是他女儿来了,他也许会就那样躺着,一直躺到明年。

十分钟后贾斯敏回来告诉他,房子外面有一群记者。钱德拉没有换下他的睡衣,直接与记者们见了面,彬彬有礼地回答了他们提出的问题。女儿建议他邀请他们进来喝咖啡,于是他和四名当地记者坐在了餐桌旁。在这四名记者中,一名来自格兰切斯特公报,一名来自安格利亚邮报,两名来自坎布斯时报。

"我们非常遗憾,先生。"来自公报的年轻女人说。她看上去快哭了。

"那个奖应该是你的,"来自时报的男人说,他嘴里散发着杜

1　原文为"Heart and Stroganoff",发音和下文的"哈特和霍姆斯特罗姆"类似,此处是贾斯敏记错了,并且引出了钱德拉接下来的调侃:"星空和小屋"(原文为"Starsky and Hutch")。——译者注(本书中注释,如无特殊说明,均为译者注)

松子酒的气味，"我们原本希望今晚好好庆祝一番呢。"

"好啦，没事，没事。"他回答道，他被他们的善意感动了，"生活就是这个样子。[1]"

"获奖的应该是你，先生，"那个女人说，"真的应该是你。"

"嗯，没什么，没什么。[2]"他说。他希望自己能够停止说法语。他对这种语言一窍不通。"顺其自然吧。[3]"

在记者离开之前，他让他们相信自己为获奖者感到开心，并为一切都已结束感到高兴，期待明年能再次与他们相会。他的表演骗过了贾斯敏以外的所有人。那之后的整个上午，贾斯敏以一个十七岁女孩的残忍，反复问他："你没事吧，爸爸？你没事吧？"无论他说什么，她都不断地重复提问。终于，在去机场的路上，他发了脾气，喊道："我没事你难道看不出来吗？"

如果是在过去，他会认为贾斯敏的追问只是出于体贴和关怀，但他现在相信，她不怀好意，她终于染上了折磨家长的家族传统。不过，他还算是她的家长吗？毕竟，她现在已是妙龄少女，和她母亲在博尔德生活了三年。她母亲不仅把离婚归咎于他，还指责他导致了埃博拉病毒爆发和"博科圣地"崛起。

就在他回到家的瞬间，电话铃响起。慰问的电话如溪流一般，

1　原文为法语 "C'est la vie"。

2　原文为法语 "de rien，de rien"。

3　原文为法语 "Laissez-faire"。——编者注

流淌了整整一天。在那个星期的剩余日子里，还有零星的电话打来。剩下那个月，不少他几乎不认识的人会在街上叫住他，表达他们的慰问。这些男男女女明明连三个经济学家的名字都叫不出来，现在却好像指望这个活一样。

到了十一月，那种歇斯底里的劲头渐渐消失了，取而代之的是人们对美国选举的恐惧。到了这时，钱德拉才意识到，他多半永远也不可能获奖了。十年前，在那个孟加拉人施展其油腔滑调的魅力时，钱德拉获奖的概率就下降了。即使时光荏苒，又轮到一个印度人获奖，这个领域也已经发生变化。多年来，经济学家肆无忌惮，把他们的专业搞得晦涩难懂，用无法压缩的对数让一切都专业得要命，好让人们把他们当成神秘的先知，而非社会科学家。经济学现在差不多成了"穷人的"数学，但钱德拉仍用不好微积分，他觉得那应该是一个身无分文的研究助理的任务，他亲力亲为有失身份。

无论如何，他的右翼倾向已经让他成了斯堪的纳维亚人[1]不愿意奖励的对象。那个平庸的次-次大陆会认为这是知识和道德越轨的一个信号。那是自由主义者最令他讨厌的地方。他们不知羞耻地自以为是，仿佛人类的过失都是别人造成的，而他们无论做什么，哪怕是杀人放火，都是英雄壮举，都是为自由和正义服务。事实上，瑞典人连自由主义者都算不上。他们是中立者、弃权者，仿佛他们是有意选择不成为超级大国，来保持他们的客观公正。

钱德拉希望自己能有个瑞典学生，好让他狠狠折磨一番。但

1　这里特指瑞典人，因诺贝尔奖（除和平奖）每年在瑞典首都斯德哥尔摩颁发。——编者注

是，在他的学生里，与瑞典人最接近的也只是个操着美国口音的荷兰女孩。令人遗憾的是，她极其聪慧。因此，他继续授课，假装埋首于自己的研究，全然不觉史上居然有诸如诺贝尔奖这样微不足道的存在。

在学期结束后的某个星期三早上，钱德拉从他在格兰切斯特的家中出来，步行穿过草地，前往大学。只有在和学院院长共进早餐时，他才会这么做。他就职于冈维尔与凯斯学院，担任克利福德·H.道尔名誉教授。这是个终身教职，意味着教多教少随他意。与霍金教授相同，他是学院的固定装置，就像屋顶上的那群滴水嘴兽石像一样持久不变。

"早上好，教授。"门卫负责人莫里斯一边打招呼，一边碰了碰他的圆顶礼帽。

"早上好，莫里斯。"钱德拉一边说，一边接过了他的邮件。他的邮件包括最新一期的《经济学杂志》、六张茶会和宴会的请柬。他基本确定自己不会参加这些活动。

"院长在等你呢，先生。"莫里斯说，像很多门房那样，他能同时表现出谦恭有礼和颐指气使，"小心脚下。今天早上霜重。"

"好的。"钱德拉说。他步入了大树庭院。大树庭院因排列在小径两旁的"瑞典豆"树而得名。它们现在光秃秃的，挺着细长的枝丫。

院长室入口，一个穿着马甲、面无表情的仆人迎接了他，接过了他的大衣和围巾。钱德拉穿过走道，进入餐厅，发现院长正在火炉前阅读《泰晤士报》。

"很高兴见到你，钱德拉。"院长说。他每次叫钱德拉的名字时，好像总是以"枝形吊灯[1]"的发音开头，然后才回过神来。

"也很高兴见到你，院长。外面真是天寒地冻。"

和众多英国知识分子一样，院长只将暖气打开一点，让家里像半生不熟的牛排那样不冷不热。他声称这有助于"改善头脑"。

"寒冷的日子到了。"院长说。他这话很可能在暗示美国选举。

"的确。"钱德拉说。

院长看起来比实际岁数要年轻一些。他一头浓发，上了润发油，向后梳着。他的眼睛湛蓝，只是瞄准的方向不同。他多年前是个跨栏运动员，参加过奥运会，后来一个对手把沙砾踢到了他脸上，致使他右眼失明。有传言说，他在二十世纪七十年代初去过肯尼亚，当过伊迪·阿明[2]的径赛私人教练。从他脸上饱经风霜的皱纹不难看出，他是个阅历丰富的人。

院长把他领向了餐桌。餐桌大得足够四十人用餐。钱德拉依旧喜欢这餐桌周围的环境，喜欢墙上挂的荷兰大师的画作、站在门边的仆人，喜欢加在一起差不多值五十万英镑的光滑的银质刀叉、银质汤碗。通常，他们的谈话与经济有关，而钱德拉得充当一个治疗师的角色。他会用温和的语气告诉他五年内英国不会成为一个第三世界国家。

"那么，你的情况怎么样，教授？"院长问道，"从你的小失落中恢复了吗？我必须说，我们都非常遗憾，你没有成为我们的第

---

1 原文为"chandelier"，和"钱德拉"原文"Chandra"的发音接近。
2 伊迪·阿明（1925—2003），乌干达独裁者。

十五位。"

到目前为止，学院已出现了十四位诺贝尔奖得主。老实说，一些消息比较灵通的同事，在年初就开始把钱德拉说成是"第十五位"。现在，他们不这么说了。

"噢，我很好。"钱德拉说。他把他的咖啡杯推向仆人，并顺势对仆人要给他拿新鲜草莓的提议点头表示同意。那些草莓正好可以配着羊角面包吃。

"但最近几个星期肯定挺难熬的，是吧？"院长说，"有些压抑？"

"噢，哪有！"钱德拉说，他现在已经习惯了整个周末都不起床，"我一般不把这些东西太当回事。奖章不过是过眼云烟。"

"是呀。"院长说，他放下餐刀，然后挠了挠头，"是呀，的确是这样，可……这个奖章多少还有些精美。一些人似乎认为，你最近可能多少有些不高兴。"

"他们真的那么认为？"钱德拉问道。他感觉院长话里有话。

"不瞒你说，有人投诉。"

"谁投诉？"

"学生，"院长说，"主要是本科生。"

"哦。"钱德拉说，心情放松下来，"哦，我知道了。"

"是的，你好像说了一些比较粗鲁的话。当然了，他们根本不知道你经历了什么，但有几个学生不太好受。我的意思是，这通常来说是系主任的事，但考虑到是你，我觉得我最好亲自和你谈谈。"

"我很抱歉，院长，"钱德拉说，"可我真想不起来我说过什么粗鲁的话。"

"是的。"院长一边说，一边拿出了他的笔记本——这可不是个好兆头，"哦，他们有些人有点儿太敏感了。有个女孩子，你好像当着她同学的面一再说她是个'白痴'。在她的描述中，你还将她的'白痴'归因于合理的智力差异。"

"是的。"钱德拉说，那件事他记得很清楚，"你看，院长，我对我的学生一向比较宽容。我不指望他们严肃对待专题报告，我不反对他们抄袭我的书来写他们的论文，但我真的希望他们承认基本经济事实。这个女孩子把凯恩斯乘数描述成'涓滴效应神话'。这不是你可以有自己的见解的东西，院长。这是一个事实：如果公司获取的利润较高，那么他们就会投入更多资源，因此就业也会增加。人可不能走入一场暴风雨，然后说，'在我看来，太阳明晃晃的'。但是，我们现在谈到的这个女孩正是这么做的，于是我就指出了另外一个事实。"

"说她是个白痴。"院长说。

"是的。"

"嗯，当然了，我很理解。但是在当今这个时代，我们会说'白痴'这个词在政治上有点儿不正确。"

"即使我们谈到的那个人真的是个白痴，也不行吗？"

"如果那个人真的是个白痴，更行不通。"院长说着便微微一笑，不过，他的笑会让人以为他是牙疼，而非高兴。"这么说吧，钱德拉，你最近心情郁闷，这可以理解。当个经常在媒体上露脸的名人不容易，加上那么多人抱着那么多的期待。所以我觉得你也许应该休个短假，休个轮休假也可以。事实上，我们当中不少人也是这么想的。当然了，这要看你的意愿，我们绝不会强迫你的。不过，你可以好好考虑一下。"

"我不想休假。"钱德拉说。

"可它值得你考虑，不是吗？"

尽管钱德拉根本不打算那么做，但他还是点了点头："是的，值得考虑。"

"那就好，这个问题就不说了。"院长说，就在此时，仆人端着熏猪肉、鸡蛋、烤面包进来了。"我们聊聊经济，好吗？"

在接下来的半个小时里，院长表达了他对英国脱欧、信贷紧缩、中国经济增长放缓的担忧，询问这是否会让世界"漂在粪坑上"。这个问题真不好回答，因为它相当于在问"我会在接下来的五年里死掉吗"，或者是"我们会在赛艇比赛中获胜吗"。从微观经济方面来看，正确的答案应该是"难说"，但这样一来，钱德拉就没时间吃完第二个鸡蛋了。第二个鸡蛋煮得好极了，依旧如丝般柔滑。他决定尽可能表现得积极一些。对付诸如此类的情况，这一向是个好办法。

"真是难以想象呀，"他说，"当美国打喷嚏时，全世界都感冒。说到底，这是个资本控制问题。"

"嗯，这真是令人宽慰，不是吗？"院长一边说，一边拂去他裤子上的面包渣，"听到真正懂行的人这么说，我就安心了。"

"不用客气。"钱德拉说。

"我只是搞不懂贫困。"院长说。他换了个话题。这个话题有可能永远也扯不完："我们是能够养活全世界的，可看看我们都干了什么。这真是荒唐呀，钱德拉。我的意思是，这种状况究竟能不能被改变？我们究竟能不能恢复理智？"

教授深深地吸了一口气。

"肯定能。"

"那就好。"院长说。

他们握了握手。钱德拉大步走进门厅，拿了他的大衣和围巾，走了出去，走进了十一月的凛冽寒风中。他之所以回答得那样斩钉截铁，并不是因为他反感贫困问题（他并不反感），而是因为他和一个学生约了见面。他现在已经迟到二十分钟了。

他步履匆匆地穿过草坪（一种只有教师才享有的特权），走出学院大门（即所谓的"谦卑之门"）。冈维尔与凯斯学院有些离奇，因为它被道路一分为二。在横穿三一街时，他几乎没有注意游客和骑自行车的人（他一贯如此）。然后，他跳上了木质旋转楼梯，朝他三楼的房间走去。

他带的博士生拉姆·辛格正坐在楼梯平台上，眼睛盯着手机。他的学生似乎都这样，总是用手机来打发漫长的清醒时光。

"对不起，拉姆，"钱德拉说，"抱歉。"

"没事，教授。我也迟到了。"

"那就好，很好……那究竟是个什么？"

拉姆·辛格的胳膊下夹着一本《傻瓜统计学》。

"就是一本消遣读物。"

钱德拉打开门，叹了口气。他实在搞不懂，一个全国一流大学的经济博士生，为什么要读那种蠢得要命的书？但是，这正是问题的根源所在——畅销书试图通过对专业学科"去术语化"来打破知识壁垒。这种想法虽说是出于善意，但未免荒唐。别人花很多年才掌握的东西，你是不可能在三个小时内学会的。无论公众喜欢与否，知识依然重要。经济学仍旧是专家的菜，而不像他三十四岁的儿子苏尼总爱说的那样——"不过是些常识"，仿佛随便哪个阿猫阿狗都能当剑桥的克利福德·H.道尔名誉教授。

"德里怎么样？"钱德拉问道。他在房间里踱步，把书从沙发上拿走，冲咖啡，给他的吊兰浇水。这些都是收拾宿舍的人忘了干的事情。

"德里还是那个老样子，"拉姆·辛格说，"没什么变化。啤酒越来越贵了。"

"实地调查呢？"

"实地调查真是太棒了。我获得了大量数据。只是有个问题……"拉姆拍了拍他的《傻瓜统计学》。

"嗯，看来我们没多少可谈的，"钱德拉说，"很高兴看到一切进展顺利。"

"还是关于巴西的问题。"

拉姆·辛格的学位论文打算比较古吉拉特邦和他坚持称作"特洛伊[1]"的地区的经济表现。他总在谈话中不经意地插入这个词汇

---

1 原文为"TROI"，与特洛伊的英语单词字母相同，但它其实是"The Rest of India"（印度其他地区）的首字母缩写。

"如果你审视特洛伊的平均增长率",而钱德拉在这种时候首先想到的是阿伽门农和一千艘船,然后才会想起来拉姆指的是"印度其他地区"。

"巴西,没错。"钱德拉说。

这是一个他们争论了几个月的焦点。他们都知道,巴西之所以突然变得对那篇学位论文那么重要,是因为拉姆·辛格的女友,也就是贝蒂娜·莫雷拉小姐,一年前回到圣保罗去了。

要获得额外的研究经费,拉姆需要钱德拉的支持,但到目前为止,钱德拉一直都不太同意。钱德拉突然想到,拉姆说不定就是告密者之一。毕竟,就在上月,钱德拉还错误地引用丘吉尔的话对拉姆·辛格说,只要他"再多那么一点儿脑细胞,他就只算半个白痴"。

"好吧,如果你能得到那笔钱,为什么不呢?它会让你的学位论文改头换面,工作量就不要提了,但如果你觉得有必要……"

"你的意思是,你会给我写一封推荐信,先生?"拉姆说。

"嗯,我觉得你可以把它当作决策失误的例子,因为正如你知道的那样,巴西的信用评级就要变成垃圾了。"

拉姆·辛格笑嘻嘻地记着笔记,钱德拉假装没有注意到这一点。

"当然了,"钱德拉接着说,"要考虑世界杯、奥运会等因素的影响。所有这一切都会带来不同的结果。"

听到世界杯,拉姆不由得舔了舔嘴唇。他上次的"研究之旅"碰巧与世界杯时间重合了。

"你的头几章不妨集中于上世纪九十年代，然后引入莫迪。就现在来说，这应该够了。"

"谢谢你，教授。"拉姆说，几乎要做出鞠躬的姿势了，"我的家人让我代他们向你问好。"

"噢，是吗？"钱德拉说，"不胜感激。"

"是的。我父母表示，你下次去德里时，一定要去我家看看。我相信你会喜欢那些狗狗。我一直都很想念它们。"

"狗狗呀，好的。"钱德拉应道，尽管事实上他讨厌任何长尾巴的东西，"挺好的。"

"对了，先生……"只有来自印度次大陆的学生才称呼他"先生"，就连那些对其他导师直呼其名的学生也是如此，"我忘了表达我的遗憾了。对于诺贝尔奖，希望你不要过于烦恼。"

"哦，我已经忘光了。如果我干这行就是为了获奖……"

"是的，当然了，我完全同意。"拉姆·辛格说。他自己是为了钱才入行的。

"那好，你今天能来一趟挺好的。"

这句话无论如何都不能当作一次辅导的结尾，因为这样一来，拉姆好像就只是过来归还割草机的延长电缆一样。一些人甚至可能会说这违反职业道德，但那些可恶的领导可能不知道，两年前，当他的学生去巴西见女友时，差旅费差不多都是他掏的。

"我会尽快开展工作。"拉姆说。他个别词的发音有些不准。

拉姆识趣地离开了。钱德拉打开电脑，盯着书桌上那越积越多的书。他想起刚才煮的咖啡，便把牛奶倒进了那个写有"保持冷静，研究经济学"字样的杯子里。那是他的长女拉达送他的礼物，在把他逐出她的生活之前。他想，他真的应该请拉姆喝一杯。但是，先提起诺贝尔奖的是拉姆，这意味着拉姆已经没什么重要的事要说了。

该死的诺贝尔奖。他们总是摆出同样的面孔，仿佛在努力劝说一个两岁的孩子把枪放下。

钱德拉坐到沙发上，把脚搁在咖啡桌上面。当他和珍妮已覆水难收，他就陆续把他的整个生活转移到这些房间里。而他的全部生活也不过是孩子们的照片，以及那张他从没站过的"站立式"办公桌。他在那张红色的切斯菲尔德沙发上睡过几个晚上，穿着睡衣、拖鞋进行过不止一次辅导。但是，珍妮刚搬到了科罗拉多时，钱德拉大多数晚上还是在家里度过的。他谢绝晚宴邀请，以便可以看看电视，或读一些他不敢带到学校教职工宿舍的小说。他现在渐渐明白，他不仅离婚了（用中世纪英国人的话说，那是一种极其严重的犯罪），还成了孤家寡人（这个词远远谈不上稀奇古怪）。格兰切斯特的那座小屋的屋顶盖着黑茅草，房梁是十七世纪的，过去充满了孩子的身影和欢笑，现在却成了一个悲情隐士的幽暗居所，里面住着印度的哈维沙姆小姐、一位名誉教授，以及一张外卖菜单。

他有时候想，那一大堆以他的名义发出的信件，与安吉拉·默克尔、纳伦德拉·莫迪共进的晚餐，对戈登·布朗和拉里·萨默斯表达钦佩之情的便条，这一切难不成是一场巨大的骗局？它们就像那些在一英镑商店里买的假奥斯卡雕像。这些雕像被颁发给雇员，上面刻着"世界最佳照片复印者"或"银河系最佳灯泡更换者"。等他死了，只有他的著作会留存下来。直到石油和煤炭枯竭、人类在火星上建立第一个定居点，这些著作才会过时。

钱德拉教授是世界上最著名的贸易经济学家，可以随时给任何国家的财政部长打电话，而他们也不会拒接。然而，如果全世界对他的艳羡不过是他自己的想象呢？如果他们其实是在可怜他膨胀的自我，可怜他的萨维尔街套装，可怜他浓重的印度口音呢？

他的妻子早就离他而去，他的孩子也是。假如他获得了诺贝尔奖，生活将一如既往，几乎没有任何盼头。经济学领域必读的书籍，他似乎都已经读过了。他的职业目标只剩下了超过对手，获得他应得的认可，但就是在这个问题上，他遭受了致命一击。

他放下咖啡，大步走出房间。他不知道自己究竟要去哪儿，只知道唯有如此，他才不会坐在沙发上，一直坐到吃午饭。他厌恶自己的生活。

他来到三一街上，左转，朝铜壶酒吧走去，想着喝一杯早间的佳酿，上午也许就会快点儿过去。本科生们骑着自行车路过，叼着香烟，围着学院的围巾，准备去上第一节课。在国王学院外面，为了捕捉那座著名的、有五百年历史的小教堂，来自波士顿、东京、香港的游客正在摆弄巨大的尼康相机。

国王学院坐落在城市中央，仿佛霸占了所有的阳光。这是钱德拉最不喜欢的学院，相当于知识界的迪士尼公主，朝那些狗屁不通的游客摆动着她的睫毛。游客们会问"大学在哪儿"之类的问题，直到有人给他们指出国王学院的方向。接着他们会拍几十张照片，然后怀着"已见过剑桥"的满足回家。当然了，在经济学这个领域，剑桥拥有许多值得自豪的名人，如琼·罗宾逊、J. K. 加尔布雷斯，以及凯恩斯本人。但是，现在的校园里充满了半吊子的本科生。他们相信，他们牺牲休学年来帮助的非洲人之所以贫困，都是因为钱德拉这样的人。不过，这个时代就是这样看待教育的：那些受过正规教育的人用它来耍无赖，那些没受过正规教育的人又觉得它不过尔尔。

钱德拉来到了西姆斯先生甜品老店。尽管本周已经采购过了，他还是走了进去。迎接他的是一个年轻的女店员。她围着围裙，戴着玳瑁色眼镜。他原本确信自己从没见过她，直到对方与他打招呼："上午好，钱德拉教授。"

"上午好。"

"今天过得怎么样？"

"哦，不错。"钱德拉说。这简直就是撒谎。

"想买点什么？"

他一般会买两百克小熊软糖，足够吃上一个星期，但今天特殊。

"那就给我拿五十克的巧克力小熊软糖吧。"

"好的。"那个女人应声后，开始从她后面的一个罐子里拿出软糖，往一个纸袋子里装。

"天气真冷。"她一边说，一边把他要的东西放在柜台上。

"太冷了。"钱德拉一边回答，一边递给她一张五英镑钞票。随后，他的手机响了。他开始了他老一套的做法，一边依次拍他的每个口袋，一边嘀咕："技术越先进，麻烦越多。"他终于找到手机，接起电话，问了声："哪位？"

"先生，"在电话那头，一个操着印度口音的人说，"您之前对一款内存16G的三星银河J5智能手机感兴趣。来电话是想询问您是否考虑购买一款呢。"

"我对这个不感兴趣。"他一边回答，一边接过找他的零钱。

"先生……"

无论他按了多少按钮，钱德拉似乎一直没办法挂掉那个电话。他把手机放进了衣服里面的口袋，但尽管如此，他仍能听到在手机里哀鸣着的"先生"，就好像一个小妖怪被困在了他的翻领下面。

"谢谢你。"他一边冲店员喊着，一边走了出去，来到冬天的阳光下。

只要再走上几米，就可以到铜壶酒吧，喝一杯上好的里奥哈葡萄酒，但钱德拉已经注意到，路对面有个学生正在看他。他立即认出她就是那个白痴。她刚开始还一脸难过，现在却在以那种"后嘲讽"的方式微笑。这种方式总是让他不知所措。在和院长见面后，他觉得自己需要向她解释一下。

他刚走到道路中间，突然听见店员大喊："教授！"他抓着他的小熊软糖，回过头去看她。

"嗯。"他一边应道，一边转过身去。就在此时，他听见那个白痴喊道："当心！"

他又把身体转过来，但已经来不及了。

自行车已经拐弯，车闸已经按下。除了听之任之，骑手已无可奈何。车把就像一头猛兽的两只角，从后面卷住了钱德拉的腰。骑手戴着头盔的头撞上了钱德拉的背，结果他们俩都在空中翻了个跟头，倒在柏油路面上。教授先倒下，年轻的骑手后倒下，自行车则倒在了他们身上。

几分钟内，钱德拉的眼前一片漆黑，他突然觉得，说不定他已经死了，但这不切实际。他嘴里流血，耳朵能听见声音。有人正把自行车从他身上拽下来。等他睁开眼睛时，他发现身边围了一群人。他们都低着头，看着他。

钱德拉从没想过他会死在剑桥。他总是想象自己死在印度，也许是在河边，四周围着哭泣的孙子、孙女，而不是喜气洋洋的同事、蠢到家的学生和游客。围着他的人中，一些人正在拍照。

"教授！"一个刚到"后青春期"的声音尖叫道，"你这是出交通事故了吧？"

他想说："该死的！当然了。"只有本科生才会问这种愚不可及的问题！但是，他嘴里的血太多了。

他躺在那里，等着医护人员的到来。一半的学生似乎都聚了过来，要围观P. R. 钱德拉塞卡[1]教授卓越人生受到的终极羞辱。有一些学生哭了，不过他怀疑，另外一些学生正在隐藏洋洋得意的笑容。即使现在，他还是很难相信，除了嘲笑他未能加入那些诺贝尔奖得主之列，这些人还能干出什么好事。诺贝尔奖得主的名字他已牢记于胸，迫不得已时还会把它们像咒语那样一一列举出来。不过，

---

1 钱德拉的全名。

那当然不是真的。在他们眼里，他只是一个躺在道路中间流血的老人。他们怎么可能知道，他的人生遭遇过那么残酷的打击？

"生活就是这个样子。[1]"他对自己说。他挣扎着，想甩掉盖在他鼻子和嘴巴上的氧气罩。"生活真的就是这个样子。[2]"

1　原文为法语"C'est la vie"。——编者注
2　原文为法语"C'est la bloody vie"。——编者注

02

第二天早上，钱德拉教授在一间单人病房里醒来，浑身疼痛——从隐痛到剧痛。他肋骨挫伤，左手腕因为试图阻止摔倒而扭伤，脊柱受损。他必须被立即转移到手术中心，让医生重新对齐他的脊柱。他还遭受了一场"无声的"心脏病发作，这大体上可以解释他较早时候为何情绪不佳。他的秘书、几个同事，还有国际经济学团体的大部分成员都给他发来了卡片，祝他"早日康复"。在科罗拉多的贾斯敏给他发来了电子邮件，他在德里的弟弟也发了（真是稀罕）。苏尼、他的长女拉达则对他不闻不问。拉达的表现其实一点儿也不新鲜，他痛苦了两年，却从没收到过她的只言片语。

贾斯敏的电子邮件里包含着一首短诗，这让他不禁微微一笑：

爹地，我们关心穿着病号服的你

你把我们吓着了，以后可别再这样子

左看看，右瞅瞅，然后再走到路对面去

千万当心，你要……

照顾好自己，把身体养得棒棒的

笑口常开，多多休息

把胆固醇降下来，精气神提上去

如果非要吃咸猪肉，拜托不要放到油锅里

　　他怀疑这首诗里面最初包含"死掉"这个词，但尽管如此，贾斯敏还是让他笑了。珍妮也写了几行，用那种独一无二、既直接又委婉的北方英语暗示，这注定会发生——是迟早的事；假如他能够不只想着工作，那么不仅可以避免出事故，别人也能跟着沾光，在生活中少遭罪。但是，好在他没死，她也就放心了。她关心他，虽说她关心的方式会令大多数心理学家感到困惑，因为她的方式和同情与关爱扯不上边儿。

　　护士进来时没有看他，仿佛可怜他形单影只。其他病房里可能布满了亲戚、鲜花，以及在手绘吉他上弹出的跑调的歌。整整一天后，他的儿子才从孟买欧贝罗伊酒店大厅打来电话。就像珍妮那样，苏尼也认为钱德拉出事故完全是自找的。不过，他采取了另外一种方式，认为那是所谓的"同时必然性"。

　　"这都和头脑有关，"苏尼说，"我们制造了我们的现实。"

　　苏尼在中国香港经营着他自己的学院。这个学院名叫"头脑事务研究所"，非常成功，重视"积极思考"和"金融因果报应"，是一种被描述成"资本主义的神秘主义"的意识形态的产物。苏尼总是穿同一件带尼赫鲁[1]领子的黑上装，搭配白T恤和运动鞋。他也戴眼镜，不过就钱德拉所知，他的视力很好。有时候，他的声音带着一种清晰的印度腔，又和他父亲的印度腔不一样。虽然钱德拉不愿意承认，但苏尼的确成了他的对手。他之所以那么想获得诺贝尔奖，就是想让他的儿子永远把嘴闭上。

"苏尼，"钱德拉说，"如果你想告诉我，要积极思考，那我现在就把电话挂了，我发誓。"

"听见你语气这么乐观向上，我真高兴，爸爸。"

"你有拉达的消息吗？"

"最近没有。"

"这么说，她不知道？"

"她知道。"

"那你是从她那里听说的？"

"我通知了她。"

"让她给我打电话，苏尼。"

这是别人背着钱德拉作出的安排。他们都知道拉达在哪儿，但为了尊重她的意愿，又都发誓保守秘密。他最初曾谎称自己中风了，但一家人都表现得很坚决，其中包括贾斯敏。他没有拉达的电话号码，她也不回他的电子邮件。就算是现在，他住进了医院，那种安排仍牢不可破。

"我有可能死掉，"钱德拉说，"我有可能死掉，可我的大女

儿不在乎。"

"你不是没死吗，爸爸？"

"可拉达不知道。"

"她知道，"苏尼说，"我对她说了，说你没事，爸爸。"

钱德拉喜欢这样想：假如拉达此时进了门，他会先叫保安，然后背对着墙。但是，他们都知道，这不可能。他想念她。

"我有心脏病，苏尼，"他说，"随时都会死。把这一点告诉她。"

"这正是身体想要告诉你的事，你该变变了。只要听医生的话，心脏病就再也不会发作了。相信我，爸爸。你没事。"

"我六十九岁了，苏尼。天天都有比我年轻的人死去呢。"

"只要他们能掏得起钱，住进好医院，就不会死。"

"我有可能撞坏我的车。"

"你已经买了一辆沃尔沃，"苏尼说，"那差不多就是一辆坦克。"

"我有可能吃枪子儿。"

"在剑桥吗？"

"我不想和你争论这个，苏尼。你不会想对我说我死不了吧？"

"从理论上来说，那是不可能的，但你活到至少九十岁不成问题。如果不是在贫民窟或公营小区长大，那么我们这一代都会活到一百岁。健康技术在进步，你自己也有可能活到一百岁，因此我不会担心。不仅我不担心，拉达也不担心。担心就像——明明未来还没来，你就试图活在未来。"

"这么说，只要我们活着，一切就很好，是吗？那我们就根本用不着再见面了。我只要能每年发个邮件，说一声'我很好'就行了，我们就可以继续在宇宙中畅游。"

"爸爸，不要这样嘛。我一直盼着你来香港看看呢。"

"我会的，"钱德拉说，"我以前太忙了。"

"那就好，爸爸。我知道你以前工作忙。"

苏尼一直设法让他感到内疚，真是不可思议，这几乎不可能。苏尼的问题在于，他羞怯、脆弱、缺乏安全感，但外在表现却恰恰相反。他假装出来的泰然自若，差不多把每个人都骗了。

"好了，苏尼。谢谢。谢谢你打电话来。"

"不用客气，爸爸。照顾好自己。"

钱德拉戳着他的电话，把每个按钮都按了一遍。他能听见苏尼正在操着结结巴巴的印地语说话，强忍着把电话丢到"系里"（他的秘书）送的那一大束郁金香上的冲动。他看着手腕上无人注意过的脱皮，想给贾斯敏打电话，只是她从来不接，但会在几分钟后发来短信说："你打电话时我不在。一切顺利吧？"他会回复说："是的，你呢？"她然后说："一切都好。贾××。"

贾斯敏最近收到了她的学术能力评估测试结果。无论他怎么恳求、喊叫、搞情感敲诈，她都不愿把她的分数告诉他。她只会说她"考得一塌糊涂"。不幸的是，他相信了她。她的哥哥、姐姐每次参加考试都考高分。她与他们不同，从来都不是个脑子好使的学生，总是需要额外辅导，但钱德拉并不太担心，因为她一直都是一个快乐、可爱的女孩。直到最近，就连这一点也变了。

在离开医院之前，钱德拉做了个全面体检。他的医生克里斯·钱尼和他讨论了检查结果。钱尼是个美国人，三十二岁，穿匡威运动鞋，牙齿闪亮，留着精心打理过的、有些做作的胡茬儿。

"你必须非常严肃对待这一点，"钱尼医生说，"隐性心脏病发作同样致命。你至少需要休息两个月。"

钱德拉笑了。钱尼医生显然不知道他是谁。

"蛋黄酱是不能吃了，"钱尼医生接着说，"奶制品也不要吃了，当然了，还有红肉。"

"明白。"钱德拉说。

"红葡萄酒、白面包、薯片、法式炸薯条、咖啡里的糖、咖啡因……"

"如果我连咖啡都不能喝，那你对我说不要在咖啡里加糖还有什么意义？"

"你可以喝不含咖啡因的咖啡。"

"我懂了。"

"氢化植物油、反式脂肪、高果糖玉米糖浆、白面、白米，尽量也不要吃。不过，这些是非强制性的。面包和土豆最好也要忌口。还有，要戒烟。"

"我戒了。"

"我说的是戒掉，不是减少。"

"戒多久呢？"

"还有锻炼，"钱尼医生说，"这是个大问题。你一定要锻炼，必须锻炼。但不必太过激烈，你不是要加入英超。有规律地散步就很好。如果我是你，那我就会增加一点儿稍微需要耐力的运动，比如游泳。你会游泳吗？"

"几乎不会。"

"那瑜伽呢？"钱尼医生一边说，一边意味深长地看着他。

钱德拉叹了口气。当多数美国人还不知道瑜伽为何物时，珍妮早就在芝加哥对其着迷。如今人人都练瑜伽，其中包括共和党人、艳星和连环杀手。他们不在乎他会不会说梵语术语，但认为他是来自次大陆的"进口货"，拥有天生的优势。所以钱德拉只陪着妻子上了一堂瑜伽课，就决定让他的狗狗最好水平地卧在沙发上，"看"一本迪克·弗朗西斯的小说，而不是面对向上或向下的运动（在他郁郁寡欢的日子里，他觉得，这也是珍妮离开他的原因之一）。

"我觉得经文[1]已被世俗世界误解了。"他回答说。

"普拉提一直都有，如果你愿意的话。"钱尼医生说，"你经常做普拉提吗？"

"不太多，不多。"

"可这不仅仅关于锻炼，还关系到你对生活的整体态度。你需要减少一切活动。少工作，多轻松，度度假，多晒晒太阳。做你喜欢的事，但也要适度。压力虽然是肉体上的，但它的源头大多是精

1　原文为"sutras"，显然被钱尼医生误听为"Pilates"（普拉提），所以他才说了下面的话。

神上的。稍微放松一下，你懂的……"

"放松点儿？"

"正是如此。我也知道，说起来容易做起来难。我的意思是，托上帝的福，我是个医生。我们花时间告诉病人要放松，然后我们一个班要上十八个小时。现代生活就是这个样子。也许生活就是这个样子。我们做不到时时刻刻都保持淡定。我肯定不能。我要养活两个小女儿，还有房贷要还，但你在你那一行已经拔尖儿了，教授。就连我都听说过你。你都过了退休年龄了。你需要放松，需要退休。诸如此类的，我能给你列整整一张纸的活动。香熏治疗、灵气治疗、针灸治疗、漂浮室……就这么列下去。然后呢，还有冥想。"

"我的工作就是我的冥想，"钱德拉说，"一码事。这是本体论。"

"我相信。"钱尼医生说。

"不知道。"钱德拉说，"你们在加利福尼亚怎么说？"

"你要追随你的天赐之福。如此而已。"

"这么说，你是从加利福尼亚来的，钱尼医生？"

"还是喊我克里斯吧。"

"克里斯。"

"我在那里出生，长大，不过我在西雅图生活过几年。"

钱德拉的妻子就是在西雅图认识了儿童精神病专家史蒂夫。想到这一点，他不由得皱了皱眉。

"不过圣迭戈的阳光肯定比西雅图的更灿烂一些。"钱尼医生说。

钱德拉望向了窗外。那是十一月末。虽说已经离开印度四十五年，但他还是忍受不了冬天。即使是十月份，他也会挨着暖气片，缩成一团。他的同事们则优哉游哉，仿佛是在巴哈马参加使馆舞会。等到夏天终于到来，他又担心冬天重返，为冬天的到来作着准备，战战兢兢得就像他的腹腔神经丛被典狱长重重打了一拳。

那天晚上在家，钱德拉拿出了他那本老兰德–麦克纳利地图册。那是他在时代广场买的，时间是1982年新年前夜。苏尼就是那一年出生的。他觉得钱尼医生说得对，他需要去个温暖的地方，但不会是澳大利亚，因为短吻鳄在那里的大街上自由游荡，讲课时要穿游泳裤。

他想到了佛罗里达，但佛罗里达离贾斯敏所在的科罗拉多太远。此外，他仍在怪罪那里的选民没给多少了解一些经济学的希拉里·克林顿投票。另一个傻瓜就不用提了，就算把需求曲线画在他塞满了比萨饼的肚子上，他也不见得能明白那是什么。不，钱尼医生说得对，要去就去加利福尼亚。

钱德拉讨厌圣弗朗西斯科，讨厌它天寒地冻、雾气蒙蒙的气候，讨厌伯克利那些奶嘴男。他们一年交三万美元的学费，却举着标语牌，抗议收入不平等。不，要去就去洛杉矶。洛杉矶一向天气温暖。那里的人们是现实主义者，很会享受生活。他闭上眼睛，脑海里浮现出一系列聚会，还有开着敞篷车去马里布，车载音响放着多丽丝·戴的歌的画面。

加州大学洛杉矶分校里钱德拉没有一个认识的人，但他的老同事菲利克斯·雷迪森现在是位于奥兰治县的加州大学贝拉分校的教授。贝拉分校在洛杉矶南面，相距一个小时的车程，是一个更好的选择，而且那里远离妓女和瘾君子，没被污染的天空星光灿烂。到了一天结束时，他还可以喝着上好的纳帕谷索维农葡萄酒，眺望大海。当然了，博尔德离这里也没多远，短途飞行即可抵达。

　　几天后，他打了通电话。

　　到了圣诞节，一切已安排妥当。钱德拉将在一月末动身。他的正式职位是加州大学贝拉分校杰出访问教授，只要偶尔在剧场里给满目崇敬的助手和心怀嫉妒的同事讲讲课，就行了。

　　钱德拉原本想早点过去，但钱尼博士警告过他，让他至少两个月什么都不做。于是，他在圣诞期间一直一个人待着，甚至忘了参加系里和学院举办的圣诞晚宴。苏尼说他可能会来，但最后却因为太忙来不了（钱德拉在圣诞节给他打了两次电话，确定他真的没在博尔德）。贾斯敏也决定不来，因为她计划在一月份重新参加学术能力评估测试。不过，就钱德拉所知，那样就赶不上大学申请了。她坚持说，已经有几所大学答应她推迟申请了。但是，当他询问那些大学的名字时，她对他说是"霍格沃茨"。他在网上查了查，然后才意识到，她骗了他。

　　在一月份的头几个星期里，他一直试图推迟他的新书的准备工作。这本书将会就左翼对右翼的批判进行批判（基本上是老生常谈，只是更加尖酸刻薄而已）。他拒绝采用"自由贸易的重要性"

之类的标题，想采用比较乐观的标题，如"财富礼赞"，或"我们为何需要公司"。自由主义者会因此恨他，但他不在乎他们说什么。他已经放弃努力，再也不想和左翼那帮幼儿园的小朋友对话。

不干不知道有多困难，他终于还是把他所有的笔记、铅笔、橡皮都塞进了冰箱。一个星期后，他却发现，它们和一袋冻菠菜冻在了一起，活像一种危险的新生物。

于是，他开始待在床上看电视，一口气看完了第一季的《老友记》，终于明白了他的孩子在上世纪九十年代开的那些玩笑。它讲了六个小青年的故事。他们虽然滥交，却又非常保守，生活入不敷出，虽然受过教育，但缺乏任何抱负、动力、才智或常识。他们在经济学方面是白痴，不过百分之九十的本科生也是如此。

启程前几天，他给珍妮打了电话，对她说了他即将休假。他不知道自己为什么拖这么久才通知她，但他突然想到，她也许会生他的气，她也许更愿意他待在五千英里之外，隔着大洋。但是，事实证明，情况不是这样。

"这对贾斯[1]会有帮助，"她说，"她简直变了个人。我知道她以前闷闷不乐，但她现在十几岁了，正在发育。上帝呀，我知道女孩子是什么样子，可现在不一样。我管不了她，查尔斯。"

二十世纪七十年代，在伦敦政治经济学院，由于人们发现"钱德拉塞卡"不好发音，他曾坚持让他们都喊他查尔斯。但是，随着声望日隆，他已不再坚持这样的要求。珍妮是唯一从没换过称呼

1　贾斯敏的昵称。

的人。

"我不知道怎么说，"他说，"我一头雾水。"

"是呀。"珍妮说，语气并不冷漠，"你怎么可能知道呢？"

"你应该告诉我。"

"我这不正在告诉你吗，查尔斯？"

他想说的是，她应该早点告诉他，问题一出马上告诉他，而不是拖几个星期。但是，一旦话不投机，珍妮往往会挂断电话。老实说，他们已经好一阵子没有深聊过了。

"她和别人说话吗？"他问道。

"当然说了，"珍妮说，"这儿是美国。她去学校的时间少了。"

"还有吗？"

"还有史蒂夫。他一直乐于和她说话。嗨，别摆出那种脸色，查尔斯。那是他的工作。"

他一直是这种脸色呢。

"我想问问，"他说，"去学校心理医生那儿起作用吗？"

"嗯，她讨厌他。史蒂夫说这是好事，因为她至少在发泄她的怒气。"

"你是怎么想的？"

珍妮叹了口气。无论他什么时候提起贾斯敏，珍妮都会叹气。

"听着，查尔斯，我们的离婚动摇了她的整个生活。她还是个青少年，对此非常愤怒。这是个难题，也是真实存在的问题。我们做父母的要解决它。为人父母不就该这个样子吗？我们不能听之任之。"

钱德拉捧着脸。"我到了洛杉矶后会陪陪她。"他说,"让她烦心的是学术能力评估测试。会好起来的。我们要让她上一所好大学。"

"她不是你,查尔斯。对她来说,上大学不是人生的意义。"

"我会和她谈的。"他重复了一句。

"和她谈谈。"珍妮说。

"知道了,"钱德拉说,"到了洛杉矶,我们会在一起待一阵子。"

"小青年们可不想和他们的父亲待在一起,查尔斯。不过,我同意,见见你对她有好处。"

"我知道……"

"我不认为你知道。你以前应该对她严一些。定定规矩,查尔斯。决定哪些该干、哪些不该干。不管你用什么法子,如果能让她开口,认真听听她的想法。"

"我当爸爸有三十多年了吧,珍妮。我知道我该干什么。"

"就像刚才说的,这不一样。大多数日子,她甚至到了下午都不和一个人打招呼。"

"她想见我,"钱德拉说,"她说过这样的话。"

"你在那儿还好吧,查尔斯?"珍妮说,"一个人过假期?"

"哦,上帝呀,"钱德拉说,"一个人待着也挺好的。今年是……"

"嗯,那就好,"珍妮说,"一想到你一个人待在那座房子里，心里就不是滋味儿。"

钱德拉想，是不是得暗示一下他生活中还有一个重要的
"她"，说一句"还好，我并不是真的孤单"之类的话。他想，
要是能在他的电话应答机里录一个女人说的"钱德拉，回床上
来……"就好了。但是，珍妮或许马上就能识破这种小把戏。

"嗨，那就在贾斯的毕业典礼上见吧？"

"没问题。"

"好极了，"珍妮说，"到时候她也会看见我们在一起的样
子。学校的辅导员说了，这对她有帮助。"

"我明白。"钱德拉说。他知道，这意味着，他又要见到那个
给他戴绿帽子的家伙了。这不免让他有些畏首畏尾。"我肯定会
去。我绝对不会错过她的毕业典礼。"

"那就好。我很高兴。"

钱德拉觉得自己比以前更加孤单了。他希望自己能说服珍妮不
挂电话，再聊点儿别的，什么都行。但是，他脑子里一片空白。

"那好，再见吧[1]，卡洛斯。"

他曾经对她撒谎说，为了准备去洛杉矶，他在学习西班牙语。

"好的，再见。"

"开车记得遵守交通规则。"

1973年，他们初次相遇，那时钱德拉非常浪漫，甚至陪珍妮去

---

1 原文为西班牙语"adios"。

上交谊舞课，尽管这种想法让他感到害怕。在跳探戈期间，他差点儿犯了恐慌症。要不是珍妮脸颊上散发的玫瑰气味让他想起印度，他说不定会死。

珍妮比钱德拉小七岁，当时正在布鲁内尔大学学化学，也像他那样，觉得和伦敦格格不入。在珍妮一家中，只有她上了大学。她在兰开夏郡的博尔顿镇长大。她说那个地方"就像伦敦，只是各方面都不一样"。

他们过去没少去电影院，都特别喜欢灾难片。等重新回到不太吓人的现实世界后，他们还会细细回味。有时候，他们会出城游玩，在布莱顿或伯恩茅斯的海滩上漫步，分吃冰激凌，在太阳西下时坐摩天轮。

钱德拉和珍妮都没什么朋友。虽然身边的每个人都对中产阶级演说术表现得安之若素，但珍妮却被吓到了。钱德拉在伦敦政治经济学院首次担任教职，正在压制他内心的恐惧：他害怕英国人也许真的像他们自认为的那样优越。在钱德拉和珍妮参加的为数不多的聚会上，他们发现自己很少和别人交谈，主要还是他们自己在聊天。他们断定，他们还是在家里下棋为妙。

在钱德拉的记忆里，那些早期岁月虽然平平淡淡，却充满喜悦。他觉得那时他的事业并不那么重要，虽说不可或缺，但微不足道，和刷牙、报税差不多。不过，他工作挺努力的。他必须如此。如果他丢了工作，那么他将被迫回到印度，一下子和珍妮拉开四千英里的距离。

在见她的父母时，他很紧张。他猛吃面前的那盘烤牛肉，就好像那是他在这个世界上最爱吃的东西。但是，他们似乎对他不感兴趣，说不上亲切，还有些厌烦，似乎在他们眼里，世间万物都不过如此。他们没怎么问他问题，对他问的问题也只简单作答。主导谈话的反倒是珍妮的妹妹詹妮弗。她不仅对印度有着自己的看法，就连在经济学上也是如此。英国当时经济不景气，詹妮弗把这归咎于阿拉伯人大幅提高石油价格。钱德拉同意她的看法。

"我们工作一个星期，其中他妈的有三天没有丝毫意义，对吗？"詹妮弗说，即使在父母面前，她说话也这样随意，"这样下去，对我们有什么好处？"

"可以省电。"珍妮说。

"我们连电视都看不了。"詹妮弗说。她又看了一眼钱德拉，仿佛在暗示，在她看来，无论是石油危机还是一周三天休息制，都是他惹的祸。

"她一向因为好辩论而讨人喜欢。"珍妮后来这么说道。

"是呀，肯定的。"钱德拉说。在那一年里，他一再对她说，这是经济学家的命，他们一向是社会的替罪羊。

"对不起呀，我父母太安静了，"珍妮说，"他们总会活跃起来的。"

"哦，我相信会的。"钱德拉说。

但这种情况从未发生。他们的婚礼在博尔顿举行，死气沉沉，只有大约二十位客人到场，除了钱德拉的两个同事，其他的都是珍妮那边的人。珍妮的父亲敷衍了事地讲了几句，欢迎"查尔斯"成为他们家的女婿，然后坐了下来，整个晚上没再说一句话。詹妮弗也发了言，讲得妙趣横生，但根本没提钱德拉，也没提婚礼。

一个月后，在海德拉巴，他们又办了第二场婚宴。那是珍妮第一次去国外，詹妮弗也是，但他们的父母不打算去，直说地点"太远"。钱德拉领着她们姊妹去了他父母的家。那是一座三层楼的别墅，在班加拉山地区。他把那座别墅说成是他的"祖宅"，未免有些荒谬（它建成才二十年）。

他雇了个司机，带他们游览这个城市，试图不离开富足的郊区，以免她们姊妹瞧见在垃圾里乱拱的猪、缺胳膊少腿的乞丐、苦行者，然后评论他的国家发展得不行。他在此期间有意不给珍妮看他实际长大的地方，他的咖啡俱乐部、板球场、书店，不过他达到了目的。在婚宴上，她们俩都承认，她们原本以为那里比较穷。

"我就知道它不会和电视上的一样。"詹妮弗说。

"根本不一样。"珍妮说。

"珍妮是个务实的人。"钱德拉的父亲说，那天下午的时候他就已经喝醉了。

"我是个浪漫的人。"钱德拉说。他很想抽一根烟。

"你是个白痴。"他的父亲说。

钱德拉换了话题，假装没听见。

一个小时后，正当他和两个老同学挤在一个角落里时，他的父亲走了过去，伸出了手。

"我很抱歉，"他的父亲说，"我不该那么说你。"

就钱德拉所知，那是他的父亲第一次向他道歉，或者老实说，是第一次向任何人道歉。他确信是珍妮让他父亲道歉的，但他不知道她是怎么做到的。在他问她的时候，她回答说："把他的酒都拿走。"

钱德拉的父亲是个政府官员，曾就印度宪法写过两本书。钱德拉的母亲十一年前就去世了。从那时起，他的父亲每到上午十一点就喝一杯掺水的朗姆酒。钱德拉曾立下严格规矩，日落前决不喝酒，原因就在于此（到了六十五岁的时候，他破坏了这条规矩）。

"我原本有可能会更多东西。"钱德拉听他父亲这么唠叨了好几年，但他从来也没弄明白，他的父亲究竟指的是喝酒、鳏居，还是指没成为一个职业板球运动员，或是在官场上的地位。他只知道他父亲的人生不完整，就像一个画了四分之三的圆。这也是他父亲变得刻薄的原因。

四年后，钱德拉的父亲就因心脏病去世了。一个星期前，他们还通了电话。电话是钱德拉打的。他告诉父亲，芝加哥大学给他提供了一个助教职位，而且是通过米尔顿·弗里德曼本人手写的一封短信传达的。弗里德曼说，他"痴迷于"钱德拉的著作。钱德拉打起精神，等着他的父亲说"可芝加哥不属于常春藤联盟"或"为什么不提供个正教授职位"之类的话，但他的父亲沉默不语，可能还啜泣了。

"继续努力，钱杜[1]，"他的父亲终于开了口，"你可以的，钱杜。你可以的。"

他们接着因为英迪拉·甘地[2]拌了几句嘴，他父亲咕哝了一句

1　钱德拉的昵称。
2　英迪拉·甘地（1917—1984），印度前总理。

"傻瓜"，就挂断了电话。钱德拉曾试图忘掉这一点。有时候，他发现自己杜撰了一些新的记忆，一些纯属想象的亲切的记忆，仿佛在哀悼他从没有过的那种关系，哀悼他从没有过的那个父亲。"我原本有可能会更多东西"这句话现在被镌刻在他的脑海里，紧接着是那句"你可以的，钱杜"。他喜欢把后一句当作他父亲的临终遗言。

正是在那个时候，他开始以后来将成为他标签的那种韧劲儿工作。他声称，人在美国，只能如此。他们就是这么干的，他说，他们都在办公桌旁吃晚餐，出了产房就去开会。但是，珍妮指出，他这么做也是在采取一种新的人格面具，他在树立一种傲慢自大的名声。这意味着，虽说他不乏钦佩者，但他也在以一种可怕的速度树敌。

"我也没办法，"他对她说，"如果你不全力以赴，在这儿他们会把你活活吃掉。"

即使在苏尼出生后，钱德拉也经常在办公室里待到半夜，处理一份手稿。那份手稿最后成了他的第一本书《迅速破产》。他抽烟的频次比在英国时多了，喝咖啡的次数也加倍了。有那么几个清晨，他会头枕在书桌上醒来，面前的雀巢咖啡已经凉了。他会把咖啡倒掉，然后去教授他那天的第一节课。珍妮过去经常担心他会手夹着香烟入睡。

"总有一天你会让系里着火的。"她说。

"我正想那么干呢。"钱德拉回答道。

现在，他还有一年就七十岁了。他不仅让系里着火，还让世界着火了。然而，始终有一种感觉挥之不去：他虚度了光阴，没有干出任何有价值的事情。找乐子！图痛快！哈哈笑！玩！他曾为此对他的同事甚至对他的孩子冷嘲热讽，但他自己不也一样吗？

钱德拉脱掉衣服，盯着卧室镜子里的自己。他这个岁数的男人大多不喜欢照镜子。为了弥补身材走形，他们要么买跑车，要么找情人，要么挣更多的钱。但是，钱德拉不讨厌他的身体。他的肚子微隆，不讨人嫌。他的头发白的多、灰的少，分开得整整齐齐，只是他的额发乱糟糟地垂着，就像打着布莱克里姆发蜡时的丹尼斯·康普顿[1]。他有着和很多南印度人一样的细长的腿，但就连它们也自有其优雅和修长，就像鹿腿。

最重要的是，他看起来不像是一个有心脏病的人，无论是隐性心脏病，还是别的什么心脏病。在他盯着镜中的映像时，他没看到死神瘦骨嶙峋的手指搭在他的肩膀上。在古代，到了他这个年纪，人们会隐居到森林里，满怀喜悦地进行苦修。但是，苏尼说得对：这是现代！他有可能活到一百多岁。要不了多久，心脏移植就会像输精管切除那么常见，癌症制造的麻烦会和普通的感冒差不多。

"还没完呢。"他一边对他的映像说，一边吹着口哨走向床边，试图吹出《加州女孩》的曲调。

1　这里的丹尼斯·康普顿疑为英国板球运动员丹尼斯·康普顿（1918—1997）。

03

　　加州大学贝拉分校并不如他所料。

　　它看着像个美化的退休社区。一排排的预制板房层层叠叠，临时运动场点缀其间。原本在如此气候中不可能存在的绿色落叶植物与棕榈树、仙人掌并排生长。每条街看上去都差不多，均以著名作家或科学家命名。他们大多是诺贝尔奖获得者。钱德拉看见了一片空地，起重机和挖掘机正在上面忙碌。他不想问它们在干什么，生怕它们在建设一座公墓。

　　"欢迎来到加利福尼亚。"菲利克斯说。他来机场接机了。

　　"镇子在哪儿？"钱德拉问道。他凝视着地平线。

　　"它就在那里等着你呢。你是怎么想的？"

　　"真了不起。"

　　"难道不是吗？"菲利克斯轻轻地拍了拍他的后背。

　　看见新家时，钱德拉感觉好些了。它有四间卧室、一台电子白板大小的电视、一个带热浴缸的花园。学院还给他配了一辆越野车。这还是他头一次享受到这样的待遇。沐浴之后，他开车进镇。他留意查看后视镜，但最多只能看到三分之一的路面。这让他一直感到不安。

镇子看上去就像个巨大的零售点，一家家商店差不多和候机大厅一般大，每隔两三英里就有同一家餐馆的连锁店。钱德拉意识到，只要从一家星巴克步行到下一家（他在十分钟里看见了四家），他就能够做到钱尼医生要求的那种锻炼。那天晚上，菲利克斯和另外四名教师带他去了一家墨西哥餐馆。在那里，遵照低脂肪、低钠、低糖的饮食规定，他吃了全麦烤鸡肉加鳄梨馅儿饼。菲利克斯敲了敲他的玛格丽特酒杯，讲了几句话。在此之后，服务生端来了一个馅儿饼。馅儿饼上插着烟花棒，向钱德拉致敬。这几乎算不上礼遇。

在接下来的几天里，出乎钱德拉预料的是，开车去洛杉矶既不令人激动，也不刺激。他任由GPS摆布。当他行驶在一条五车道公路最左侧时，GPS习惯于告诉他，"现在右拐"。文着文身、貌似黑帮分子的家伙给他指了三次路（有一次还是用手枪指的）。更糟糕的是，他发现那辆SUV很难停车，只好让收费高得离谱儿的服务员来停。终于，他再也不去洛杉矶了。到了晚上，他多半待在他的后院里，听听给草坪浇水的橡胶软管发出的声响，读读丹·布朗[1]的书。不然就去邻居家（和他家的布置差不多），吃着烤鸡肉，喝着

1　丹·布朗（1964—），美国作家，著有《达·芬奇密码》等。

冰茶，唠唠系里的事情。

至于学院自身，由于周围的环境没那么高大上，让他感到轻松。他的办公室在一座建于二十世纪、装着空调的混凝土建筑里，而非在一座建于十六世纪的城堡里。和他打交道的职员既不称呼他"先生"，也不戴圆顶礼帽。但是，本科生的素质甚至比剑桥的还差。他们不知天高地厚，邋里邋遢，厚颜无耻，相信只要巧舌如簧，就算是不下工夫的陈词滥调、荒唐透顶的观点，也会让他们赢得赞扬。钱德拉一直坚信，大学的百分之九十都被这些惯于拍马逢迎的家伙糟蹋了。但是，由于在剑桥遭到过申斥，他现在力图只想不说。

不过，待在加利福尼亚，最让他开心的是，他离贾斯敏更近了。三月份，他在约翰·韦恩机场等她时，尽管珍妮警告过他，他还是非常激动。他拿着一袋巧克力复活节彩蛋。那是他在剑桥的西姆斯先生老甜品店里买的。

贾斯敏出现时，眼睛盯着手机。她脸上抹了某种淡色粉底霜（哥特风格的，他记得拉达就是这样），睫毛上抹了黑色睫毛膏，嘴唇上抹了黑色唇膏。她的衣服也是黑色的，连雨衣都是，在洛杉矶显得有些滑稽。她没笑，但她的确用胳膊搂着他的脖子，搂了至少有一分钟。

在开车回家的路上，他不停地对她说，见到她有多么开心。他差不多一路都这样唠唠叨叨，试图避开与她的大学申请有关的话题，以免过早惹恼她。但是，贾斯敏好像既不恼，也不沮丧。她询问了他的健康状况，问他是不是还抽烟、吃红肉。她还对他说，游泳显然是最好的锻炼方式。

"我不会游泳。"钱德拉说。

"你会，爸爸。我见过你游泳。"

"我只会漂着，"他说，"那不一样。"

"嗨，"贾斯敏说，"我可以开车吗？"

贾斯敏学开车已经学了两个月了。珍妮自己不会开车，但她说，史蒂夫开车"很棒"。

"当然可以。"钱德拉说。他靠边停了车。

钱德拉看着贾斯敏坐到了驾驶座上。她花了几分钟调整后视镜（在一辆越野车上做起来不容易），然后开走了。让他放心的是，她开车不快，比较保守（苏尼和拉达可不是这样）。回到家，她把那辆越野车干净利落地停在了车道上（比他强多了），然后把车钥匙交给他。

"你看，"他说，"这就是我住的地方。"

"是呀，"贾斯敏说，"看着挺好。"

"和博尔德一点儿都不像。"

贾斯敏耸了耸肩。

"你的朋友怎么样？"他问道，他觉得自己像个白痴，"苏茜和……其他人。"

"他们挺好的。"

"你母亲说你一直在和那谁聊，"钱德拉说，"进展得……怎么样？"

贾斯敏叹了口气："我不需要治疗，爸爸。我那么做只是为了哄人开心，不是吗？"

"我也是这么想的。"

"一切都挺好。妈妈好，史蒂夫好，学校好，生活好。生活没什么特别的，没什么了不起，不精彩，可我好像还没打算用土豆削皮机切开自己的动脉。懂不？"

"懂了。"

那天晚上，他腰缠浴巾，正要去外面洗澡，透过窗户看见贾斯敏在花园里抽烟。她满不在乎地盯着他，然后才转过身去。她头上戴着棒球帽，看上去和她十三岁时没什么两样。他很容易就能想象出，她右膝上贴着一块橡皮膏，他们两个在花园里那张生锈的桌子上打乒乓球，或一边有一搭没一搭地说着废话，一边粉刷那座小屋。

他们第二天上午参观了盖蒂中心。他又让她开车，但这一次那辆越野车让她犯了难。在停车场，她踩油门太狠，结果撞到了一堵水泥墙。苏尼说得对：安全气囊虽然让人不舒服，但相当安全。

钱德拉做好准备，打算应付一个眼泪汪汪、后悔不已、悲痛欲绝的孩子，但贾斯敏却从那个塑料泡里挤了出来，并在此过程中把裙子撕破了。她从车里下到停车场，开始尖叫。她尖叫连连，叫声急促，仿佛有人在用匕首捅她。一名保安走了过去，帮着钱德拉从后座上下来，然后他们小心翼翼地从后面靠近贾斯敏，好像在围捕一头熊。

"我希望你们俩都立马消失！"她尖叫道，甚至连身体都没转过来。

"那我能为你做些什么？"保安问道。

"你和妈妈！你和你的小命儿，好像这个世界无论他妈的发生什么，都和你脱不了干系！"

四个女人停下来，痴痴地看着，用法语交谈着。贾斯敏精通法语。

"你们给我滚一边儿去，一群臭婊子！[1]"

那些女人拔腿就逃，她们齐腿肚的名牌裙子和高跟鞋疾风一般地刮了过去。钱德拉看着保安，想请他帮忙，但他只是耸了耸肩，说："她是你的孩子，伙计。"

"我他妈谁的孩子都不是！我看着像个孩子吗？"

"不像。"保安说，他四十五岁上下，胡子都有些白了，"可你说起话来绝对像个孩子。你要是我的孩子，那我就会把你放在膝头，打你的屁股，我才不管你有多大呢。"

"是呀，你喜欢那个，是吧？"贾斯敏说，"你喜欢把你恋童癖的手放在我的屁股上。不搞女学生，换个花样，挺不错的！"

"抱歉，朋友，你自己的事自己解决吧，"保安说，"我可以叫一辆皮卡，可我只能帮你这么多了。"

"你不是说要打我的屁股吗？"贾斯敏说，"来呀，大个子，来打我的屁股呀！"

保安走开了。他的身影渐渐变得模糊，就像远处的海岸线的剪影。

1　原文为法语"Allez vous faire foutre，bande de salopes"。

后来几天，贾斯敏的表现和珍妮描述的一模一样。在他试图和她谈她的大学申请后，她走进她的房间，锁上了门。钱德拉站在外面，一再喊她的名字，试图装出愤怒的样子。当他闻到大麻的气味时，他几乎要喊了，但他克制住了自己，又慢条斯理地敲了敲门。

"好啦，"贾斯敏的声音从里面传了出来，"我一会儿就下去。"剩下的那个夜晚，他们默默地坐在沙发上看电视。第二天，他送她去了机场。她敷衍了事地抱了他一下，然后说了句"回头见"，就走开了，边走边看手机。钱德拉又在机场待了两个小时，喝着柠檬汁，看着飞机起飞。他所接受的熏陶告诉他，要对他的女儿严厉一点儿，她的行为太不像话，粗俗无礼，放纵，可恶，但他不能再犯错误，不能在拉达之后重蹈覆辙。

他那天晚上给珍妮打了电话，说一切都挺顺利，"除了一些小问题"。

"那正是我担心的。"珍妮说。

"是呀，她简直像变了个人。"

"我不是那么说的。我说的是，她把自己封闭了起来。你甚至看不见她的性格。"

"哦，现在情况根本不是那么回事。"钱德拉说。

"那你给我说说，查尔斯。"珍妮说，她的声音流露出不屑，"关于贾斯敏，你了解到了什么？她对你说了什么？"

"很多东西。"

"说得详细点儿，查尔斯。说吧。"

"好吧……"钱德拉说。

"抱歉，查尔斯，"珍妮说，"可我觉得这不正常。无论谁说什么，我都不在乎，不在乎你，不在乎史蒂夫。"

他想知道史蒂夫是否在房间里。史蒂夫也许正揉着她的肩膀，低声说："我知道你不在乎，亲爱的，没关系。"他们家和钱德拉在格兰切斯特的家一点儿也不像。他们家的灯和音响拍拍手就能激活。他们家有四个水龙头，分别放热水、凉水、过滤水、起泡的水。珍妮说过，他们家没有造作的东西，完全没有。

"也许吧。"钱德拉说，承认自己说不过她，"也许你是对的。"

贾斯敏返回博尔德后，他继续每个星期给她打两次电话，但她总是用单音节词应付他，有时候连单音节词都懒得说。他试图把注意力集中在他的"当今世界经济"系列讲座上，却发现学生太自以为是、太直言不讳，让他喜欢不起来，只会让他想起拉达。他们似乎是带着火气来听课的，喜欢情绪化的、愤怒的表达，不喜欢任何分析性的内容。到了四月末，在他就信贷紧缩作的最后一讲中，一名研究生站了起来，先喋喋不休地讲了几分钟一切是多么令人愤慨，然后说：

"毫无疑问，教授，有人应该进监狱，不是吗？"

"这个问题问得好。"

那其实是一个可怕的问题，一个让他左右为难的问题，因为真相是，到了2008年末，每家银行、抵押贷款机构、保险公司的首席执行官，连同哈佛商学院一半的教师，都应该进监狱。但是，在一场公开讲座上，这话他几乎不能说。

"这些东西很复杂。我们可以考虑一下高盛公司和其他公司，说他们在他们的产品上撒了谎，不过在这方面，他们和拿柠檬冒充李子的汽车销售差不多，或者和把一个纸板做的煎饼当成一个汁多、直径两英寸的煎饼拿给你的汉堡店差不多。至于信用评级机构，他们回答说他们给出了意见，结果错了，但除此以外，我们又怎样才能证明他们错了呢？"

"于是他们就操了我们的屁股，难道不是吗？"楼座上有人喊道。

钱德拉摘下眼镜，哈哈大笑。学生们也哄堂大笑。如果他停下来，他们说不定会嘲笑他。

"如果要简单回答你的问题，"他说，擦擦镜片，又戴上了眼镜，"那么答案就是——是的。"

房间里人声鼎沸，表示认可。

"但并不仅仅如此。那场崩溃是体制问题，因此也必须这样来应对它。监管不力，向次级借款人鲁莽放贷，贪婪，等等，很多问题，蠢不可及。有些经济学家站在屋顶上大声疾呼，还有记者，就连证券交易人也是如此，但他们都被忽视了，而这都是因为体制。我们必须确立一种体制，加以适当的保护，如此这种情况才永远不会卷土重来。显而易见，这才是亟须解决的问题，比把银行业者关起来要紧迫得多。"

鼓掌声此时变得稀稀落落。听众不满了。钱德拉怪罪起了拉达。他觉得当今的一切都或多或少是她造成的，仿佛她一直和他在一起，像一块弹片那样寄居在他的脑子里。无论他到了哪里，他都能听到她在嘲笑他，说他软弱、阴险、自以为是、无知、自私自利、糊涂。当那个听众大喊"被操了屁股"时，他感觉她和他在一起，就像上个星期，当他意识到他忘了带钱包时，一个出租车司机在人行道上骂他，冲他喊"你要是掏不起钱，就他娘的别坐车"，她也在那里。

还有就是，钱德拉根本不知道拉达在哪儿。他觉得她不在英国，但她好像也不大可能在美国。她很有可能在印度，或者像中国这样更遥远的地方。俄罗斯也不是不可能，但愿这样的事情不会发生。如果她死了，或加入了"伊斯兰国"，或签了2036年移民火星协议，他们应该会告诉他。

他曾经试着问过珍妮，问了好几次，但她总是这么回答："对不起，查尔斯，我答应过她。"要不就用一种夸张的方式回答："对不起，查尔斯，可我就是喜欢折磨你。"当他动身去科罗拉多时，他突然想到，史蒂夫说不定知道拉达在哪儿，她说不定甚至经常去他们家。

五月初，钱德拉飞往博尔德，去参加贾斯敏的毕业典礼。着陆时，他看了看史蒂夫发给他的指示。那是珍妮通过电子邮件转发给他的。他注意到了下面这句话：

尽量在日落前赶到——沿路景色是帝国主义的[1]！

---

1 "帝国主义的"原文为"imperial"，在这里应该是"壮丽的"或"壮观的"的意思。钱德拉显然过于敏感，曲解了这句话。

帝国主义的！他想。美国人懂什么帝国？这样敏感的话能对一个被窃妻的白人殖民数百年的国家的人说吗？那个儿童精神病专家连这一点都知道？但是，史蒂夫肯定不知道。史蒂夫是美国人。在美国，他们把那个次大陆的人都称作"印度人"。就他们对外国的无知而言，这是典型的例子。噢，对了，美国人真是想拿什么就拿什么，甚至不会停下来思考他们是从谁那里或什么地方拿来的。那就是他们所谓的天命论。

钱德拉抵达时，正是日落时分。史蒂夫和珍妮住在一座山脊上，只有一条土路可通。他只在离婚后不久去过一次，去查看贾斯敏将要生活的地方。那是一座线条清晰、现代模样的白色平房，建在支柱上，不高，带着一座敞开式车库。他看见车库里停着一辆黑色保时捷敞篷车、两辆摩托车。车库里还有一个深色皮肤、穿工装裤的男人。那个男人遮着眼睛，挡住落日耀眼的红光，打量着他。那个男人如今在冲着他笑，并打开车库门，好让他把车停在摩托车旁。摩托车锃亮锃亮的，闪着异样的光彩。

钱德拉关掉引擎，意识到他的手在抖。他摘下领带，塞进手套箱，闭上眼睛。他试图背诵一句他儿时学的经文，但记不全了，于是转向了里昂惕夫悖论："对一个国家来说，如果劳动力人均资本高，那么在资本/劳动比率上，出口产品低于进口产品。"由于他把方向盘上的人造革揉进了他的眼睛，他的眼睛流出了一滴泪。

那个穿工装裤的男人走了过来，打开了车门。

"欢迎[1]，先生，"那个男人说，"我叫拉斐尔。"

"很高兴见到你，拉斐尔。"钱德拉说，他真希望自己懂一点儿西班牙语（如果珍妮提及此事，他面子上就挂不住了），"喊我钱德拉就行。"

"好的，钱德拉。"拉斐尔一边说，一边伸出双手，握住了钱德拉的一只手。

他们转过房子，经过一行玫瑰，空气中芳香四溢。房子后面有个池塘，里面青绿色的水似乎是从一个峭壁的边缘上滚落下来的。在峭壁外面，钱德拉可以看见博尔德刚刚亮起的灯光。隐藏的音响正在播放维瓦尔第[2]创作的曲子。

房后的平台上放着两张灰沙发，珍妮躺在其中一张上。她身穿套装，脚穿凉鞋，脖子上挂着一串珊瑚项链。她剪了头发，把头发从难看的灰色染成了金色。她旁边的桌子上放着两个马提尼酒杯和一个装满的酒壶。珍妮抬起头，坐起来，用遥控器调低了音量。

"查尔斯。"她一边说，一边站了起来。她站在池塘边上，拍了拍手，圆形的地板灯便照亮了花园。她之前对他的到来似乎感到紧张，但现在看样子放松了。她朝他走去。他不得不承认，她看上去年轻了。他感到悲伤好似一块软软的毒药，堵在他的喉咙里，让他不想吞下去。但是，今夜不是悲伤的时候。

珍妮避开他伸出的手，松松地抱了他一下。他听见身后传来一声咳嗽。

1　原文为西班牙语"Bienvenido"。
2　维瓦尔第（1678—1741），意大利神父、作曲家。

"很高兴再次见到你。"史蒂夫说，他赤着脚，"你看上去真精神，钱德拉塞卡。"

和珍妮一样，史蒂夫也穿着一身白，亚麻的裤子，丝绸的衬衫。那就像一种制服，标志着他们是这里的，而他不是。史蒂夫有六十多岁了，但有一股不服老的劲头儿，仿佛在和年青一代直接竞争。钱德拉想知道他们是否对他感到歉疚。

"你也是呀。"钱德拉说。

"不，说真的，你瘦了。"

"唉……"钱德拉叹了口气。

史蒂夫握了握他的手，按了按他的背，严格说来不能算是拥抱。

"听到你身体出了点儿状况，我们都感到难过，"史蒂夫说，"你让我们揪心了一阵子。"

"哦，我现在好了。"钱德拉说。他想改变话题，不想让人觉得他不如史蒂夫，忽视了健康，结果吃了苦头。"你们家看上去挺智能的。"

"是的，谢谢你，钱德拉塞卡，"史蒂夫说，"你也知道，喊你钱德拉塞卡让我觉得有些古怪，不是吗？"

"是吗？"钱德拉说。他讨厌史蒂夫能够正确念出他的名字。通常，这是他最厉害的武器。

"是呀，听起来像是贝诺维茨，不是吗？我的意思是，为什么不直接喊你的名呢？"

"严格说来，我就叫钱德拉塞卡，"钱德拉说，"是全名。"

"因此没人喊你P. R.。"

"嗯，没，没有。从没人喊过我P.R.。"

史蒂夫的头发白了，但他汗毛很重的胳膊显示了一种正经八百的活力。不难设想，他每天早上会游四十趟。他看着像个把大把时间花在海滩上的人。

"你也知道，"史蒂夫说，"我认识你的时候感到很紧张。我开始觉得自己像个蠢货什么的。我的意思是，我认识了多少未来的诺贝尔奖得主啊？"

"那我认识了多少精神病医生呀？"

"怎么说呢，我这些日子差不多已经退休了。我只是帮助朋友摆脱危机。过去几年一直经商。我猜珍妮已经对你说了。"

"没有呢。"钱德拉说。

"那是家族业务。我的兄弟去世了，公司是我父亲的，我觉得，我最好承担一下责任。总之，它可以让我们衣食无忧。"

珍妮微微一笑。她过去紧张时总是微笑，不过笑得很拘谨。她现在轻松的微笑还是第一次见。

"那是做什么生意的？"虽然知道答案，但钱德拉还是这样问道。

"花卉，"史蒂夫说，"普普通通，简简单单。在温室里种，在商店里卖。我们也邮递。餐馆、殡仪馆，任何需要它们的人。人们总是需要花。在城市里你整天都能看见花。即使我们没有留意过，但花总能神奇地让我们的心情好起来。"

"是呀，"钱德拉说，"我也喜欢花。"

"但生意如今对我来说却很严肃，不是可以闹着玩的东西，其实自日子不好过以来就是这样了。总之，我不该对你说这个。你差不多是个世界级的权威。"

"这么说吧，我觉得那是我的家族业务。"

"啊，这么说，你父亲是个经济学家？"

"不是。"钱德拉说，他有些慌张，"根本不是。"

他瞥了一眼珍妮。她仍在笑。他想知道她是否服用了安定，或服用了他电子邮箱里的邮件一直邀请他尝试服用的那些新药中的一种。这大概是和一个精神病医生过日子的附带效应。

"哎，还有苏尼呢，"史蒂夫说，"我觉得你可以把他算作经济学家。"

钱德拉再次被那种可怕的偏执狂幻想缠住了。他觉得，苏尼、拉达都和那个给他戴绿帽子的家伙一起过了圣诞节，而苏尼掩盖了自己的行踪，通过一种新技术，把家庭电话转到了博尔德。苏尼完全能够做到这一点。

"我们坐下来聊，好吗？"珍妮指着沙发说，"或者你更愿意去室内，查尔斯？"

"这里就挺好的。"钱德拉说，他想知道她是否像在马上长矛比武中受宠的夫人，真心喜欢他和史蒂夫进行的这场交锋。"这真是个好地方啊，史蒂夫。"

"好了，结果并不完全像我想象的那样，但人生不如意事十之八九，不是吗？"

"是呀。"钱德拉说。他想就他的婚姻开个玩笑，那会让他们感到不舒服，让他感到自在，但他没那勇气。

钱德拉很小心,以免在平台上滑倒。他穿的鞋子是意大利生产的皮鞋,是专门为这个场合买的。在走到沙发那里时,他缓步来到珍妮面前,以免面对峭壁边缘。

"查尔斯有恐高症。"珍妮说。

"我过去有恐痛症,"史蒂夫说,"我没跟你说过吗?我估计没说过。那是一种几乎让人受不了的东西。对疼痛的恐惧。真的。那就是我成了一个精神病学家的原因。我治疗了很久,于是我想,我自己干吗不做这个呢?百分之九十的精神病医生刚开始都有些精神失常。"

"我上大学时是个马克思主义者,"钱德拉说,"我觉得那和你的情况比较类似。"

史蒂夫赶忙把视线移开了。珍妮没有反应。这种笑话她听过三十多年。

"我从来都不是个马克思主义者,"史蒂夫说,"我的意思是,确实需要某种再分配,但所有这种对公平的痴迷……我过去不太明白这一点,但我学了NVC[1]课。你知道NVC吗?"

钱德拉摇了摇头。

"就是非暴力沟通。那个叫马歇尔·罗森伯格的家伙说,我们必须关注情绪和需要。如果我总是说'你在让我觉得……'或'你的愤怒是……',那么最终都难免干一架。任何精神病医生都能告诉你这一点。NVC有个比较好的处理方式,触及问题的核心。"

---

1 NVC是"Nonviolent communication"(非暴力沟通)的缩写形式。

史蒂夫把手伸到了沙发扶手的下面。被放大的拉斐尔的声音立即在夜晚的空气中响了起来。

"好的，先生。[1]"

"拉斐尔，麻烦你把吉他拿来。[2]"

"史蒂夫，"珍妮说，"不要，真的不要。"

"为什么不要？钱德拉想让我来一下，不是吗？"

钱德拉点了点头："当然了。为什么不呢？"

"他甚至不知道你要干什么。"珍妮说。

"我打算唱首歌，用得着说吗？"

"我们一起上的课，"珍妮说，"唱歌和这没一点儿关系。史蒂夫就是喜欢表演。"

"我一开始就喜欢民谣，一直没给自己一个机会。"

"史蒂夫多才多艺。"珍妮一边说，一边抚摸着史蒂夫的脸颊，这让钱德拉想钻进池塘里，直到水没过头顶。"但歌唱得不怎么样。相信我。"

"哦，不，"钱德拉说，"我确信……"

珍妮去掉酒壶上的塑料盖，倒了两杯马提尼酒。没过多久，拉斐尔就端着一个盘子出现了，盘子上放着橄榄和两个小木勺子。

"看见了没？"珍妮说，"拉法[3]'忘了'拿吉他。"

"真了不起，拉法，"史蒂夫说，"没有父母，五岁时非法跨

1　原文为西班牙语"Sí, señor"。

2　原文为西班牙语"la guitarra, por favor"。

3　拉斐尔的昵称。

越边境，口袋里甚至连二十美元都没有。九个月学会了英语。九个月。他的英语现在说得很溜。读莎士比亚、梅尔维尔[1]，只要是你能想到的。我们说西班牙语是为了我们，不是为了他。我在资助他的孩子上学。我作了个承诺，要供他们一直上到大学。"

"你真慷慨呀。"钱德拉说。

"我不是吹牛。我就是喜欢这个家伙。他就像家人。我知道这是陈词滥调，不过就此而言，真是如此。他是个英雄，他所经历的一切，他为其他人做的一切。当我帮助某个人时，我会让全世界知道，但拉法不同。他会帮助任何人，无论是富人还是穷人，他不在意，不那样想。他会帮助我的家人，就像帮助他自己家的人那样。一个名副其实的圣徒。"

钱德拉和珍妮过去共同感兴趣的东西不多，政治是其中之一。珍妮一直是个保守主义者。她现在正用勺子把橄榄舀进马提尼酒杯里。他注视着她。史蒂夫也许已经让她显露出了她内在的自由主义倾向。这种倾向也许就在那种放松的微笑和头发后面。

"你呢，史蒂夫？"钱德拉问道，"不喝吗？"

"戒了，"史蒂夫说，"二十四年了。"

"很好，"钱德拉说，"做得不错。"

"并不是我的功劳，"史蒂夫说，"多亏了我的更高能量。"

"查尔斯不相信更高能量。"

"那说明你在加利福尼亚待的时间不够长。"史蒂夫说。

1　梅尔维尔（1819—1891），美国小说家。

"加利福尼亚人就是这么干的，"珍妮说，"他们说服你，让你像他们那样直率，然后他们就强迫你。一群狡诈的浑蛋。"

史蒂夫冲着珍妮努了努嘴。

"哎哟哟，亲爱的，你喜欢加利福尼亚人，你自己知道，"史蒂夫说，"你描述的是完全不同的东西。加拿大人才那样呢。"

珍妮喝了一口酒。"总之，"她说，"史蒂夫最喜欢的是印度。"

"我好像记得，你去过的邦比我去过的都多，"钱德拉说，"你在那里待了好几年，是吧？"

"两年，"史蒂夫说，"绝妙的两年。"

"和他的首任妻子。"珍妮说，面无表情。

"我上次想和你聊聊这个，但我不想听起来像他妈的老一套，"史蒂夫一边说，一边意味深长地看了钱德拉一眼，"我是1968年去那里的，去寻找自我。"

钱德拉记得他在二十世纪六十年代见过嬉皮士[1]。他的父母曾告诫他，千万不要靠近他们，说他们都是瘾君子，是西方的人渣。等到他到了英国，和他们真正聊过，他才克服了恐惧，意识到他们基本上是人类学家。

"不同之处在于，"珍妮说，"史蒂夫真的找到了自我。他几乎从未故态复萌过。"

"我主要是在孟买、普那、里希凯什和瓦拉纳西，"史蒂夫

1　二十世纪六七十年代欧美出现的颓废派青年。

说，"我学了梵语和印地语，不过现在忘得差不多了。"

"史蒂夫是西方一流的吠檀多派[1]专家之一。"珍妮说。

"啊，不，"史蒂夫说，"我不过是混进了一位智者的小圈子，一个非常睿智的人。等到我失去了他的信任，我就漂回了这儿。我在伊莎兰生活过一阵子，不过那就是另外一回事了。"

"伊莎兰？"

"对不起，"史蒂夫说，"我忘了有些人不知道它。"

"请原谅我的无知。"

"哎呀，不，"史蒂夫说，"我的朋友圈很窄。还是四十年前的那帮老浑蛋。你不知道伊莎兰是应该的。它是一个精神隐修中心。你可以去那儿待三天、五天、一个星期，吃好吃的食物，放松，看看大海，学习。"

"学习什么？"钱德拉问道。

"喜欢什么就学什么。瑜伽、跳舞、脉轮清洁、原始吟唱、坦陀罗[2]。"

"它挺美的，"珍妮说，"我想说的是，我从没去过那儿，但我见过照片。"

"大苏尔，"史蒂夫说，"世界上最美的地方之一。"

"哦，"钱德拉说，"好吧，也许我哪天应该去看看。"

珍妮哈哈大笑，但史蒂夫说："我觉得这主意不错。"

钱德拉看了看他的腕表："贾斯敏在哪儿？"

1　印度婆罗门教六大哲学派别之一，印度哲学史上占统治地位的唯心主义哲学派别。
2　印度教的一种重要的哲学体系。

"哈！"史蒂夫说，"你见到她要到明天上午了。"

"不对，"珍妮说，"她会回来吃晚饭。那是约定。"

"那是你的约定。"

"那是我们的约定。她明天可以和她的朋友出去。"

"你确定吗？"

"我跟她说了，她需要见见她的父亲。"珍妮说。

"亲爱的，没一个少女想见她的父亲。无意冒犯你，钱德拉。我的孩子们也不想见我。那就是生活。"

"说好了她回来吃晚餐的，"珍妮说，"她最好说到做到。"

"她不会听话的，"史蒂夫说，"你下令，她违抗。"

"做事不能没规矩。"珍妮说。

"规矩是保护我们的。小青年不想受到保护。他们见到什么规矩就破坏什么规矩，因此我们定规矩时千万要小心。难道不是那样吗，钱德拉塞卡？"

"我几乎觉得，那和我们做什么无关，"钱德拉说，"我们管不了我们的孩子，无论有没有规矩。我们其实什么也管不了。在我思考这一点时，在我真的坐下来思考这一点时，我意识到，不存在规矩。根本没有规矩。我们只是假装有规矩。"

史蒂夫眺望着峡谷对面。钱德拉能够感受到，珍妮在盯着他。他怀疑她以前是否听到过他说这样的话。说实话，他已经有这样的感觉好几年了，但就是表达不出来，直到他出了事故。他突然意识到，如果生命真的有意义，那么他们也永远不会真的知道生命的意义是什么。

珍妮走到峭壁边缘,仰望着天空。天色已经变黑,有几颗星在闪烁。

"我过去以为,如果珍妮变成这个样子,那她就是生气了,但她没生气,她生气了吗?"史蒂夫说。

在钱德拉看来,珍妮一向都气哼哼的。她就是那个德性。北英格兰人严厉,总是处在一种沮丧状态之中。他们由衷地接受这种状态。尽管珍妮是个彻头彻尾的撒切尔主义者,但她过去说过,生活是个贱人,首相也是如此。钱德拉相信,史蒂夫刚刚透露的信息很关键,表明他是多么不了解珍妮,但真相也许是,珍妮也正在成为一个加利福尼亚人,或现在不过是快乐了一些。后一种情况令钱德拉比较难接受。

"可贾斯敏是个了不起的孩子,"史蒂夫说,"上帝呀,当你不断变老,你对孩子的定义也在变化,这难道不好玩吗?我敢打赌,你把你的学生当成孩子看待了。"

"是的,他们中的一些。"

"那和儿童精神病治疗有关。你意识到,它的很多情况也适用于你自己。就好像你身上有个永远也长不大的孩子。等到我们死了以后,我们就又变成了孩子。你相信这一点,不是吗,钱德拉塞卡?我们就是那么转世的吧?"

钱德拉想用恶毒、诙谐的话来回敬他,比如"也许你前世是个男人"。但是,他觉得有必要说实话,因为这是一个应该和谐相处的夜晚。

"我过去相信它,在我还是个孩子的时候,"钱德拉说,"但后来我就不相信了。从那时起，我什么也不相信。我没时间。"

"哇，"史蒂夫说，"我真是闻所未闻呀。'我是个无神论者，因为我没时间。'"

"就我的情况来说，这是真的。"

珍妮正提高声音，打着电话。钱德拉无法看见她的脸，但知道它是红的，好似一只快要爆掉的气球。这意味着贾斯敏不会回家吃晚饭。他希望自己那晚能够回到宾馆，钻进被窝，看一本书，喝一杯迷你酒吧的白兰地。他几天前已经开始读《天使与魔鬼》[1]了。

"我太羡慕了，"史蒂夫说，"你那种毋庸置疑的态度。西方有一种倾向，就是让灵性触及自我。我们开始认为我们比其他人好，因为我们冥想。这就是那时的反传统文化，也是最终让我们身在其中的东西。像我这样的人去了印度，长出胡子，回家，然后意识到我们的祖母是我们所认识的最睿智的人，于是我们变成了保守主义者。你懂我说的是什么意思吗？"

钱德拉想起了他自己的祖母。她是个冷酷的人，什么都要管。她在八十三岁高龄时把自己浸入一个所谓的圣湖，然后死于胸部感染。

"当然了。"钱德拉说。

珍妮把她的手机扔在了沙发上。"好了，"她说，"那就这样吧。"

"情绪和需要，珍妮。"

---

1 美国作家丹·布朗所著的惊悚小说。

史蒂夫变成了一个专业人士。他闭着眼睛，手放在膝盖上，深深地呼吸着。

"好吧，"珍妮说，"我很生气，觉得受到了伤害，感到悲哀，因为我对尊重的需要没有被满足。"

"还有吗？"

"还有爱，还有该死的体谅……"

"那是一种判断。"

"那就只有爱……和尊重。"

"我们能把这两者分开吗？"

"我觉得受到了伤害，因为我对爱的需求没得到满足。我还感到恼火，因为我对尊重的需要没有得到满足。"

"那是非暴力沟通，"史蒂夫说，"它把谴责从方程式中去掉了。"

对钱德拉的耳朵来说，那听起来像管理语言，根本不像非暴力，更像一种愚蠢、糊涂的被动攻击形式，仿佛要用气球把人打死。

"那么，贾斯敏什么时候来？"钱德拉问道。

"鬼才知道，"珍妮说，"她说她半夜回来，这就难说了。"

珍妮的眼睛仍死死地盯着史蒂夫的眼睛。钱德拉希望没有人问他感受如何。

"好吧。"史蒂夫说，他身体前倾，把一只手放在珍妮的腰部，"我觉得我最好去看看晚餐准备得怎样了。"

史蒂夫站了起来。让钱德拉感到意外的是，珍妮把史蒂夫拉向她，像不知羞耻的暴露狂那样拥抱在一起。他们抱了也许只有几秒钟，却让人觉得像几个小时。到目前为止，钱德拉能够分辨出，这种行为完全是自然的，不是一种表演。他过去总是认为珍妮太现实，不动声色得令人羡慕，但一直是这样的也许是他，而非她。

"你饿吗，钱德拉塞卡？"史蒂夫问道。

"一直都饿。"钱德拉说。他怀疑他甚至连一口也吃不下。

"好极了。"

"这儿的饭菜很简单，"珍妮说，"和剑桥的饭菜根本没法比。"

他本打算回答"简单是我的中间名"，却耷拉下了脑袋。他的焦虑感终于战胜了他。史蒂夫和珍妮开始朝房屋走去。钱德拉跟在后面，仿佛被一根虽然松但质量好的绳子拴着。

让他感到宽慰的是，电视上正在播一场史蒂夫想看的棒球赛。他们于是就在那间敞开式餐厅里吃晚餐，只在播广告时才聊天。钱德拉试图解释板球规则，但史蒂夫不感兴趣，于是他只好让史蒂夫给他解释了棒球规则。这也许是他这辈子第四十次听人解释棒球规则了。

他们晚餐吃的是印度饭菜，木豆和香辣土豆菜花，说不上正宗，但显然是用上好的食材做的。"拉法亲自磨的调味料。"史蒂夫一边说，一边指着放在洗碗机旁的大研钵和研杵。

吃过晚餐后，钱德拉拿出他的iPad，坐在橱柜边，假装看他的电子邮件，嘴里喃喃着"好的，好的"，或者"我觉得我最好回复这个"，实际上却观察着史蒂夫和珍妮。珍妮显然很快乐，比和他在一起时快乐，甚至比他们刚在一起时快乐。

十一点刚过，钱德拉就离开了。珍妮向他保证说，贾斯敏不到黎明不会露面。他同意了她的看法。史蒂夫和他拥抱作别，珍妮吻了吻他的脸颊。她过去从没这样做过，好像她现在太喜悦，再也感受不到对他的怨恨。

"拉法会送你出去。"史蒂夫说。但是，那里一个人也没有。钱德拉只好打开大门，在黑暗中行驶着。直到行驶了一半路，他才想起他没开车灯。

04

珍妮第一次离开钱德拉是在1997年，他们从芝加哥搬回剑桥三年之后。她给他的房间打了电话，告诉他，她在布里斯托她妹妹那里。她已经安排女佣去接十岁的拉达。

"为什么，珍妮？"他问道，"这是干吗？"

"等我们回来时再谈，查尔斯。"

那时钱德拉担任系主任正好一年。在获取这个职位时，他像个被困在敌人战线后面的武士。他宣称，像他们这么有名气的一个系，在排名上反倒不如巴黎经济学院，实在是奇耻大辱。他表示，他要找出系里最为薄弱的环节，也就是那些在剑桥拥有终身教职的人。他们认为终身教职让他们有权二十年都教同样的课，或把英语文章写得那么差劲，仿佛他们也一直生活在巴黎。

他的措施得到了相对著名、多产的教员的欣赏，但他也成了平庸之辈的众矢之的。那些摆谱儿的夸夸其谈者觍着脸，打着黑领结，一屁股坐在教师联谊活动室的天鹅绒座位上，仿佛置身于一座圣丹尼斯青楼，在晚餐前那段被别人称作"工作日"的漫长空闲里，一份《泰晤士报》甚至能翻来覆去地看两三遍。很多人也曾才思敏捷，但现在他们已年过半百，成了虚荣、环境和学院酒窖的牺牲品。他决心揭露他们，把隐形的傻瓜帽子钉在他们锃亮的脑门儿上，希望这会刺激他们，让他们再次成为学者。他有时候亲自批改他们的著作，怀着油漆工般的热情使用迪美斯修正液。很多人也的确从麻木状态中走了出来，但只有一个目标：毁灭摧残他们的人，让生活重回"暴政"之前的轨道。

于是，他的生活成了一场战争。在此期间，他继续发表文章、出版专著。他为此不仅减少了咨询时间，还压缩了和家人在一起的时间（这是除咨询时间之外，他唯一能承受得了的时间压缩）。总之，他在家里成了麻烦制造者，成了暴脾气的恶棍。在找不到他的眼镜的时候，他冲着孩子大喊大叫。到了星期天，他经常气冲冲地离开家，躲到办公室里去。有两次，由于引擎发动不了，他用脚把车的侧面踹出了凹痕。

在珍妮离开后的那个晚上，十五岁的苏尼问妈妈去哪儿了。钱德拉回答道："不要想起什么就说什么！"苏尼耸耸肩，说："我就是问问。"钱德拉喊道："你总是瞎问！"那天苏尼待在他的房间里，不肯下来吃晚餐。

三天后，珍妮回来了，就好像什么出格的事情也没发生过。到他们上了床，关了灯，她才撂出了炸弹。

"去找婚姻顾问！"钱德拉说，"这究竟是为了什么？"

"因为我想去。"

"可我没揍过你。我也不是个酒鬼。"

"我没你那么知足，查尔斯。我们的婚姻让我不快乐。"

"我的上帝呀，"钱德拉说，"你觉得我知足？"

"我觉得你满脑子都是你做的事情。我觉得那就够了。"

"我没法不一门心思，"钱德拉说，"我不得不那样。你懂吗？我不得不。"

"那我们就走着瞧好了。"珍妮说。他用手挤着脸，她看着。他觉得她好像在剖析他，还就他的症状做了笔记，以备将来查询。

他们在接下来的那个星期去见了婚姻顾问。珍妮自己约的，没有征询他的意见。顾问是个女的，辛西娅·本森女士。她十分同情地聆听了钱德拉讲述的情况。他承认珍妮不想成为一个专职太太，但他说她本人也同意的，她同意搬到芝加哥，再搬到剑桥，同意在苏尼出生后不出去工作。让他感到意外的是，辛西娅·本森认为这很重要。

"这是真的吗，珍妮？"

珍妮点了点头。

"那你就怨不得别人了。"

"是呀，"在沉默片刻后，珍妮说，"是呀，那挺公平的。"

"要为我们的决定负责，这很重要。"

"我同意。"钱德拉说。

"那你选择的那份工作，征得你妻子同意了吗？"

钱德拉先看了看珍妮，她盯着他；又看了看本森女士，她正在擦眼镜。这当然是没有办法选择的：如果他不工作，那他怎么付购房款，怎么付购车款，怎么付电视费，怎么接济那些个印度的亲戚（有些他甚至从未见过）？谁又知道他在系里的状况，知道他多么遭那些平庸之辈的恨，知道除了那些几乎根本不工作、在教师联谊活动室混日子的人，他比他们所有人都要更加倍努力？如果不工作也是一种选择，那你也完全可以把呼吸称作一种选择。

"喂，钱德拉？"辛西娅·本森说。

"是的，"钱德拉说，"我们达成了一致。"

"还有呢，"珍妮说，"查尔斯是不会说这个的，但他认为规则不适用于他。他觉得他不是凡人，他的工作必须排在第一位，因为那对人类至关重要。要是他的孩子不得不遭罪，那就让他们遭罪好了。"

那是她对他说过的最冷酷无情的话。如果他是个才华横溢的人，那他又能怎么办呢？对了，为什么不说说这个呢？才——华——横——溢。就连比辛西娅·本森大得多的权威都承认这一事实。没错，他的工作很重要。正如他从来不厌其烦地对珍妮说的那样，他出生在一个贫穷的国度里。它真的贫穷，不是她抱怨的那种微不足道的贫穷，而是那种数百万人死于饥荒的贫穷。那里的无家可归就是无家可归，而非对劣质酒、户外生活方式的喜好。钱德拉的工作救了人命。这并不意味着他比珍妮重要，或意味他不爱他的家人，但这是事实。

"我的工作很重要。"他说。

"对你来说重要。"珍妮说。

"是呀。"钱德拉说，他又在心里补了一句，"对世界也是。"

"我想知道，如果你牺牲一些工作时间，陪陪家人，珍妮是否会把这视为一种爱的举动。"辛西娅·本森说。

"我会的，"珍妮说，"绝对会的。我觉得被忽视了，查尔斯。就好像你只看见你的工作，看不见我。我的意思是，你知道我在那儿，但你视而不见。我不过是你的妻子。像一把扶手椅，也像一块垫子。"

钱德拉摇了摇头。"不，"他说，"我的确看见你了。"

"但你必须承认，珍妮有这样的感觉。"辛西娅·本森说。

钱德拉点了点头。

"你怎么样，钱德拉？"辛西娅·本森说，"你希望她怎么做？"

他盯着珍妮的眼睛，摆出一副宽宏大度的姿态。他歪着头，仿佛在模仿一顶文艺复兴时期的贝雷帽："什么也不希望。"

"好的，"辛西娅·本森说，"那么，我认为我们都同意，珍妮要为她自己的决定负责，不要因为过去的事情而责备你，这样比较好；至于你，钱德拉，你也同意早点儿回家，少在办公室里待着。我们可以谈得具体点儿，具体到每小时、每天，等等，或者我们可以暂时不去管它。第三……"

在头几个星期里，钱德拉和珍妮都坚持了他们各自作出的承诺。珍妮毫不掩饰地说，她曾经多么希望自己能在婚后继续学业，但她逆来顺受，成了个专职太太，因为她害怕打自己的仗，而不是因为钱德拉反对她这么做。但是，不管怎么说，战斗对她来说没多大意义，她对他说。化学从没让她兴奋过。她从没想过在实验室里工作，或去教书，或加入一家生产她叫不出名字、不在意其功能的产品的公司。她之所以学习化学，是因为她擅长这个，因为女人通常不从事科学，因为她想与众不同。与搞清她究竟想干什么相比，嫁给钱德拉要容易得多。

"那你嫁给我是想图点儿什么？"钱德拉问道。

"我可没这么说，查尔斯。"

珍妮曾答应不表现出辛西娅·本森所谓的"被动攻击"行为，虽然钱德拉仍不确定这种行为究竟意味着什么。钱德拉总能找出她很多真正具有攻击性的行为，拿不准这究竟有没有区别。

他自己则真心实意地做着尝试，少在办公室待一些时间。他开始在家里的壁炉前工作，要不就在床上工作。珍妮似乎对这一点很满意，苏尼和拉达也是如此。苏尼有时候会坐下来，和钱德拉读一些文章的草稿，做些晦涩难懂的评论，分享钱德拉对同事们别具一格的语法、句法的愤怒，重复些"如果这是个本科生写的，就会被当成胡言乱语""这真是不错，我想知道他是从哪儿剽窃来的"之类的话。拉达尽管年龄不大，对情况的了解却更透彻。她会单臂抱住钱德拉，或拍拍他的后背，仿佛为他在家里向他道贺。"我们和你在一起真开心，你知道的。"她曾经一边对他说，一边用她那圆溜溜的大眼睛看着他。

钱德拉和珍妮也履行了他们的协议的第三个条件，即每个星期"约会"一次。他们之所以这么做，完全是因为这是治疗专家的要求。钱德拉一般会提议去看电影或看戏剧，担心如果他们去吃晚餐，他们就没什么可聊的，并且由于这些"约会"就定义而言是不自然的，他们只会面面相觑，感到越来越焦躁，然后决定不吃甜点，回家用录像放映机看《海神号遇险记》。

正是在这样一个晚上，珍妮撂了她那年的第二颗炸弹。他们当时在一家西班牙餐馆用餐，她在谈花园，谈他们该不该把那棵挡住东边光线的冷杉树砍掉。他插话说："你也知道，珍妮，我们也许真应该实事求是，停止这种做法。"

"停止什么，查尔斯？"

"这些约会呀。我们太老了，不适合这个。我们又不是不懂。"

"这就是你想干的吗，查尔斯？"

"我不过是想让一切恢复正常。"他说。他意识到，他给最后一个词加的重读让他听起来像个孩子。

"你想让一切恢复正常？"

钱德拉点了点头，又给自己倒了一杯里奥哈葡萄酒。珍妮还没碰过这种酒。

"如果还来得及的话。"他说。

他想告诉她，他爱她，但要他说这样肉麻的话，还真不容易。在印地语电影中，只要情侣互相靠近，他们之间总会出现一朵玫瑰。那是一种象征，意在提醒人们，浪漫之爱是一种虚构的娱乐，真正的爱远没有那么外露。

"好吧，我觉得可能真的来不及了。"珍妮说。

"什么来不及了？"

珍妮叹了一口气："我都有达夫[1]了，查尔斯。"

回过头来看，珍妮肯定知道，这样的表达超出了钱德拉的理解范围。但是，她仍旧沉默了很久，直到他承认，他根本不懂她在说什么。即使在她解释之后，他所能想到的也只是那个短语本身。等他们回到家，他查了《格林俚语词典》，发现"达夫"指的是"生面团"，由"生面团"而及"布丁"，然后又提及"扯某人的布丁"。"扯某人的布丁"是俚语，意思是自慰。当你把所有这些词源全都搅在一起，那么珍妮那句话的意思是，她怀孕了。

"你感觉怎么样？"他问道，企图掩盖自己的困窘。

珍妮耸了耸肩："犯不着难过，犯得着吗？"

钱德拉断定，珍妮感到厌倦了。这是一种西方病，是由数代同堂的大家庭解体和节省劳动的装置的发明造成的。但是，现在所有人都又要来帮忙，所有时间都要被一个红着脸、大喊大叫、攥着拳头的小独裁者霸占。这意味着，谁也不会有时间指责家里的顶梁柱为履行他的义务而退到办公室里，因为现在一切行动都要服务于家庭的共同事业。没错，他断定，一切都有可能回到"大洪水前"的常态。

接下来的星期五，他们去看了医生。医生警告说，这次怀孕可能与以往的怀孕不同。珍妮现在四十四岁了。但是，钱德拉并不担心。珍妮年轻时是游泳冠军，拉达出生时就很顺利。"她几乎连一滴汗都没出。"他在电话里对她的妹妹詹妮弗说。

---

1 "达夫"是"duff"的音译，它的意思见于下文。

但是，在妊娠早期就要结束时，珍妮看上去更憔悴、更虚弱了。她吐得厉害，一天至少发两次脾气。到了夜里，他经常发现她在看电视，要不就在给花草浇水。他怀疑她是不是在梦游，但当他和她说话时，她又非常清醒。

"别管它了，"有一次，他发现她在凌晨两点倒垃圾，就对她说，"让我倒吧。"

"还有别的事情要做吗？"珍妮问道。她的睡衣拍打着她的身体。她虽然怀着孕，但体重依然过轻。

"我很抱歉，珍妮，"他说，"让我来吧。你让我干什么我就干什么。"

"你究竟想干什么，查尔斯？"她一边说，一边把垃圾袋放在她的膝盖上，"就让我干吧。"

"你知道现在是什么时间吗？"

"这和时间有什么关系？"

"回床上去吧。"

"那我到早上还会醒的。"

"你说什么？"

"我说，反正我还会醒，那我为什么要睡觉呢？"

"珍妮。"钱德拉一边说，一边朝她走过去，拉住她的胳膊。

"好吧。"珍妮说。她从他身边挤过去，上了楼。

等钱德拉去咨询医生时，医生告诉他，不，这不太正常。"她是不是有些抑郁？"医生问道。钱德拉摇了摇头。珍妮从没得过抑郁症。她那种性格就得不了抑郁症。她拥有第三世界移民的价值观，虽然这种价值观是通过北方的工业化获得的。他们俩谁都没有任性到得抑郁症的程度。所以，在珍妮说她想去看治疗专家时，他很吃惊。

珍妮分娩是在星期天。一位秘书匆匆到马歇尔图书馆找钱德拉，他正在寻找一期他其实并不需要的《印度经济杂志》（但发现图书馆没有，他还是感到惊骇）。他打车去了医院。巴顿博士见了他说："你能来太好了。"钱德拉回答道，"应该的[1]"。他在紧张时习惯于说冒牌的法语。

当珍妮见到他时，她只是盯着他，仿佛想弄明白他是谁。钱德拉抓住她的手，她紧紧地握着。她摆着医疗行业所谓的首选分娩姿势，她的蓝睡衣拢在她的腰间。钱德拉最近读过一篇文章，里面说这完全是一种专制姿势，可以归因于路易十四的窥阴癖。蜷缩或蹲坐姿势要自然、有效得多。他对珍妮说了这个，但现在已经来不及了，因为婴儿就要出生了。

让钱德拉惊奇的是，珍妮在整个分娩过程中几乎一声不吭。不过，等到把婴儿抱在怀里时，她哭了。他给她们俩拍了一张照片，但让闪光灯闪着，婴儿有些畏惧，甚至闭上了眼。他经常对这一情景感到好奇，怀疑贾斯敏后来在生活中比较胆怯与此有关。他后来总是声称，他们是根据珍妮头后面花瓶里的花给贾斯敏取名的，整个房间都弥漫着那种独特的芳香。"胡扯，查尔斯，"珍妮会说，"那里根本就没花儿。"但是，钱德拉记得有一个蓝花瓶，娇艳的

---

1 原文为法语"Mon plaisir"。

白花瓣伸展着，迎接他的凝视。

　　贾斯敏体重不足，在恒温箱里待了五个星期，但等她到家时，她仍然是钱德拉见过的最小的婴儿。珍妮几个星期就把怀孕时的体重降了下来，又变得像他们初次相遇时那么苗条，只是她的皮肤有些松弛，仿佛在等她再次发胖。她人生中第一次开始出现偏头痛。她会用湿毛巾捂着脸，在床上一躺就是几个小时，还轻声呻吟。钱德拉雇了个保姆，想减轻她的负担，尽管她看上去没那么疲惫，脸色也没那么苍白，但她的情绪还是老样子。她为一些鸡毛蒜皮的小事发脾气，对他说话凶巴巴的，让他觉得他好像在没完没了地伸手够雪茄，只为了把烟盒拿在手里，啪地盖上。她有时候一连几天不言不语，甚至连电话都不打。只是在喂婴儿或轻摇婴儿时，她才显得比较平静。

　　作为一种震慑策略，钱德拉建议他们再去拜访辛西娅·本森一次。老实说，这是他最不愿意干的事情。但是，珍妮回答说："我没病，查尔斯，我就是生气。"他提议养一条狗。她想养一条狗有好几年了，但由于他不愿意，她放弃了这种想法。当他这么提议时，她说："那正是我需要的，再弄个动物照料一下。"

　　钱德拉和莫诃尼谈了谈。莫诃尼是他的嫂子，住在德里，也是医生。她向他保证说，这一切都会过去。"产后抑郁症太常见了，"她说，"你千万别计较。那是一种化学作用。就随她好了。会过去的。"

　　在一些方面，莫诃尼说的是对的。珍妮上午不再睡懒觉了。过了一段时间，她又变回了老样子，风风火火，勤勤恳恳。但是，即使过了十八个月，她的火气还是比他印象中的大，白天开始经常叹气，有时候一个小时叹气七八次（他数过），她总是无意识地叹气，仿佛生活在她自己的隔音气泡里。

此时，贾斯敏成了一个漂亮、迷人的婴儿，但她的身体依旧虚弱，个头儿小，容易受惊，碰到一点儿小刺激就哭。在开始蹒跚学步时，她还是这个样子。当钱德拉躲到他的书房，待在弥漫着雪茄和咖啡气味的污浊空气里，她会走进来，一只手按在她的屁股上，一只手指着楼下，说："玩不，爸爸？"钱德拉会拉住她的手，让她把他带到她想去的无论什么地方，除了他太专注于工作忙得抽不出时间的时候。碰到后一种情况，她会可怜巴巴地盯着他，盯那么一会儿，然后才离开。

只要珍妮"有了一个转折"（珍妮自己的话），贾斯敏一般都比钱德拉先发现。贾斯敏会说："妈妈难过。"珍妮会抱她一会儿。与此同时，贾斯敏的脸色会变得像天使一般严肃，宛如从文艺复兴画作上向外凝视的圣徒。

2003年，在贾斯敏过四岁生日的几个月前，钱德拉决定去多伦多大学休假。他们在芝加哥时，珍妮就一直想去那里。苏尼在上伦敦政治经济学院，拉达的举止仍比较得体。贾斯敏还小，去度假对她的学业几乎没有影响。

他在吃早餐时跟珍妮说了他的想法，"不去，"她说，"说什么也不去。"

钱德拉已经接受了那个职位。他挖掉他的流黄蛋的顶端，把塔巴斯科辣椒酱倒进"休眠火山口"里。

珍妮叹了一口气,这是她早上的第三次叹气:"你得到了它,不是吗,查尔斯?"

"你不想去旅行?"

"我当然想去旅行。"珍妮说。

钱德拉忘了他的鸡蛋,透过窗户凝望着外面的雨。他的手在轻轻抖动。

"我二十年前就想去加拿大,查尔斯。"珍妮说。

"我知道,"钱德拉说,"我一直在努力弥补。我一直在努力。"

"也许真的太迟了,"珍妮说,"说不定我现在根本不喜欢它了。"

"珍妮,求你了,"钱德拉说,"我觉得你会喜欢的。我们都会喜欢的。"

"让我想想吧。"

钱德拉心里没着没落地忍受了两个星期,他们甚至都没提过休假。他给多伦多的系里打了电话,告诉他们情况有些复杂,但没有作进一步解释。然而,他的确试图以微妙的方式改变他妻子的想法。他买了上着枫树糖浆的熏猪肉,把它放进冰箱,早上一起来就放《爱无止境》这首歌,就像在夏令营里吹起床号。

就算珍妮注意到了这些东西,她也没说什么。但是,最后一击还是来了。他"不经意地"告诉孩子们,他们有可能要去加拿大度个"长假",将见到世界上最高的大厦;那里冬天很冷,他们有可能把鼻子冻掉。从那时起,孩子们一直叽叽喳喳地说度假的事,珍妮却只是变得更加沉默寡言。钱德拉惴惴不安地等着，直到有一天夜里，在他昏昏欲睡时，他终于听见她哈哈大笑起来。

"好吧，查尔斯，"她说，"那我们就去加拿大吧。"

他打开灯，看着躺在他旁边的妻子。她就像个突然被赋予了知觉的机器人，在咧着嘴笑。

"感谢上帝。"

"我从一开始就想去，查尔斯。你知道这一点，不是吗？"

"我肯定不知道啊。我怎么能知道呢？"

"我只是不想让人告诉我，我非去不可。"

"我很抱歉，我想给你个惊喜。"

"是呀，是呀，我的确吃惊了。挺好的。我一直盼着呢。"

钱德拉关了灯。他觉得自己就像希腊的那个斐迪庇第斯。为拯救他的王国，斐迪庇第斯从马拉松平原出发跑了二十六英里（后来死了）。

"可我有个条件，查尔斯。"

他又打开了灯。

"什么条件？"

"我们随后要来一趟公路旅行。多年以来，我一直盼着能来一趟公路旅行。"

"没问题。"钱德拉说，多年以来，他也一直知道她有这个心愿，"没问题，当然了。"

"和詹妮弗一起。"

钱德拉关了灯。"没问题，"他说，"没问题，当然了。"

这些年来，钱德拉和珍妮的妹妹詹妮弗保持着一种纵然有些冷淡但还算真诚的关系。詹妮弗从没结婚，对苏尼和拉达也不亲近。在他们还是婴儿时，她似乎喜欢冲他们扮鬼脸，但当他们学会了顶嘴，她就对他们失去了兴趣。"詹就是这么个人，"珍妮曾经说，"她和我们不一样。她比较冷淡。"钱德拉也有过这样一个姨妈，但他觉得那不是冷淡，而是一种气哼哼的愤世嫉俗。不过，与其相信她尤其看不惯他，这样想反倒好一些。

詹妮弗几乎不再直接冲他开火了，也许是因为孩子。但是，当她和她姐姐一起喝酒时，她们经常拿他开涮。珍妮第一次离开他时，去了布里斯托詹妮弗家里。詹妮弗在布里斯托开着一家卖3D打印机的公司。和詹妮弗一起公路旅行轻松不了。

让他感到宽慰的是，在多伦多，珍妮真的笑逐颜开了。那是一座非常宜人的城市，但钱德拉觉得那里的东西让人无法忍受。十一月份，在珍妮和拉达乘火车去蒙特利尔期间，他待在家里，身上裹得严严实实，坐在散热器对面，像一件忘了晾干的羊毛衫。等到春天来了，他如释重负。不过，詹妮弗也来了，还有他以前答应过的公路旅行。他们租了一辆福特银河，先去了温哥华，然后跨过边境，去了西雅图。

他曾经预料旅行很困难，但在接下来的那个星期，他意外受到了更加残酷的嘲弄。詹妮弗和珍妮简直把他当成了宫廷代鞭童[1]。她们操着叽叽呱呱的兰开斯特方言，总是拿学者或剑桥教师开涮，

1　英国旧时宫廷里陪王子读书、代王子受罚的少年，在这里是出气筒的意思。

甚至取笑钱德拉本人。让他最为气愤的是，她们还试图拉着拉达一起拿他取乐。他觉得这种做法是暗箭伤人，违背了交战规则（当然了，在抵达西雅图之前，他根本没意识到他们在交战）。

"我们应该去看看亨德里克斯展览。"有一天，詹妮弗说。

"查尔斯怎么办？"珍妮问道。

"吉——米——亨——德——里——克——斯，"詹妮弗一边说，一边模仿弹吉他，"你知道吉米·亨德里克斯[1]吗？"

"知道，"钱德拉说，"谢谢你。我知道吉米·亨德里克斯。"

"我就说一下，信不信由你，詹，"珍妮说，"查尔斯根本不知道你说的是谁。"

"我知道吉米·亨德里克斯，我也知道科特·柯本。[2]"钱德拉说。那天早上，他才在他的旅行指南上查看了西雅图的历史。

"我们能不能在这儿看一场柯本的演唱会？"詹妮弗说着，冲拉达眨了眨眼。

"哎哟，打住吧。"珍妮说。她强忍着，才没笑出声来。

"他于1994年4月5日去世。"钱德拉说，他的记忆力仍然无懈可击，"死于自残的枪击伤。"

"哦，上帝呀，没错，"詹妮弗说，"那我们去看一场阿巴[3]的吧？"

1　吉米·亨德里克斯（1942—1970），美国歌手。

2　科特·柯本（1967—1994），美国歌手。

3　瑞典的一支流行乐队，在二十世纪七十年代人气很旺。

"你爱怎样就怎样。"钱德拉说，他知道那是个陷阱，他朝门口走去，"我根本不在乎。"

第二天，嘲弄仍在继续。钱德拉终于受够了，于是在星期五这天，他编造了个要和"甘达帕·维斯瓦纳斯教授"（其实是二十世纪七十年代一位杰出的板球运动员）共进午餐的借口，带着贾斯敏逛了华盛顿大学，去了书店，在一个角落里给她读了《好饿好饿的毛毛虫》。

等他回到宾馆时，珍妮和她妹妹心情正好。她们去了美国最早的星巴克店，在那里和两位精神病医生共用一张桌子。他们俩是兄弟。她们不停地拿弗莱泽和尼尔斯[1]开玩笑，拿钱德拉头脑里的"参考文献"开玩笑。她们第二天去了一家酒吧，然后醉醺醺地回来，操着元音浓重的北方口音争吵。他发现詹妮弗好像对珍妮的某个做法不满，在那个假期里头一次站在了他这一边。

等他们回到剑桥，珍妮又变了。她不再叹气，也不疲惫，但她也不按时上床了，而是盯着电脑屏幕到很晚，浑身散发着她通常在晚饭后喷的香水味。这也许是钱德拉还不理解的一种明显现象：二十一世纪宽带时代的私通。直到多年后，他才意识到，珍妮一直在和史蒂夫——她在西雅图结识的两兄弟之一——聊天。

随后几年，史蒂夫和珍妮保持着笔友关系（如果这个词用在这里还算正确的话）。但是，他们也见过几次面。当然了，钱德拉后来才琢磨出了这一点。他意识到，珍妮不只去了布里斯托，还去了

1　美国电视喜剧《欢乐一家亲》中的人物。

伦敦，住在一家宾馆里。他当时只知道她不太关注他，同时又快乐了一些，但他从来都没想到，另外一个男人卷了进来。

在她永远离开他之后，他才知道史蒂夫的存在。她把实情对他和盘托出。然后，他开始和他枕头下的白兰地瓶子一起睡觉，虽然他知道她手机夜里静音，但还是在凌晨三点、四点、五点时给她打电话。他最终同意离婚，仅仅是因为他觉得，要把她赢回来，这是最有效的方式。只有关了门，上了锁，她才会意识到，她跟另一边的那个男人不可能真正分开。

问题是，钱德拉接受了南亚千百年来的传统的熏陶。这让他相信，无论珍妮说什么，在内心深处，他和她都共享着一种神圣的爱和忠诚，就好像他们手拉手在大地上行走，经过了几个轮回。但现实是，珍妮宣布她要搬到博尔德。钱德拉不同意，辩解说贾斯敏太小，这样的变化对她伤害太大。珍妮虽说一辈子都在妥协，但这一次她不会让步。

"贾斯想去。"她说。

"她当然想去了，"钱德拉说，"她一向是你想要什么她就想要什么。"

其实，贾斯敏一向也听他的话。她就是那种孩子，而这种状况可以被称作"所罗门的判决"。鉴于所罗门已经作古，钱德拉断定，为了贾斯敏，他别无选择，只能屈膝投降。

在婚礼前，珍妮甚至都没告诉他，她要结婚。钱德拉很震惊，过了几天才缓了过来，他意识到，这与爱无关。出于法律原因，如果他们三个要在美国一起生活，珍妮就不得不嫁给史蒂夫。

在需要运用她所谓的"街头智慧"时，她一向比钱德拉更现实也更狡诈。回过头看，如果史蒂夫真的想和珍妮在一起的话，他应该打官司，迫使史蒂夫来英国。要不是他仍然认为他们只是暂时分居，他说不定已经这么做了。

那几年，他非常想念他的孩子们。苏尼当时在中国香港。尽管钱德拉认为离婚对苏尼伤害很大，但他们俩很少聊起它，仿佛谁都羞于承认他们自己的弱点，抑或基本的人性。他希望他可以向拉达一吐心扉，但她已开始讨厌他，毫无怜悯之心。他不知道这是和离婚有关，还是像她声称的那样，和政治有关。至于贾斯敏，她说起话来越来越像美国人。她的口音慢慢从标准语音转向了笼统的美国中西部语音，显得生分了。他只能通过电话间接地，或通过假日里的事后叙述，获悉她人生成长阶段的关键情况。他知道她朋友的名字，或至少知道其中一些人的名字，但从未见过他们。他一听说脸书，就立即开了账号，只为拥有一种可以观察他女儿人生的方式。

大约正是这时，他对诺贝尔奖的痴迷开始了。他一门心思地认为，只要他能举起令人垂涎的奖杯，其他问题都将迎刃而解，他也会跻身"大神"之列。那些"大神"永远感受不到疼痛、寒冷、饥饿、孤独，而是从早到晚痛饮天国毋庸置疑的高智商玉液琼浆。他满脑子都是这样的想法，即使在不恰当的场合，也三句不离这一点。每年的落选，他都有一种非常惨痛的感觉，但不是因为失败，而是因为对存在的恐惧。如今，在接受了永远获不了奖的现实后，他最害怕的是，他的生活中少了那种不顾一切、极其强烈的希望。他就像一只兔子，在兔子灭绝后，仍朝思暮想着同类的幻影。

05

钱德拉被电话吵醒了。

"查尔斯？"

他打开床头灯，结果把他的书和白兰地杯子打落在了地板上。

"嗯。嗯。怎么了？"

"我们找不到贾斯敏。"

"她在哪儿？"

"我说的是，我们找不到她，查尔斯。"

"啊，上帝呀。现在是什么时间？"

"差不多四点。"

"我这就去。"

"她在博尔德。我去找你吧。"

他走进卫生间，开始刷牙。电话又响了。珍妮想不起他住在哪家宾馆。她叫了一辆出租车。史蒂夫待在家里，以防贾斯敏回去。

钱德拉刮了胡子，穿上昨天穿的衣服。在宾馆大厅里，他看见一个年龄和他相仿的男人正通过旋转门，一只手搭在一个女人赤裸的背上。那个女人看上去三十五岁左右，穿一件黄色的夏季连衣裙，脚蹬蓝色高跟鞋。她摇摇晃晃地朝他走来，目光呆滞。那个男人近乎面无表情。

珍妮抵达时散发着酒气。她上身穿一件灰色卡迪根羊毛衫，下身穿白色裤子，脸上无妆，更像他记忆中的她。

"出什么事了？"他问道。

"她的朋友苏茜打了电话。她说贾斯离开了聚会，显得很古怪，她想知道她是不是已平安到家。"

"她的朋友是在半夜给你打的电话？"

"史蒂夫说不用担心。她肯定是和一个男孩子离开的。女孩子们都那样干，我应该允许她长大。他说，她要是瞧见了我们，会疯掉的。"

"也许他说得对。"

"如果他不对呢？"

"我这就去开车。"

钱德拉乘坐电梯来到停车场，钻进他租的车里。当他把车停在宾馆外面时，珍妮仍在打电话，但立即挂了电话，上了车。

"我们去哪儿？"他问道，打开了GPS。

"我会给你指路。"

当然了，博尔德现在是她家嘛。

"我担心她，查尔斯。"

"我知道。"

"我的意思是，她不快乐。史蒂夫说，所有的小青年偶尔都会抑郁，它对他们的危险要小于对我们的危险，但我不相信他。我的意思是，我相信他，但她还是不快乐。那我为什么不该担心呢？往左拐。"

"我觉得他的意思是，用不着担心，那对谁都没好处。"

"人们究竟为什么要那么说，查尔斯？我的意思是，我是因为担心才来这儿的。做母亲的担心很正常。我们担心是因为我们爱自己的孩子，他们能够感受到。那也让他们有安全感。"

"对做父亲的来说也正常。"

"我知道。"

她的手碰到了他放在变速杆上的手。他想，他们会永远拥有贾斯敏。然后，他意识到，这不可能。她很快就会像另外那两个那样，生活在一千英里之外，只能通过电子邮件联系，也许她还会有自己的家庭。那意味着，珍妮和他之间就再也没有联系了。在他人生的迟暮之年，他将独自一人，回顾往事，像个营造商那样，查看他花了数十载建造的房屋，然后才交出钥匙。

珍妮把他带到了一座两层郊区房屋。那座房屋的车道很宽，上面停了至少六辆车。两块窄窄的草地充作前院，上面也停了两辆车。已是凌晨四点半，但窗户里仍亮着灯，楼上窗帘后有人影晃动。

"就是这儿。"珍妮说。

彩色玻璃房门上方的信箱上写着：甭想把任何与宗教有关的东西塞到这里。他们能够听见音乐，爵士乐风格的，节奏感很强。钱德拉敲了敲门，听见了里面好像在喊警察。他拽开信箱，说："我是贾斯敏的父亲。"

"好极了。"珍妮喃喃地说。

门开了。开门的是一个绑着辫子的金发女孩。由于戴着眼镜，她蓝色的大眼睛显得更大了。她穿着斜纹工装裤，唇彩鲜红，欣喜若狂地咧着嘴笑。

"我能帮你们俩什么忙吗？"她问道，手抓着门框。

"苏茜在这儿吗？"珍妮问道。

"在啊。"那个女孩说，吸吮着她的手指，"苏茜！"

钱德拉看见一个深褐色头发、年龄相仿的女孩走下楼。她只穿着一件长T恤，T恤前面印着雷蒙斯乐队。

"嗨，贝诺维茨夫人。"她说。钱德拉愣了一会儿，才意识到她说的是谁。

"嗨，苏茜。"珍妮说。

"天哪，见到你太好了，"那个女孩说，"我的意思是，哇，你在这儿，那就像……哇。"

"你给我打了电话，苏茜。"

"我没给你打呀，贝诺维茨夫人。我是说，那不意味着我不喜欢你。我只是没给你打过电话。"

有人在她后面喊道："你没打过电话，骚货。"苏茜用手捂住嘴，哧哧地笑了。

"你给我打了，苏茜。我知道是你打的，因为我听出了你的声音。你说贾斯敏出去了，你想知道她回家了没有。"

"噢，是的，贾斯。"苏茜说，"你是贾斯的妈妈，贝诺维茨夫人。没错。啊，我的上帝呀。"她一边说，一边看着钱德拉："你是她爸爸？"

"无论她在哪儿，告诉我们就行，"钱德拉说，"我们很担心。"

"你们在找贾斯？"一个男孩子问道。他高高的个子，光着膀子，下巴上长出了一簇黑胡须。

"是啊，"钱德拉说，"她在哪儿？"

"她走了约两小时了。不过，你也知道，她神志有些不清醒。我的意思是，她看上去迷迷糊糊，真的累垮了。她没回来，我们都很担心。"

"那是什么意思？"珍妮说，她现在有些恼了，"你说'累垮了'是什么意思？"

"给她说说'斯鲁姆斯[1]'！"屋里有人喊道。

"闭嘴，乔希！"苏茜说。

"她吃了蘑菇，先生，"那个男孩说，"问题是，我觉得她还不习惯。她就那样，好像……"

"完了。"苏茜说。她又用手捂住了嘴。

"她搞得一团糟，"那个男孩一边说，一边点点头，"她真的出去了，没人能搞清她去了哪儿。我们觉得她肯定回家了，但接着有人看见她的车还停在这里，于是我们想，她可能打了车。"

---

1 原文"shrooms"，意为蘑菇。

"我不敢相信你们居然让她那么走掉，"珍妮说，"居然还吸毒！你们想让我们喊警察吗？你们想吗？"

"主呀，不要！"苏茜说，"我们打电话了，因为我们担心，贝诺维茨夫人。我们应该阻止她，我懂，可这里的事情太多了。"

"你们谁都没想过去找找她？"珍妮问道。

"我们打了电话，可她的手机在屋子里，"那个男孩说，"我应该去追她。怨我。"

"我们聚会差不多开到了一半。"苏茜说，她回过了神，"我想说的是，谁想离开都可以。这是个自由的国家。"

"我们不想有任何不敬。"那个男孩说。他举起手，仿佛遭遇了抢劫。

"把她的手机给我们，我的天。"珍妮说。

苏茜犹豫了下，然后转身，朝楼上走去。

她回来时手里拿着手机，然后交给了珍妮。

"祝你好运，贝诺维茨夫人。就像我刚刚说的，我们真的很抱歉。"

"我们希望你们能找到她，先生。"那个男孩对钱德拉说。

珍妮关上了门。她的呼吸很粗。钱德拉分辨不出那究竟是因为愤怒，还是因为着急。

"没事。"钱德拉说，伸出一只胳膊搂住她，"今夜挺暖和的。她会没事的。我们去找找她吧。"

"好的，"珍妮说，"好的，你开车。我在这附近找找。你带手机了吗？"

钱德拉点了点头："我可以报警，如果你想的话。"

"我们还是先找她吧，"珍妮说，"如果我们半小时内找不到她，我们就报警。好吗？"

"好的。"

珍妮绕着房屋，走入黑暗中。那里肯定是后花园，钱德拉看见了松树高大、挺拔的剪影，像高等法院法官，后面还挂着一轮水汪汪的月亮。他上了车，摇下车窗。他能听见珍妮在喊贾斯敏的名字。

钱德拉开始在附近的街区兜圈子。他看见一个女人在遛狗，就放慢了车速。

"打扰一下，"他问她，"你见过一个大约十七岁的女孩吗？"

那个女人瞪了他一眼，说了声"流氓"之类的话。几分钟后，他遇到了两个女人。她们有二十多岁，手拉着手。"我在找我的女儿。"他对她们说。

这两个女人比较愿意帮忙。她们问了她的长相，要了他的号码，说如果看见她，就打电话。

钱德拉一直想消除担忧，但现在他的担忧更重了。如果贾斯敏被强奸了，或被车撞了，或被割断喉咙，躺在沟渠里，该怎么办呢？他打开了收音机，希望可以平静下来。收音机在放萨姆·库克的歌，歌名叫《丘比特》。在伦敦政治经济学院时，他和珍妮曾随着它翩翩起舞。那是他第一次当众吻一个人。即使是现在，他也能嗅到她的香水味。

钱德拉的手机亮了，有个未接电话，号码他不认识。他打了回去，一个女人接了电话。

"嗨，我是雪莉。"

"哪个雪莉？"

"你在街上遇到的那个，帮你找女儿的。"

"哦，是的，对。"

"听着，我不知道那是不是她，但有个人坐在康奈尔街和第四大街交叉口的一个垃圾箱旁边。她不理我们。"

"她叫贾斯敏。"他说。他骂骂咧咧地运行着GPS。

"贾斯敏。"他听到那个女人说，"你叫贾斯敏吗？宝贝儿，你是贾斯敏吗？"

开车到那里需要两分半钟。他给车挂上了挡。

"她什么也不说。一直瞪着眼。"

"好的。我正往那儿赶呢。"

钱德拉把手机扔到了乘客座上。他能嗅到血腥味。他一害怕就是这样。但是，为什么呢？她们不是已经发现她了吗？

他在第四大街停了车，看见那两个女人站在角落里。他没找到贾斯敏，不由得再次恐慌起来，直到一个女人指了指她们左边的一条小巷。

"她就在那儿，"她说，"她不理我们。"

钱德拉点了点头。由于着急，他忘了感谢她。他还是没看到贾斯敏，但当他抵达小巷中间的那个垃圾桶时，他看见她坐在地上，膝盖顶着下巴，看着前面的木栅栏。钱德拉想让她起来，说地上脏，她一晚上惹的麻烦够多了，但她不怎么正眼看他，他的怒气消了。转而掏出手机，给珍妮打电话。

"爸爸，"贾斯敏说，"别打电话。放下。"

她说话慢吞吞的，仿佛费了好大劲儿，但声音听起来还算正常。实际上，她的声音很平静，比以往很长一段时间都要平静。

"我在给你母亲打电话。"

"暂时不要。"

"她很担心。我也很担心。你在干什么？"

"让她再担心几分钟吧。她死不了。"

"不。我要给她打电话，贾斯敏，然后你要回家。"

"家？家在哪儿，爸爸？"

"什么？你说什么？我们走。起来。"

"你有家吗？"

"起来，我的老天。你那样坐在地上像个流浪汉，想干什么？"

"一起坐，爸爸。"

"起来！"

"你也可以坐下来，要不就滚。可我希望你坐下来。"

月光照着贾斯敏一侧的脸颊，让她看上去像一座雕像。他穿着他压平的裤子和夹克坐下来，肩膀几乎碰着了她的肩膀。地上很凉，但至少还干燥。借着如水的月光，他可以查明附近没有老鼠。

她还是穿着一身黑衣，但她的头发里现在出现了条纹，他分辨不出那是什么颜色的。也许是橘红色？贾斯敏的肤色比她的哥哥、姐姐的深，有时候会被误认作希腊人或意大利人，但她仍旧抹着那种幽灵般的粉底霜。虽然她化了妆，但她长得像他，她的鼻子，她的额头。他不再懂她了。他想爱她，但不知道怎么爱她。

"那你想干吗？"他问道，"你想报复我们？"

"为什么要报复你们？"

"我不知道。因为我们过去对你做过的无论什么吧。"

"就算报复了你们，又能怎样呢？"

"我不知道。"他说。他用手拍了拍地面，想知道有没有人能听见他们说话。

"也许我就是想和你坐在这儿，看看天空。你为什么不试试呢，爸爸？看看天空。来呀。"

钱德拉抬头仰望。

"嗯，我看过了，"他说，"那是一片天空。那又怎样？"

"都在那上面呢，"她说，"你需要知道的一切。都在天上。"

天空的边缘现出空白，色彩逐渐变淡。黎明将至。他看见右边的地平线上升起灰色螺旋，西边的某个地方可能在下雨。

"为什么所有东西都非得是某种东西呢？"贾斯敏问道。

"我听不懂。"

"我的意思是，我们为什么非得做些什么呢？我不过是坐在这儿，就让你那么生气。"

"我们很担心。"

"可你现在不担心了。"

"我还是很担心。"

"为什么呀？"

"我不明白你在说什么。"

"我几乎什么也没说，爸爸。你难道没瞧见吗？我在这儿。我不过是走到这里，待在这里。你却吓坏了，就好像发生了灾难。就在这里陪着我吧，爸爸，几分钟。"

"你妈妈太担心了。"

"就几分钟。"

他默默地坐着，瞪大眼睛，盯着栅栏。他心烦意乱，尽量不看贾斯敏。他想掏出手机，但害怕如果他这么做了，她不知道会说什么。他试图闭上眼睛，但这会把事情搞得更糟。一阵婴儿的哭声从某个地方传了过来。

"我是唯一无足轻重的人，"贾斯敏说，"苏尼一直想成为你。拉达一直想成为你的对头。我，我什么都不是。我不像你，也不像妈妈。我根本不重要。"

"不是的。"

"我什么都不是，爸爸。你们总以为我不重要。没关系，我不介意。"

她真的这么想吗？真是这样吗？钱德拉再也不知道了。他只知道他需要他的女儿（他直到现在才明白了这一点），而他就要失去她了。

"你并非什么都不是。你是我的全部。全部。我什么也没有。没有妻子。一无所有。我才什么都不是。你是我的全部。"

她把头靠在他的肩膀上。

"没事了，爸爸。"

"我不明白。"他说。

"我也不明白。谁会明白呢。"

他捡起一个石子，朝栅栏扔过去。石头从两根板条间穿了过去，但他没有听到它落地的声音。他又捡起了一个。这次它"啪"的一声砸中了板条。

"不怨你，爸爸。"

"怨谁呢？"

"谁都怨。谁都不怨。不重要。"

他再次掏出他的手机。珍妮没有打过电话。

"我觉得你最好给妈妈打个电话。"贾斯敏说。

"贾斯敏，你生病了吗？你需要看医生吗？他们说你吃了蘑菇。"

"致幻蘑菇。是一种毒品，爸爸。"

"毒品？"

"就像迷幻药，"贾斯敏说，"不过是天然的，没什么危险。我有点儿疯癫，不过我现在好了。真的。"

"你是从哪里搞到它们的？"

"他们想分享，可我想，去他们的吧，他们要上大学。于是我就把它们都吃了。"

"什么？"钱德拉问道，"你是什么意思？"

"我把它们都吃了。"

"你也要上大学啊。"

"我把学术能力评估测试全搞砸了，爸爸。我只能去上社区大学，其他的哪儿也上不了。我被困在这个地方了。"

"不，贾斯敏，不。你可以去英国。无论什么地方。我们掏得起钱。"

"都要看分数的。你不知道我考得有多差。我哪儿也去不了。"

"没事的，贾斯敏。我会搞定的。我是个教授。我能解决。"

他想伸出胳膊抱住她，但他做不到。他不习惯肢体上的安慰，他畏畏缩缩，害怕遭到拒绝。

"一切都会好起来的，爸爸。一切安好。你难道没看出来吗？"

月亮已经落下。他拨打了珍妮的号码。

"好的。"珍妮说。他跟她说贾斯敏找到了，她听上去并不意外。

他和女儿向汽车走去。钱德拉想起了他在池塘边说的那些关于规矩的话，说它们如何不存在，说就算存在什么意义，他们谁也不会知道是什么。那不就是贾斯敏一直试图告诉他的东西吗？她比他早五十年领悟到了，这可能吗？

刚坐到车里，他就说："我觉得我明白，贾斯敏。"

她似笑非笑地看着他："你真的明白？"

"我有时候也有这样的感觉。就好像我把事情搞得一塌糊涂。就好像一切都根本不重要。我懂。"

"是吗？"

"可毒品不管用，贾斯敏。根本不管用。"

"你又怎么会知道呢，爸爸？"

"毒品危险，贾斯敏，大家都知道。要解决问题，有别的办法。"

"你想想看，爸爸，谁真的在乎呢？"

"我在乎。"

"可你在乎吗？你真的在乎吗？"

"是呀，我在乎。我有时候会忘记一些事情，有时候会说傻话，可我在乎。那是我唯一确信的事情。"

回去路上，贾斯敏把车窗摇下来，盯着大街。天空现在泛着灰白色。也许再过半小时，天就亮了。等他们抵达苏茜的房子，珍妮坐到了后座。让他意外的是，珍妮一言不发，既没理他，也没理贾斯敏。

到了史蒂夫和珍妮的房子，大门已经打开。贾斯敏拉着珍妮进了屋，一句话也没说。钱德拉不知道该干什么，就绕到了房子后面。史蒂夫正站在池塘上方的低跳板上，在清晨的寒意中浑身赤裸，做着深呼吸："呼——呼——呼——"

"早上好。"钱德拉说。史蒂夫已从边缘上退了回去，像个螺旋桨那样转着他的胳膊。

钱德拉尽量不看史蒂夫的阴茎，但他不由得注意到，史蒂夫的私处刮得干干净净。

"早上好，钱德拉塞卡。"史蒂夫说，他离开跳板，从池塘对面走过来，"我猜你昨晚没睡好。"

"我们不得不找贾斯敏。"

"是呀，你们找到她了。我说过，她没事。"

"不是的。"钱德拉说，他走近了一些，这让他不太容易看见史蒂夫的阴茎，"她吸毒。"

"毒品？"史蒂夫说，"真的？"

"致幻蘑菇。"

"噢，是的。我们谈过这个。"

"你们谈过蘑菇？"

"谈过一般的毒品，"史蒂夫说，"你瞧，她在尝试。"

"你对她说什么了？"

"我对她说，要远离硬毒品。二十世纪六十年代的人就是让那东西给毁了。"

"关于致幻蘑菇，你给她说了什么，史蒂夫？"

"迷幻剂不一样，我的朋友。它们打开心灵之门。那正是东方的灵性带给西方的东西，你懂的。"

"不，史蒂夫，我不懂。"

"我不过是对她开诚布公，实话实说。我对她说，少量的迷幻剂伤不了她。吸大麻也不会。"

"你对她说了这个？"

"是呀，钱德拉塞卡。我说的是实话。"

"你知道我在哪儿找到她的吗，史蒂夫？"他说，"在垃圾堆里。"

他现在可以想象出，她面对着一堆垃圾，血从她的嘴唇滴落。这幅画面是那么清晰，他几乎要相信了。

"听着，钱德拉塞卡，小青年无所不为。等坐下来，我给你讲讲我的故事。"

史蒂夫害怕了。钱德拉能看出来。史蒂夫甚至朝池塘边缘退了一步。

"她有可能死掉，史蒂夫。"

"不，不，不，不，不，我的朋友，不会因为裸头草碱而死。贾斯会没事的，我向你保证。不过是另一个故事而已。"

"我希望你永远不要再怂恿我女儿吸毒了，史蒂夫。"

"哦，我的朋友，你完全误解了我的意思。"

"再也不要了，史蒂夫。"

"好吧，老兄。再也不了，我保证。"

钱德拉朝他走去，直到他们面对着面。

"我还想让你道歉，史蒂夫。向我，向珍妮。"

"得了吧，钱德拉塞卡。那只是个误会。我们进去吧，喝杯咖啡，一笑置之。"

"快道歉，史蒂夫。"

"我很抱歉。真心的。来吧。"

史蒂夫伸出了手。钱德拉盯着他。这只手是什么意思？如果碰了，是不是意味着自己同意小青年可以吸毒？

"对不起，史蒂夫，"他说，"我拒绝和你握手。"

"哦，好吧，没关系。"史蒂夫一边说，一边垂下了胳膊，

"可我对你的期盼不止于此，钱德拉塞卡。"

"还有什么期盼？"钱德拉塞卡问道。他看着晨光的触须悄悄伸到了池塘边缘上。

"我曾期盼一种更开明的方式，而不像二十世纪五十年代那样。当然了，随意吧。"

"贾斯敏是我的女儿。"

"是呀，好吧，我一向认为，孩子们不属于任何人。那是我们每个人都犯的错误，你懂的。"

"别扯了，你说得不对，"钱德拉说，"她属于我，我属于她。她不属于你。"

"这是我的家，"史蒂夫说，"不过我懂你什么意思。你感到愤怒，因为你对权力的需要没有得到满足。"

"我对什么的需要？"

"权力。这才是问题的关键，不是吗？你感到无权无势，就拿我出气。没关系。我懂。我可不愿意身处你那种处境里。"

"哪种处境？"钱德拉问道。他想，如果史蒂夫再往后退一步，就会跌入池塘。

"和珍妮的关系，以及随之而来的一切，"史蒂夫说，"我不想惹你生气。"

"这和珍妮无关，"钱德拉说，向前探了探身，"事关我女儿，而你却怂恿她吸毒。我在外面找了她整夜。她有可能死掉，而你，史蒂夫，却不在乎。"

"我在乎，我肯定在乎。我只是觉得，你在发泄你的痛苦，钱德拉塞卡。我们都知道贾斯敏没有危险。我们都知道这全是因为你妻子离开了你，因为她现在和我在一起。这很难适应。我懂。我同情你。"

"我觉得你什么也不懂，"钱德拉说，"我同情你。"

"那我们打住吧。"史蒂夫说，再次伸出了手。

"甭想。"钱德拉说。他一拳砸在史蒂夫的鼻子上。

史蒂夫用手捂住了脸。一汤匙左右的血从他的指尖滑落，闪着光，滴落在亮闪闪的地砖上。钱德拉扭了手。事实证明，揍一张脸和揍一台冰箱区别不大。史蒂夫正在倒下。他的后脑勺先碰到了水，接着是他的背部，最后他完全消失了。

几秒钟后，史蒂夫浮出了水面，在阳光下伸展着四肢，脑袋周围有一圈粉红色的光晕。这圈光晕慢慢膨胀，成了一团云。他翻过身，侧身游向平台，用肘部支撑在平台上，伸出几根手指，轻拍着鼻子。

"史蒂夫，"钱德拉说，"你没事吧？"

"还好。不碍事。我没事。请把毛巾给我。"

钱德拉绕过池塘，从沙发上拿起毛巾。太阳已经升起。一架飞机从他们头顶上方的碧空飞过。

"给你，史蒂夫。"他一边说，一边把毛巾扔了过去。

"谢谢。"

史蒂夫的声音听起来很滑稽，仿佛刚吞了氦气。血在池塘里依然可见，不过现在变淡了，正在溶解。钱德拉转过身，穿过纱门进屋。

珍妮正坐在早餐吧台上，背对着池塘。当他进来时，她把脸稍微转了一下。"嗨，"她说，"昨晚可真难熬啊。"

"她怎么样？"钱德拉说，避免眼神接触。

"她睡了。"

"我们要不要叫个医生？"

"不了。她没事，但她不想去参加毕业典礼。最后我不得不同意。我的意思是，她爱怎样就怎样吧。"

"哦。"当珍妮坐在他旁边时，钱德拉说。

"我很抱歉，查尔斯。让你白跑了一趟。"

"哦，不，"钱德拉说，"我们不能强迫她。我懂。"

"主呀，"珍妮说，"我们以前干过这样的事吗？"

"我们承受不起。"

"我觉得她真的想看见我们在一起，"珍妮说，"也许这一切真的让她受不了。"

"都是大学闹的，"钱德拉说，"她对我说了。"

"不是，查尔斯。她之所以那样说，不过是因为你想听那样的话。"

"那事关她的未来，"钱德拉说，"她在考虑未来。"

"她现在正考虑着呢，"珍妮说，"她只是需要看见你、我、史蒂夫和睦相处。我们至少可以在一起待一天，直到她醒过来。让她看看我们处得挺融洽。如果她去上一年社区大学，世界不会就此终结。"

钱德拉闭上了眼睛。对他来说，世界会终结。但是，问题是考试。珍妮希望他能更宽容，就像史蒂夫那样。

"我不那样想。"他说。

"我很抱歉，查尔斯，"珍妮说，"我知道你想让他们都上最好的大学，但让她快乐更为重要。她眼下可不快乐。对她来说，在家里再待一年甚至可能是好事。"

"从长期来看，接受良好的教育才会快乐。"钱德拉说。

"我不同意，"珍妮说，"这不能解决所有问题。你不能就那么告诉她，什么对她好，查尔斯。你必须见到她。你必须倾听她的心声。"

钱德拉断定珍妮其实想说的是"就像史蒂夫做的那样"，或"就像史蒂夫倾听我的心声那样"，要不就抖落出二十年前发生的某件事，用来证明他不具备理解她的能力，或理解任何人的能力。他反过来会告诉她，他刚才像印地语电影里的场景那样，把史蒂夫揍进了池塘。

"你说到了规矩，"钱德拉说，"规矩之一是她要上大学，努力学习，不能破罐子破摔。"

"我同意。"珍妮说。

"史蒂夫会同意吗？"

"不会，"珍妮说，"但贾斯敏不是他的孩子。"

史蒂夫正拉开纱门，朝屋里走来。他穿着晨衣、拖鞋，鼻子里塞着棉花。他的鼻子看上去又红又大，但没有破。

"啰啰啰啦啦啦。"史蒂夫哼着曲子。

"啊，我的上帝呀，"珍妮说，"出什么事了？"

钱德拉的身体僵住了。有那么一会儿，他想逃掉，钻进他的车，一边驶过大门，一边晃着拳头大喊"嘿哈，干得漂亮"，或同样洋洋得意的话。他没有那么做，而是转过身来，看着史蒂夫。史蒂夫冲他微微一笑。

"我磕到了脸，"史蒂夫说，"在做那些欠考虑的翻滚转的时候。"

"哦，亲爱的。"珍妮边说，边拉住他的手，把他领到了她一直坐的凳子上。

"在电视上看着挺容易的。"史蒂夫说。

"没伤着吧，史蒂夫？"钱德拉说。他尽量装出亲切的口吻。

"我去给你拿些冰。"珍妮说。

"不碍事，"史蒂夫说，"我撞得不狠。"

珍妮走向冰箱，把一些冰块放在一块茶巾里，按在史蒂夫脸上。

"问题不大，亲爱的，"珍妮说，"只是擦破了皮。"

"贾斯怎么样？"史蒂夫说。

"她不想参加毕业典礼，"珍妮说，"不过她没事。"

"这么说吧，"史蒂夫说，"我几乎无法责备她。毕业典礼是一种毒品。三个小时，纯粹是受罪。"

"她永远不会再有一次这样的毕业典礼了。"珍妮说。

"那真要为此谢谢上帝了。你首先要听那些致告别辞的学生告诉你，他们将来会比你过得好，然后某个笨蛋会告诉你，要追寻自己的梦想，尽管他那一代完全扼杀了你的梦想。是吗，钱德拉塞卡？"

"是呀。"钱德拉说，他断定，无论史蒂夫说什么，他都最好同意，"我觉得你说得对。"

"贾斯待在家里更好。她昨晚和朋友在一起，玩得挺开心。那就够了。"

"史蒂夫，"珍妮说，"我觉得她不开心。"

"我知道，亲爱的，"史蒂夫说，"我的意思是，你在高中领悟不到人生真谛。大学也不行。贾斯是个聪明的孩子。她懂的。"

"那人生真谛要从哪里学啊？"尽管此前决定要顺着史蒂夫，但钱德拉还是这样问道。

"请不要扯什么生活的大学。"珍妮说。

"好吧，就像我昨晚说的那样，我从研究吠檀多派以及在伊莎兰的休息中获得了我一半的知识。"

史蒂夫把手放在珍妮手上，把冰袋向下拉了拉。

"是呀，"钱德拉说，"你说过。"

"那其实是两名斯坦福毕业生创建的，"史蒂夫说，"有趣的故事。他们中的一个被诊断出患有精神病，进了精神病医院。另外一个去了朋迪切里，奥罗宾多的静修处。"

"那又怎样呢？"钱德拉想这么说。他瞧不起嬉皮士，但他更讨厌那些所谓的圣人。他们不过是身上抹灰、抽大麻的乞丐，对社会没有任何贡献，却希望获得普通劳动人民的尊敬。

"总之，"史蒂夫说，"1962年，他们回到圣弗朗西斯科，和另外几个家伙聚在一起，其中包括赫胥黎、瓦茨，开办了伊莎兰学会，以过去生活在那里的部落命名。对你来说，那不过一种单足跳、一种跳跃或是一种弹跳。你可以在那里待几个小时。"

"啊，我的上帝呀。"珍妮说，用手捂住了嘴，"你该不会真的建议查尔斯……"

"哦，我确信钱德拉什么都想试试，"史蒂夫说，"把iPad递给我，可以吗，亲爱的？"

史蒂夫慢腾腾地走了过来，直到他的肘部碰到了钱德拉的肘部。

"看呀，"他说，"这里有那个地方的一些照片。漂亮，对吧？"

钱德拉看了看。他看见了一些花园，以及一个面朝大海的游泳池。史蒂夫点开了以前的教师的名单。他们大多是常春藤联盟学校的博士，理查德·费曼的名字赫然在列。他是钱德拉认识的第一个诺贝尔奖得主，这要追溯到二十世纪七十年代。

"这里有一些即将开办的研讨班，"史蒂夫说，"'自然歌手：心灵的独唱''高级瑜伽''情侣密宗按摩''夏至日成为自己''西藏大手印之路''禅宗之道''女人狂喜之舞''克服上瘾：不用十二步，只用六步'。有你喜欢的吗？"

钱德拉摇摇头，然后注意到了史蒂夫的表情。史蒂夫的表情只能用一个词来形容：恶毒。这是报复，是在迫使他开口说话。

"上瘾，用不着。"钱德拉说。

"除非你算上工作。"珍妮说。

"我没算上工作。"钱德拉说。他发现"工作狂"这个词和"自由主义知识分子"一样矛盾。"瑜伽，算了。"自从来到加利福尼亚，他已经开始把瑜伽视为现代生活最大的恶行，"情侣，用不着。唱歌，算了。"

"这个怎么样？"史蒂夫问道。他点开了"夏至日成为自己"。这个研讨班持续三天，花费两千美元。"当我们学会开始无视我们头脑里批评的声音，不再相信智慧在外，转而求之于我们的心灵，那我们常常会在个人发展上得到最大的飞跃。这个研讨班将有助于我们开始聆听我们自己的声音。"

"我不这么认为。"钱德拉说。

"我掏钱。"史蒂夫。

"啊，上帝呀，别呀，"钱德拉说，"别呀，别呀，别呀。"

"我坚持。"史蒂夫。

"别傻了，亲爱的，"珍妮说，"查尔斯就是做梦也不会干那样的事情。一万亿年也不会。"

如果是半小时前，可能还真是这样，钱德拉想，但他现在别无选择。他揍了史蒂夫的脸，这是他的报应，他们俩都知道这一点。

"那我就去吧，"钱德拉说，"可我不能让你掏钱，史蒂夫。"

"上帝呀。"珍妮说。

"好极了！"史蒂夫说，"你将和鲁迪·卡茨在一起。鲁迪挺了不起的。"

钱德拉正在看明星代言：阿里安娜·赫芬顿、鲍勃·夏皮罗、阿兰妮斯·莫里塞特……让他感到吃惊的是，居然还有约翰·加尔布雷斯。他在二十世纪八十年代和他很熟。"我有偏见，"加尔布雷斯写道，"但我想说的话发自肺腑：我也许是他曾经有过的最好的学生。"

"我希望你清楚去是为了什么，"珍妮说，"它不是剑桥，查尔斯。"

"是的，"钱德拉仰起头说，"是的，我知道。"

"对你有好处。"史蒂夫说，钱德拉此时能够想象他头上长了角。"棒极了。"

"好吧，"钱德拉说，"我们以后再谈这个。我现在要回宾馆了。"

"好吧，"珍妮说，"我们都需要睡一觉。查尔斯和我折腾了一夜。"

"好的，当然了，"史蒂夫说，"但我们下午见，好吗？"

"贾斯敏什么时候醒了，给我打个电话。"钱德拉说。

"好好休息，查尔斯。"珍妮一边说，一边握住了史蒂夫的手。

"你也好好休息。"

他绕过房屋，来到车库，找到了他的车。他花了几秒钟找钥匙，直到看见它插在点火装置里。他开着车驶向大门时，看见拉斐尔在给附近的花草浇水，挥手和他道别。

"再见。"钱德拉说。

"再见。"拉斐尔说。

开车下山时，钱德拉想起了他的拳头碰到史蒂夫的脸时的感觉。当史蒂夫的身体跌入池塘，太阳分外明亮，似乎要爆炸了，水变成了粉红色。钱德拉也扭到了手，指关节刺痛。现在，他头晕眼花，极度紧张，仿佛他巨大的汽车随时都有可能从路面上飘起来，飘到空中。

"就这么着吧，"他对自己说，"我要参加研讨班。我要追随我的天赐之福。"

06

钱德拉回到他下榻的宾馆，想睡觉，但他的身体充满了肾上腺素。他站在镜子前，试图重现那一击：爆破大师钱德拉教授对阵史蒂夫·贝诺维茨。那是一个美好的时刻。在他六十九岁的拳头的推动下，史蒂夫向后倒去。他看着这一切，感到一种他人生中从没有过的畅快。

到了上午十一点左右，钱德拉终于不知不觉地睡着了。下午三点，他醒了过来，点了客房送餐服务。他吃完饭，正在喝第二杯咖啡时，珍妮打来了电话。

"查尔斯，"她说，"你吃过了吗？"

"还不能算吃过了。"他说，看着他吃剩下的蟹肉饼。

"好吧。贾斯起来了。"

"那她不去参加毕业典礼？"

"不去。我们倒是可以早点儿吃晚餐。"

一个小时后，钱德拉到了。史蒂夫这次穿了一件黑色的高翻领上衣，看上去更像个国际毒枭，而非吠檀多派专家。他的鼻子伤痕依旧，只是没那么古怪了。他的兴头似乎很高。另一方面，贾斯敏闷闷不乐，泪都要出来了。

晚餐过后，钱德拉挨着贾斯敏坐在沙发上，肩碰着肩，观看《阿甘正传》。他想问她是否依然很嗨，是否要给她叫个医生（尽管珍妮坚持说，没这个必要），但电影还没结束，她就睡着了。钱德拉给她盖了一条毯子。珍妮洗澡去了。史蒂夫坐在他对面的褥榻上，递给他一杯普洛赛克酒。

"这个，这个，这个。"史蒂夫说，仿佛马戏团在敲鼓。

"你今天感觉如何？"钱德拉问道。

"很好。"史蒂夫说。

"我这就放心了。"

钱德拉把手伸向史蒂夫的脸，中指几乎要碰到史蒂夫的鼻子。他压低声音说："这儿没问题吧？"

"你知道吗？钱德拉塞卡，"史蒂夫说，声音大得像个马戏团领班，"我代你给伊莎兰打了个电话。鲁迪的研讨班好像满了，但他们同意为我多加一个人，其实是为了你。"

"哦，你真是大度呀。"

"我们必须打个电话，确认一下。"

"不过，我必须核查一下我的日程安排。"

"这学期不是结束了吗？"史蒂夫问道。

"是呀，"钱德拉说，"是的。结束了。"

"那你就没什么事了。"

钱德拉摇了摇头。

"太好了。"

史蒂夫好像已经把那个学会的号码存到手机里了。

"喂，喂！"他说，"我是贝诺维茨。你过得怎么样，莱娅？过得很开心吧？正合我意！听着，我昨天打了电话。想和那个人亲自谈谈吗？太好了……"

钱德拉接过电话，仿佛递给他的东西是一块虽然小但货真价实的怀。电话那头的女人给钱德拉解释说，钱德拉只需要在星期五晚饭前报到即可。他的研讨班费用已全部付清，不过如果他想要一个更好的房间，他可以另外申请。她问他有什么问题吗，他简短地回答说"没有"，然后把手机递给了史蒂夫。他看见珍妮正站在门口，看着他们。

"我不能接受这个，史蒂夫，"钱德拉说，"我承受不起。"

"没什么，我的朋友。那是我送给你的礼物。"

钱德拉想说"就像我把我的妻子、孩子当礼物送给你一样"，但他实际上说的却是"谢谢你，史蒂夫"。

贾斯敏醒来后，钱德拉又陪着她坐了一会儿。他对她说，一切都会好起来，他一点儿也不生气，上社区大学暂时也不错，但无论如何，她以后都不能求助于什么食用真菌了，有问题就给他打电话。贾斯敏面色苍白、虚弱，显得很年轻。她听完了他的唠叨，没有说话。他觉得，这就很不错了。

第二天上午，他飞回了奥兰治县。他在机场给伊莎兰学会打了电话，换了一个豪华间，让他们把差额从他的信用卡里扣除。回到家后，他给苏尼发了一个电子邮件。他意识到这么做是自讨苦吃，但不知道还能和谁联系：

　　我给自己预订了这么一个东西。我只想知道，那里的每个人是不是都会彻底疯掉？如果真是这样，那么他们究竟会怎么看我？我猜你也在那里待过，对吧？

　　苏尼不到一个小时就作了回复，正如钱德拉所预料的那样（红尾巴的鹰察觉到弱点，猛扑下来，欲大开杀戒）。

发给：prchandra101@cam.ac.uk
发自：sunnysideofthestreet@imb.co.hk
主题：伊莎兰？

哇，老爸：
　　伊莎兰！不可思议呀。谁的主意？我为你感到骄傲，教授。这些年来，你不是坚信你的头脑没毛病吗？我应该说，这真可谓向前迈出了一步，或向内迈出了一步。你深刻了，在改变。那是大变动呀。我们全都置身其中，但在我们中间，只有一些人会回应召唤。就算你只是害怕了，忧心忡忡，也是好事。你在回应。你虽然感到了恐惧，但至少在前进，前进，前进，前进。无论如何，只管前进。

至于你的问题，我要说，不，谁在那里都不会疯掉，不过我觉得，你已经知道这一点了。你担心的不是这个，对吗？他们是严肃的专业人士、科学家，但他们跨越了传统学术界理解不了的界限。

不，我从没在那里待过，但我认识一些在那里待过的人。当然了，我是圈内人士嘛。老实说，有一阵子，他们不断邀我去那里办个班，但我时间不凑巧。那是转型期发生的事情。

无论如何，我的建议是，不要想太多，只要一心一意地去感受，不要忘了夸夸人家，就行了。对你有好处，爸爸。好好享受。

你的苏尼尔[1]

又及：

如果你仍在和自己较劲，就问问你自己："我究竟在害怕什么？"

又又及：

一定要去泡温泉。

1　苏尼的全称。

钱德拉对苏尼的回复十分满意。多年来，他一直在问苏尼同一个问题："灵性是什么意思？"他从来没有得到过一个满意的答案。不过，他儿子总算没有嘲笑他。听到苏尼为他感到骄傲，他又意外又惊喜。

至于"我究竟有什么好怕的"这个问题，他马上就能回答：他怕遇见某个他认识的人。然而，在他的世界中，只有那个经不起揍的家伙和伊莎兰有些联系。也许有人认识史蒂夫，但要避免潜在的尴尬也不是什么难事，只需说："噢，他呀，是呀，不错的家伙，但不大对我的口味，我不得不给他上了一课，你懂我的意思吧。"他们会哈哈大笑，说："你在追随你的天赐之福，老兄。"

不，他最担心的是可能会碰到一些对经济学甚至是大学丝毫不感兴趣的人。他们会问一些他回答不了或不想回答的问题，比如说他最后一次哭，或最后碰一个女人，或最后跪下来祈祷。实际上，他不怕他们会疯掉。他害怕他们正常，到头来他反倒成了怪人。他讨厌"怪人"这个词。造反者选择不服从，但怪人没有选择。怪人不知道社会上的其他人是怎么生活的。但是，钱德拉和外部世界接触不多，他必须承认：他上次和学术界之外的人士交往已经是很久以前的事了。

他回复说：

谢谢，苏尼：

很高兴你赞成，我将全力以赴。搞不清这个所谓的"大变动"究竟是什么意思，但等它结束了，我一定会让你知情。当然会向他们提起你。如果他们能请到你，那会是他们的幸运。我将让他们产生这样的印象。

爱你的爸爸

发送之后，他突然想到，他之所以去，除了对"血流不止先生"所负的义务，可能还有另外一个原因。揍史蒂夫是这些年来做的第一件真正诚实的事情，他喜欢那样的感觉。诚实令人兴奋，但就他的年龄而言，又多少令人不安。他已习惯于穿那么多层外套，一层套一层，他不再知道一件不穿就出去是怎样的感觉。他想知道，他能否和研讨班的同学分享这种情绪。

从贝拉分校开车去伊莎兰需要六个小时。报到那天，他拿了几张娜娜·莫斯科利和哈里·贝拉方特的CD。他摇下了车窗。这样一来，当他沿着1号高速公路在海岸线上行驶时，他就可以嗅到大海的气息。大苏尔风光宜人，他听很多人这么说过，但他觉得自己盯着的是一张影印明信片，而非真正的悬崖峭壁和环礁湖。总之，他太焦虑了，无心欣赏。他只停过一次，他以为看见了一群鲸鱼（其实只是一丛丛的海草，像漂浮在波涛之上的装尸袋）。

到了伊莎兰的岔路，他不得不小心地开着越野车，在一条狭窄、隐蔽的道路上行驶，最终来到一座面朝大海的小停车场。他左边是一块精心修剪异常碧绿的草坪，人们在上面读书、冥想。没有人穿正装，甚至没有人穿西裤。他拎着包，穿过停车场，走进了左边的传达室。一个绑着马尾辫的男人坐在一张桌子后面，咧嘴朝他笑着。

"你好。"钱德拉说。

"欢迎！我叫罗尼。"

罗尼茶色皮肤，灰头发，表情让人联想到一个刚抱到新生女儿的男人。罗尼递给钱德拉一个写字板，让他在表格上签名，并写上他研讨班的名称。

"哇！"罗尼说，"你跟的是鲁迪呀。你运气真好，老兄。那个家伙非常受欢迎，待了有四十年了。过去没少凑到一起嗑药[1]，直到他惹上了麻烦。"

钱德拉想到了一群嬉皮士，他们正在互相朝对方脱了皮肉的脸上投掷高浓度氢氟酸溶液，但他脸上的表情肯定暴露了他的想法，因为罗尼补充说："但再也不这样了。他们用这种笨方法学到了不少东西，那些鸿运当头的家伙。"

罗尼拿起钱德拉的包。他们从容不迫地穿过了花园。左边长着松树和花，右边咫尺之遥就是大海。到处五彩缤纷，仿佛单调就是犯罪。

他们朝一条峡谷走去，小径连接着一座人行小桥。钱德拉看见一道白水似剑，剑锋直插入海。罗尼指了指一座在峭壁上开凿出的房子，《海角乐园》中的那家人住的可能就是那种房子。

"鲁迪过去就住在这儿，"罗尼说，"回到当年，他们激烈多了。我猜先驱们就是那样，他们也因此深受尊敬。"

---

1 "凑到一起嗑药"原文为"encounter work with acid"，字面意思为"用酸干架"。钱德拉显然误解了意思，才有了下面的想象。

钱德拉希望这种情况也适用于经济学。《卫报》上个星期还把米尔顿·弗里德曼比作恶魔，还有一次称钱德拉为"一个顽固不化的市场原教旨主义者"。他最后能来到这儿，也算得上是个小小的奇迹了。

"那是冥想禅堂，"罗尼指着桥下的一座小房子说，"你冥想的次数多吗？"

钱德拉摇了摇头。

"这里是你的房间，"他们过河时，罗尼说，"豪华单间，淋浴室很宽敞。里面有毛巾。如果你想喝东西的话，还有香槟。别忘了泡温泉。你会喜欢的。放松一下，准备今晚的研讨班。"

"一定，"钱德拉说，"谢谢你。"

"随心所欲就行。什么也不要担心，愉快地在伊莎兰待一段时间，治疗一下吧。再见，再见。"

"再见。"

钱德拉又刮了一下胡子，换上一条米色的宽松裤子、一件夏威夷衬衫，希望自己看上去像个穿休闲装的男人，而非一位穿奇装异服的教授。他把游泳裤和《经济学人》塞进一个背包，顺着原路回到河上。

他必须经过一座延伸的步桥，才能抵达温泉。温泉坐落在悬崖边上，俯瞰着雾气蒙蒙的太平洋。那里只有一个更衣室，男女混用，但它里面没人，于是他换上游泳裤，把毛巾搭在了肩膀上。

平台上大约有十五个人，或沐浴，或懒洋洋地躺在日光浴床上。过了一会儿，他才意识到，除了他自己之外，其他人都一丝不挂，他上学时做过的最可怕的噩梦仿佛重演了。

他意识到，他有两个选择：

他可以像美国人那样厚颜无耻，他娘的不在乎别人怎么想，穿着他那身我行我素、前卫的服装，洋洋得意地跳进浴盆。或者，他可以脱掉烦人的游泳裤，把它扔到悬崖下面，并且说："如果上帝想让我们有长鼻子[1]，那他会把我们造成大象。"然后整个平台上的人都会哄然大笑。

他还有第三个选择，就是回到更衣室，穿上裤子，回到他的房间，躺在床上读《经济学人》，直到研讨班开始。他正是这么做的。

研讨班在距他的房间一百米的一座毡房里进行。他进去时，老师正坐在椅子上，闭着眼。另外二十个人坐在老师对面，大多数是女人，年龄三四十岁。正如钱德拉曾担心的那样，他们看上去不像学者，甚至不像社会学家。他们看着就像普通人。一些人坐在地板上的垫子上，剩下的坐在白色的平台椅上。钱德拉倒坐在椅子上。

鲁迪·卡茨坐在椅子上，手放在膝头。他比钱德拉还老，但看上去很健康，苍白的身体上几乎没有一盎司赘肉。他上身穿一件奶油色的短袖衬衫，下身搭配一条裤子，脚蹬帆布鞋。就算史蒂夫这身打扮，看着也没什么不合适的。

"来了的人，"卡茨说，眼睛仍然闭着，"找个位子坐下。等你们坐好了，就闭上眼睛，深呼吸。感到你体内的所有烦恼都流进

---

1 "长鼻子"原文为"trunks"，和裤子的原文"trunks"相同。钱德拉如果真的那样说了，就是一语双关。

了你的脚里，流出来，流进了地里。彻底放松。"

钱德拉对学生没耐心是出了名的。刚开始上课，他会在白板上写上这样的话：如果你不读书，就别来上课。有时候，在一堂课结束时，他会反复强调："明天的课九点上，九点，九点。"但他现在发现，他连最简单的指示也遵守不了。他满脑子想的都是，别人是不是都闭上了眼睛，是不是都盯着他。钱德拉经常听人说，那些在中年时登上人生顶峰的人意气风发、勇敢无畏，但他总担心那是自欺欺人，其实他们大势已去：都这么大岁数了，真的无法从零开始。他想，他是不是特别傻，才来到了这儿。他不是第一次这么想了。

"好极了！"卡茨说，"我们每节课都会从默想开始。没听见我说话，就不要睁开眼睛。那么，朋友们，欢迎来到伊莎兰，参加'夏至日成为自己'。这种课和拥抱新事物、释放痛苦有关。我们之所以痛苦，是因为我们总是问：'我是谁？''我真正想要的是什么？''我为什么允许这么多的痛苦和悲伤进入我的生活？''我怎样才能让我的生活过得好一些？'

"我们刚开始要做的，是讨论我称作线的东西。这很简单。我们的线是对自己的认识，它阻碍了我们。我们的第一根线，也是最重要的那根线，是我们对自己的核心认识，它通常是消极的，这是一种自发的、极具危害性的信息，我们都想释然，但是都做不到。

"可能是'我蠢''我丑''我懒''我自私'。然后，我们又添了第二根线。我们说，'那就是男友离开我的原因'，或'那就是我还和父母一起生活的原因'，或'那就是从来都没人爱我的原因'。我们如果想快乐，就要懂得，那些想法不是事实。它们没有存在的合理性，它们存在仅仅只是因为我们主观允许而已。摆脱脑海中那些批评的声音，我们真的能成为任何我们想要成为的人。"

钱德拉暗中嗤之以鼻。那些想法当然是符合事实的。他认识一些说这种话的大学生，例如他们之所以失败，是因为他们的父母不爱他们，或他们一直纠结于自己的身份。实际上呢，他们要么是懒骨头，要么是笨蛋，要么既是懒骨头又是笨蛋。在他看来，虽然苏尼喜欢所有这些关于自尊的说法，但这些说法只会导致那些平庸之辈自认为是天才。这种人先是请求给他们的试卷重新打分，到头来分数甚至更低，然后他们会填写正式投诉书，说他们遭到了霸凌，或受到了歧视，或说一切都是欧洲中心论在作祟。

"那么，让我们绕着房间转一圈，"卡茨接着说，"互相介绍自己，说说自己的第一根线，然后加上第二根线，例如'我自私，因而不会有人爱我'。都明白吧？可以从我开始。

"我叫鲁迪·卡茨，是个灵性老师、治疗专家。多年以来，我一直认为，我不是一个负责任的父亲。这样的看法我坚持了很多年。它在某些方面是符合事实的，我的第二根线是，'那是我女儿不快乐的原因，也是我不配获得快乐的原因'。那就是问题，需要解决的问题。"

鲁迪·卡茨环视毡房，依次和每个人都对视，然后咧开嘴，冲一个四十多岁的、大块头的女人笑了笑。那个女人显然明白了卡茨的意思，也咧嘴笑了笑。

"我叫萨莉。嗨，诸位。我来自佛罗里达的迈阿密。我是个按摩理疗师，也是个母亲。我之所以来这儿，是因为我从十几岁起就很胖，最近更是胖得厉害。有一种声音一直在我的头脑里挥之不去，它对我说，'我招人厌''我是头鲸鱼''我是个怪物'。我很胖，我知道这一点，但那不意味着我非得认为自己招人厌，是吧？"

房间里嘀咕声一片，表达了赞同。就连钱德拉也低声说："当然不是。"不过，他其实根本不同情她。这个佛罗里达女人与其花钱到这儿，不如去一个像样的健身房。在钱德拉看来，问题真的有解决办法。

"至于我的第二根线，"萨莉接着说，"好吧，就像你说的那样。我招人厌，因此我没有男友。我永远也不会有男友，因为他不愿意和这个在一起。"她挥动双手，指了指她的身体。"就这些。谢谢你。和你们大家待在一起，真好。"

"谢谢你，萨莉。"鲁迪说。

萨莉用一块纸巾擦着眼泪。女人，尤其是美国女人，哭起来很容易，几乎不感到羞耻。钱德拉一向对这种能力感到吃惊。"情感脱衣舞"这个词溜进了他的脑子。鲁迪·卡茨什么也没说，只是看着那个挨着萨莉的瘦女人。那个瘦女人六十多岁，坐在一个豆袋椅上，蜷起来的腿顶着下巴，马海毛羊毛衫一直垂到膝盖上。

"嗨，"那个女人说，"我叫玛德琳，来自加利福尼亚的萨克拉门托。我是个退休教师。我之所以来这儿，是因为我得了癌症。我摆脱不掉我脑子里的那个声音。它每天都对我说，'你病了，你要死了，你病了'。我的意思是，我病了，我要死了。我们都将经历，不过我猜我比你们任何人都要快，但那就意味着我非得每天对自己说这样的话吗？我的意思是，除了生病，就没别的事儿吗？我难道不是人？我难道不是个母亲，不是个艺术家，不是个朋友，不是个妻子，什么都不是？我知道不是这样的，但我还是每天都对自己说，我病了，好像世界上只有一件真正重要的事，那就是我得了癌症。我厌恶自己这一点，病得越久，我的状态却越糟糕。我说完了，这就是全部了。"

钱德拉点了点头。癌症就不一样了。不过，他仍然搞不懂，这个女人为什么要来这里。也许她是那种需要……的人。那个词怎么说来着？核实。钱德拉记得他在医院里的感觉，非常孤独。但他需要的是他的孩子，而非一屋子的陌生人。也许美国人并非如此。

"谢谢你，玛德琳。"鲁迪说，萨莉把她的头靠在了玛德琳的肩膀上。"谁接着说？好的，先生。"

"好的。"一个秃头的中年男人说，他盘腿坐着，用一只手支撑着身体，"我接着说，我觉得有点儿好笑，但也许是共时性原则在起作用，因为老实说，我觉得自己像个浑蛋。对不起，我叫丹。我现在没有工作，不过我以前演电影，各种各样的电影。我每天都对自己说，'你是个浑蛋'。我为什么是个浑蛋？因为我没死。我的意思是，我没病。我很健康。在过去二十年里，我有八个朋友死于艾滋病。不过，我才是最应该得艾滋病的那个。这里面包括我可爱的异性朋友艾丽斯。她这辈子可能和四个人睡过，到死都是虔诚的天主教徒。鬼才知道她怎么得的病。然后就是我。在我搬到加利福尼亚以前，我和很多纽约人做过爱，却毫发无损！我他娘的一点儿问题没有。无论我念多少遍'南无妙法莲华经'，对自己说多少遍不应该自责，天不遂人愿，我就是不能原谅我自己。我就是没办法不讨厌我自己，我猜那就是我的第二根线。让人真正厌恶的是，我过得挺好的。我有钱，有一套漂亮的单元房，有个挺棒的配偶，我的家庭充满了爱，我住在山里。除了喜悦，我在生活中应有尽有。但是，唉……无法尽善尽美。"

"好的，我们可以讨论一下，"卡茨一边说，一边点点头，"不过要谢谢你，丹。我觉得我们都知道你不是个浑蛋。不过呢，正如我们将要懂得的那样，那不是关键。是的，女士。"

钱德拉吃了一惊。他意识到，卡茨指着的是个印度人。从她的肤色来判断，她可能和他一样，也是个南印度人。"嗨，我叫帕姆，"她开口了，"我感到有些尴尬，因为和你们这些人相比，我要说的东西并不重要。我的批评声音对我说，我应该有更多的钱。我的意思是，那并不意味着我没钱。我的爸爸挺有钱的。我在法学院上学，还是个兼职发型模特，可我就是一直想，'你可以住在贝尔艾尔。你可以开一辆卡宴什么的车。我对车了解不多。或者，你可以和布拉德·皮特约会，但你其实真的有些老了'。你们也许都认为我是个被宠坏的贱人。"她哈哈大笑，"我猜那就是我的第二根线。"

"因为你的钱不够多，所以你是个被宠坏的贱人？"卡茨问道。

"好吧，差不多，是的。"帕姆说。

"那我真是闻所未闻。"卡茨说。整个房间里的人都笑了。

"至少我搞清楚了某种东西，"帕姆一边说，一边举起手来摆了摆，"那就是我。加利福尼亚的创意小姐。"

所有人又笑了。

"好吧，谢谢你的分享，帕姆，"卡茨说，"让我们看看能不能想出一些法子，在周末过完前给你再搞一些票子。"

活动就这样在房间里进行着，每个人都讲了他们的情况。钱德拉发现自己不由自主，变得越来越投入。他不得不承认，除了那个印度女孩，这些人的确存在真正的问题，多数人比他自己的问题更严重。他们讲自己的情况时是那样坦然，他时常会被深深打动。然而，房间里有人在哭，他觉得很可笑。他真的以为，几乎每个人都成功地引起了别人的注意，这一切不过是在演戏。

他旁边的那个女人是个例外。她直挺挺地坐着，手放在身体两侧，在过去的一个小时里几乎一动不动。只是在钱德拉扭头看她时，她猛地把头扭向了别处。轮到她了，钱德拉发现，她是房间里第二个非美国人。他并不意外。

"嗨，诸位，"那个女人说，"我叫艾尔克，来自荷兰，这二十年里一直生活在亚利桑那。事实上，我过去九年一直生活在亚利桑那州的监管之下，因为我与你们大多数人都不一样，我真的做了错事。十年前，我杀了自己还在襁褓中的女儿。她吃了我的奶，摄入了一剂致命的吗啡。我被判虐待儿童、过失杀人、对儿童采取非法行为。

"由于非法获得吗啡，我丧失了我的护理执照。最后，我认为自己罪有应得。说来话长，但我现在的确很难找工作。我今晚要睡会议室地板，因为我几乎掏不起钱，但我就是觉得，要么这样，要么我就自杀。我甚至不想告诉你们我的批评声音说了什么，因为那差不多就像听魔鬼讲话。我只是……对我的所作所为感到难过，不过也许难过得还不够。我希望我能看到一个未来，但我看不到。我就说这么多吧。"

"谢谢你，艾尔克，"卡茨说，"我觉得我最好趁这个时候声明一下，无论在这个房间说了什么，都不要传出这个房间。这也是我们都一直遵循的一个道德准则，原因就不用说了。不过还是要谢谢你，艾尔克，谢谢你分享你的故事。我希望我们能在周末对此展开讨论，好让我们至少能在你的绝望中注入些许希望。现在该你了，先生，请吧。"

钱德拉盯着他前面的椅背。他几乎不相信他坐在一个被判有罪的凶手旁边，并且那还是一个杀害婴儿的凶手。她肯定没想杀害她的孩子，但孩子死了。她说起自己的情况，口气是那样冷淡，毫不在意。他能想象到她会自杀。在说过之后，她挪了挪身体，稍稍远离了他，仿佛确信他在审判她。钱德拉看了一眼卡茨，卡茨随后也看了他一眼。当然，钱德拉想，他有责任消除弥漫在整个房间的沉默，不要使情况变得更糟。他意识到，他非常紧张，似乎他如果不马上开口，就会溺水而亡。但是，他仍然说不出话来。他又看了一眼卡茨。卡茨微微一笑，冲他点了点头。他清了清喉咙。

"我叫钱德拉，"他说，声音小得几乎听不见，"我来自英国，不过我眼下在洛杉矶做访问教授。我是个学者、经济学家。我是……好吧，我觉得很多人会说，我是我们那一行的顶尖人士。我是剑桥的名誉教授。我挣的钱花不完。我住在一个豪华间里。"所有人都笑了。钱德拉也微微一笑，作为回应。他现在感觉比较自在了。"但事实上，我觉得自己是个失败者。那是我的第一根线。我的批评声音说，'钱德拉，你是个不可救药的失败者'。我认为，无论我做什么，就算我明年真的获得了那该死的诺贝尔奖也没关系，我仍然有那样的感觉。

"现在说说第二根线。"他接着说，抬起头，与玛德琳、丹、鲁迪对视，"那很简单。我六十九岁了。我头脑里的声音说，活着没指望了。我把它搞砸了，把我的生活搞砸了……作为一名经济学家，作为一位父亲，作为一个丈夫。我也许最好死了算了。我的生活没有价值。我从没当众说过这样的话，也从没对任何人说过。事实上，我不是个真诚的人。我四下望望，看见那么多了不起的人，那么诚实。对你们所有人来说，这一切都是自然而然的，我能想到的就是，我是这个房间里最自以为了不起的人，是这里最不诚实的人。"

"但你现在诚实了。"鲁迪说。

"是的，"钱德拉回答道，"是啊，我现在诚实了。"

接下来的那个发言人说了什么，钱德拉根本没在意。他非常兴奋，感觉轻飘飘的，好像他只要用力呼气，就会飘到空中。这样看来，这就是美国人这么喜欢说心里话的原因……

过了几分钟，他又变得稍微冷静了一些。在班里剩下的人介绍自己时，他用心听着。他甚至发现自己开始自得其乐，像个四五岁的孩子，坐在地板上，听人讲故事。

活动结束了。鲁迪·卡茨感谢了所有人，感谢他们那么勇敢。他还说："在我们离开之前，还有一个练习，然后我们上午可以再次相聚，做好准备，摆正心态。我想让你们转向你们旁边的那个人，而不是和你们一起来的那个人，闭上你们的眼睛，想想他们都谈了什么，并试着找出它的反面、它的对立面。如果你们需要对方提示你，就这么做好了，但不要花过多的时间交谈。

"示范一下。我说，我是个不负责任的父亲，不配获得快乐。要反转这一点，一个方法是说，'你是个可爱、负责任的父亲，值得拥有快乐的生活'。这是一种方法。但是，如果你想换一种方法说，也可以。切记不要草草了事。慢慢来，我们有的是时间。只要闭上眼睛，想象那个人的情况。试着去感受他们，感受他们的本质，然后说出来。

"有问题吗？好。等你们完成了，我希望你们朝前看，让我看见。直到所有人都完成了，我们才会停下来。"

钱德拉转向右边。右边是来自得克萨斯的切斯特，但他已经和他旁边那个矮小、胆怯的女人谈上了。钱德拉别无选择。他做了两次深呼吸，然后转向左边，说："艾尔克，对吧？我叫钱德拉。"

"我知道。"艾尔克说。

"你需要我提示你吗？"

"不用。我想我记得。你怎么样？"

"不用，"钱德拉说，"没问题。"

"好的，"艾尔克说，"那就好。"

"好吧，"钱德拉说，"我们开始吧？"

这话多余了，因为艾尔克已闭上眼睛，手交叉着放在膝盖上。钱德拉也闭上了眼睛。他意识到，他身上有种东西可能回来了，那就是他愤世嫉俗的劲头儿。

他想起这个女人的所作所为，她在母乳喂养期间用了吗啡，注射了它。她也许上瘾了，要停下来不容易，但她为什么不尝试求助？她为什么不去做康复治疗，或求助于她的家人？她怀孕时还吸毒？她肯定知道这有可能伤害孩子，可她继续吸毒。她女儿死了，一个女婴，就像贾斯敏，就像拉达。

世人肯定非常痛恨她！她的情况肯定上了报纸，她的家人、她的朋友、街上的人、工作中的同事，每个人都知道了。她过去是个护士，她说过这个吗？在她意识到她的孩子死了的那一刻，她有怎样的感受？她当时是不是正嗨呢？她究竟在乎过吗？

钱德拉攥起了拳头，然后松开，把手掌放在膝盖上。他想知道鲁迪·卡茨是否在看他，但他没有睁开眼睛。

"你是个成功、有魅力的男人，"他旁边的艾尔克说，"值得庆幸，你的人生是一件美妙的礼物，好好享受。"

她的语气太冷淡了。她说的是真心话吗？还有，"魅力"打哪儿来的啊？他根本没提过他的长相。她这是在嘲笑他吗？

"请再说一遍。"他说。

他数到七，艾尔克开口了。

"你是个非常成功、有魅力的男人，"她说，"在这一刻，你前方还有生活值得期待。庆幸并珍视它吧。"

没错。对她来说，这有可能是真的，因为她毁了她自己的生活。在她看来，他好像是成功的。他没蹲过监狱。他没杀害过任何人，更不用说一个小小的、无辜的婴儿了。但是，她算老几，居然要告诉他，他是个好人？她甚至不认识他。还有就是，这个女人知道什么是好吗？他被分配了这么个人，究竟是为什么？这会不会是一个陷阱？是不是别的所有人都知道她的底细，都避开了她？她之所以坐在他旁边，会不会是因为她想傍大款，于是尽管他的年龄差不多是她的两倍，她还胡扯什么他有魅力？他真不应该实话实说。他不认识这些人。这里是不是还有人杀过人？他想喊一嗓子："还有谁？"

但是，练习不能这么做。钱德拉吸气，呼气，试图把注意力集中在他的呼吸上，但发现他的思绪转到了前面的"老师"身上。钱德拉觉得他在玩弄他们的情感，就像一个拿着一袋玻璃弹子玩的孩子。他穿着他那身傻了吧唧的棉布幼儿连裤装，坐在那里，觉得他了解人们，因为他吸过毒，在印度待过几年，也许是里希凯什。他们大多都去过里希凯什，就像史蒂夫那样。

但是，他把注意力转回了艾尔克。他能听见她在他旁边呼吸着。

她也许厌恶自己，那是肯定的。她也许希望自己死掉，渴望狱中有人拿着一根绳子或一把刀子跟着她。其他犯人也许知道她的情况。他们也许会因此欺负她，叫她"婴儿杀手"，在半夜弄出婴儿的哭声或大喊"妈咪"，嘲弄她。他们也许会在淋浴室或食堂袭击她，把她的头往墙上撞。她也许一直都这么冷淡，像她今晚这样，也许她觉得，在她干了那样的事后，她活该受罪，不配哭叫，不值得同情，不配活着。

她也许为她的婴儿悲伤，她的女儿，她的小女孩。她也许恳求上帝要了她的命，把她的婴儿还回来，因为在这种时候，人人都相信上帝。她也许会在脑子里把一切都想过千万遍，想过她应该做或要去做的各种事情，想过她可能受到的待遇，想过她可以寻求的帮助。她也许已经开始把自己看成恶的化身，看成行尸走肉，看成一个道德败坏到不配在这个世界生存的人，看成一个死亡时甚至不配拥有安宁的人。她也许觉得自己就是一摊烂泥，等待着被冲进下水道里的那一天。

然而，她在这儿，坐在他的旁边，呼吸着。

"你是一个母亲，你还可以爱，"他说，"还有希望。"

他睁开了眼。艾尔克的眼睛闭着。

"谢谢你。"她说，眼睛看着前方。

07

第二天上午，进入毡房时，钱德拉看见艾尔克跪在墙边的一块垫子上。虽然他不打算冥想，但还是像以前那样坐在椅子上，闭上了眼睛。他昨晚睡得很差。他曾希望大海的涛声具有催眠作用，结果却睡不着。等离开房间，看见海水只有咫尺之遥，那么浩瀚，那么稳定，那么漠然，他感到震惊。他深深地意识到，他在一个崭新的地方、一个崭新的环境。到目前为止，他对这种环境的效果还不甚了了。

"现在缓缓睁开眼睛。"鲁迪·卡茨说。这让钱德拉感到好奇，想知道猛地睁开眼睛会是怎样。"呼吸。"鲁迪·卡茨说。这似乎也无必要，因为即使他不发这样的指令，他们也几乎不会在椅子上窒息。

"昨晚只是热身。"卡茨说，他仍然穿着昨天穿的奶油色衣服，"今天我们要动真格的。下面的练习我做好多年了。相信我。

它比较深入，因此如果你们觉得受不了，可以随时出去，到海边散散步，或喝杯水，准备好了再回来。

　　"我将把你们分成四组。你们要围坐在一起，最好坐在地板上聊天。就这样，就是聊天。但是，你们一定要绝对诚实，十分诚实。不要逃避。我们今天希望取得突破，怎么想就怎么说，是什么感受就说什么感受。

　　"我们要重复昨天做的事情，互相说说自己的批评声音。你们要互相作答。说话要发自肺腑。这里没有语言限制。我们唯一不会容忍的是任何形式的肉体虐待。那绝对不行。"

　　卡茨的眉毛抬得很高，看着就像发夹。

　　"如果谁还没准备好做这个，现在就说出来。不用担心。有些人还没准备好，我们这儿尊重自主权。"卡茨似乎在看钱德拉，钱德拉用手指玩弄着他裤兜里的车钥匙，"但如果你们确定不了，那就试试吧。即使发生最糟糕的情况，也不过是有人会说你们不爱听的话，不过你们有机会观察自己的反应，这正是让人感兴趣的地方。等你们发现这一切是多么让人自在，你们也许会大吃一惊。

　　"我会四处走走，时不时地干预一下，也就是指导，仅此而已，但如果你们需要我评论评论，或想把我叫过去，我随时候着。我不会离开这个房间。"

　　印度女孩帕姆坐在钱德拉前面，举起手，就那么举着，问起了问题。

　　"那我们可以互相羞辱吗？"

　　"你们可以想说什么就说什么，帕姆。至于别人作何反应，那是他们的事情。"

"你能把它写在白板上吗？"

"我觉得这已经非常清楚了。"

帕姆脸上露出委屈之色。她放下了手。

"如果我们想离开房间，需要通知你吗？"萨莉问道。

"不需要，"卡茨说，"直接离开就行。你们自己决定。好了。我们开始吧。我将帮着你们分组。"

钱德拉知道这种把戏。卡茨说"好了"，几乎肯定是为了防止有人继续提问。很显然，他们全都心神不宁：问题被掩盖了，或者倒不如说，打击被推迟了。

艾尔克离得太远，没有被分到钱德拉那组。但是，他发现自己和印度女孩帕姆分在一组。和他一组的还有一男一女。男的叫布莱恩，三十多岁，金色的发卷垂在眉毛上方。女的叫黛西，可能比钱德拉小十到十五岁。她面孔瘦削，但五官匀称，长长的灰头发一直垂到尾椎骨。她穿一件飘逸的白裙子，让他想起一个慈悲为怀但魔力强大的巫婆。

他们坐在后面的垫子上，紧紧地围成一圈。钱德拉挨着黛西，靠着墙。他更愿意坐椅子，但他不想让任何人认为他自命不凡。

布莱恩盘着腿坐着，微笑着，依次和每个人交流了一下眼神。黛西正相反，死死盯着对面的帕姆。帕姆正在咬她指甲上的指甲油。钱德拉强忍着，才没开口让她打住。

"我不想第一个说话，"黛西说，"可谁都不说，因此我觉得还是我先来吧。我不知道为什么。我以前上过鲁迪的研讨班。我想那就是原因。"

"我觉得我们应该先说说我们的线，是吧？"布莱恩说。

"哦，说得对。你先来吧。"黛西说。她低下头，捋着她那长达一米、拢成圆柱状的灰头发。

"我的第一根线，"布莱恩说，"和很多人一样，就是我有点儿自私。虽然事出有因，但我陪我儿子的时间不够。我现在之所以这么努力工作，是因为我感到内疚。这意味着我还是没有给别人留多少时间。我本来应该快乐，但这让我不快乐。"

他一直都在微笑。现在，他搓着他的手。

"有人想回应吗？"布莱恩问道，"要不我们就继续？"

"我接着说吧，"黛西说，"我的第一根线是，我觉得我不善交际。那不仅是我的问题，但多数人觉得是我的问题，好像我是个反社会的老巫婆，几乎没活力了。我不在乎。我无所谓。我的意思是，我知道人们可怜我，说'她肯定非常悲惨'。无论他们说什么吧，可我不这么认为。我昨天没说，我结过婚。我有个生病的儿子。我爱他，但我并没有时刻惦记着他。我没有绝望到扯掉我的头发。我就那么接受了。我不思念我的丈夫，甚至也不太思念我的儿子。我喜欢孤独。就说这么多吧。谢谢你们。"

"嗨，我想你们还记得我。"帕姆说。她解开她的罩衫的第二颗扣子，然后又把它系上，显得很有派头，但又真的显得有些神经质。"我是个律师。我的意思是，我以后会当律师。我和我父母生活在弗里蒙特，但我很快就要搬到圣弗朗西斯科了。那代价不菲，可我需要有个我自己的地方。我的问题是，我真的不以为我的钱够用，或像我希望的那么多。我整天盼着我有更多的钱，觉得我的生活无聊、乏味。不得到更多的钱，不得到大把钱，我就没法快乐了。我很快就能挣不少钱，但我知道那不够，至少在下个二十年里不够。我厌恶我非得等那么长的时间。我觉得那让我显得肤浅，可……"

帕姆先是咧开嘴微微一笑，接着又咯咯地笑，最后安静下来。轮到钱德拉了。他猛地一仰脖子，给人一种毅然决然的感觉。

"我叫钱德拉，"钱德拉说，"我功成名就。我有三个孩子，但我现在离婚了，我几乎见不着他们。我觉得我这辈子一事无成。事实上，我也许没几年可活了。谁知道呢？我过去非常自信，以为我是对的，别人都是错的。可现在我认为，也许错的人是我，尤其是现在，没了我，我妻子过得那么快乐。如果这算中年危机，那它来得也太迟了。我六十九岁了。可我在这儿，并且我从没料到我会来这么一个地方。"

说过之后，钱德拉顿感舒畅。对他来说，实话实说变得容易多了。当帕姆转向了黛西，而不是他，他几乎有些失望。

"那你真的没有什么感觉吗，黛西？"帕姆问道，"没有情感？完全没有？"

"我有感觉，"黛西说，"我只是不像别人那样需要人们。我喜欢独来独往。"

"可你说你儿子病了。"钱德拉说。

"是呀，"帕姆说，"你对你的儿子没有感情吗？"

"我可没那么说。"黛西说。

"说说你的感受。"鲁迪说。他在布莱恩后面徘徊着。

"我觉得你也许没有你说的那样冷酷。"布莱恩说。他像加利福尼亚人那样,咧着嘴,笑着。

"不,"鲁迪说,"你觉得怎样?不要说你认为她的感受是什么。"

"好吧,我觉得我有点儿同情她。"布莱恩说。

黛西抬起了眉毛。她显然是在模仿鲁迪·卡茨,不过还好。

"你为什么同情她?"钱德拉问道。

"她也许想和人接触,但她害怕。一个人挺难受的。那成了一种习惯。我也曾那样过。"

"我喜欢一个人。"黛西说。她的目光现在显得有些严厉。

"你不同情黛西吗,帕姆?"鲁迪问道。

"有点儿。可我也非常拿不准。就……有些古怪。她好像不在乎其他人。好像我们都有可能死掉,而她不在乎。"

"从什么时候起,喜欢独来独往成了想让你们都去死了?"黛西问道。

"我没说你想让我们都死掉。"帕姆说。

"那我也没说过我一点儿感情也没有。"

"你说过你真的不喜欢人们,"帕姆说,"这让我有点儿受伤。"

"好。"鲁迪说。

"我的意思是说,我们这里到处是人,而你一直说你不喜欢我们。"

"我从没那么说过。"黛西说。

"既然你不喜欢我们，那我们干吗要喜欢你？我的意思是，你到头来咎由自取，不是吗？"帕姆说。

钱德拉点了点头。他也发现黛西冷酷，不过他没太觉得不安。他想知道这是不是年龄问题，上了年纪的人是不是真的比较宽容。

"你太不友好了，帕姆。"黛西说。

"我也不想这样的。"帕姆说。她的眼睛稍稍有些潮湿。

"可你就是。你一肚子的气。"

"还有吗？"鲁迪问道。

"我不喜欢那样。那让我觉得不舒服。你马上就开始评判我，因为你生气了。你甚至都没听我说的话。我不过是说，我不善交际，我喜欢一个人。你说的都是你想出来的。"

"你儿子怎么了？"钱德拉问道。

"他十一年前得了精神病，精神分裂。他在家里待了很长时间，但现在他需要永久护理。"

"你对这个是怎么看的，钱德拉？"鲁迪问道，"你对黛西是什么感觉？"

"这是个悲伤的故事，"钱德拉说，"我感到难过。孩子的遭遇让我们无可奈何。我自己的孩子也让我非常难过。"

"听了你们俩的情况，我感到悲伤，"帕姆说，"悲伤，郁闷。我不想变老。"

"挺好的，"鲁迪说，"你们懂了。如果你们需要，就喊我。"

卡茨走开了。钱德拉转过身，面对着帕姆。她有点儿偏胖，穿一件浅粉色的罩衫和一件白色衬衫，妆化得很浓，但在浓妆之下，他还是能看见一个女孩，一个孩子。

"你是南印度人，帕姆？"钱德拉问道。

"我是我。我是帕姆。"

"可帕姆不是个印度名字吗？"

"帕姆是我的名字。"帕姆说。

"我知道，我只是想知道你从哪儿来。"

"我告诉过你们了。我住在弗里蒙特。我来自湾区。"

"可你父母来自南印度吧？"钱德拉问道。他知道，他应该打住。

"你为什么不问布莱恩的父母？"帕姆说，"为什么不问黛西的父母？"

"我现在有些怕，"布莱恩说，"觉得情况不妙。"

"我不过是问了问她的名字。"钱德拉说。

"你一直试图弄清楚她来自哪里，"黛西说，"没什么大不了，那要不了她的命，会吗？"

"我想让你们都打住，"帕姆说，"我觉得受到了攻击。"

"没人攻击你。"黛西说。

"那你为什么想知道我是什么人？我是我。我是帕姆。我告诉过你了。"

"你为什么有戒心？"黛西问道。

"我没戒心。"

"你有。很明显嘛。"

"没什么呀，"布莱恩说，"你不过是在保护你的隐私。"

"我不喜欢被盘问，"帕姆说，"我不是在受审。"

"我就是问了个问题，"钱德拉说，"我没想通过它达到什么目的。"

"那是胡扯，"帕姆说，"对不起，但它就是胡扯。"

"你感觉怎样，钱德拉？"布莱恩问道。

"好像在和我女儿说话。"钱德拉说。

"嗨，我不是你女儿，"帕姆说，"我是我。我是帕姆。"

"主呀，我们知道了。"黛西说。

"你什么意思？"帕姆问道。

"我真的从没听一个人说过这么多遍自己的名字。"

"我的名字是帕米姆[1]，"帕姆说，"没错，它是个印度名字。我有一半的孟加拉血统。我名字的意思是'可爱'。"

"另一半是什么？"钱德拉问道。

"旁遮普[2]！"帕姆说，"上帝呀！"

"你觉得你现在对她更加了解了吗，钱德拉？"布莱恩问道。

"我不知道，"钱德拉说，"我就是感到好奇。我没想惹她生气。"

"可你也知道，你惹她生气了。"黛西说。

"是呀，可我不知道为什么。这是个问题。我的女儿也一样。无论我对她说什么，她都生气。"

---

1 帕姆的正式名。
2 印度西北部邦，西邻巴基斯坦。

"你反过来也生气了？"黛西问道。

"我感到纳闷儿。我弄不明白她们为什么每时每刻都怒气冲冲。"

"你为什么非得知道那些东西？"帕姆说，"你就不能以平等的态度和我说话吗？"

"我一直在以平等的态度和你说话呀。我不过想知道你是不是印度人。我是印度人。你看上去像个印度人。我感到好奇。那有什么错吗？我不懂。我才说了一句话，你就勃然大怒。"

"你不觉得他在把你当成他女儿吗，帕姆？"布莱恩问道。

"老实说，确实像是在和我爸爸说话。我受够了和我爸爸说话。"

"你为是个印度人而感到羞耻吗？"黛西说。

"你为有个得了精神病的儿子而感到内疚吗？"

"是的。"黛西说。

"哇。"布莱恩说。

"哇什么，布莱恩？"帕姆说，"你真的以为是个人都会相信，你是个非常惬意、逍遥自在的冲浪高手，每时每刻都爱着所有人？"

"我从没说过那种话，"布莱恩说，"我说我工作太勤奋，对我儿子亏欠很多。尽管我和我的男友生活在一起，但我并没有花太多时间陪他。我不知道他会忍多久，但我就是停不下来，因为如果我停下来，我就会不得不面对自我。因此，没错，我有问题，我一直都不快乐。"

"嗯，你有人性，我们懂了，"帕姆说，"其他人是精神错乱、功能失常的疯子，但你刚刚变正常了。那意味着当我们都大喊大叫、互相不留情面时，你可以坐在那里看笑话。"

"不。"布莱恩说，他的笑容消失了，"我不是那样想的。"

"可看起来是那样。"帕姆说。

"你看见了？"黛西说，"敌意。"

"还有别的吗？"帕姆问道，"那就是你的真心话吧？"

"你是个被宠坏的、心怀恶意的小骚货。"黛西说。帕姆看上去想揍她。钱德拉想，她的身体看上去那么弱不禁风，假如帕姆真的揍了她，她也许会像几案上的花瓶那样碎掉。

"我现在感觉不妙，"布莱恩说，"我不知道这一切都是打哪儿来的。"

"从我开始的，"钱德拉说，"我起了个头儿。"

"那你感到内疚吗？"布莱恩问道。

"是呀。"钱德拉说，他想坐到一把椅子上，但是不敢，"我感到内疚。"

"进行得怎样了？"鲁迪问道。他出现在了他们右边。

"这里的气氛越来越紧张。"布莱恩说。

鲁迪坐在黛西旁边，背对着墙。这样一来，除了钱德拉，他能看见每个人。钱德拉坐在黛西的另一侧。

"你感觉怎样，布莱恩？"鲁迪问道。

"和我看别人吵架时的感觉一样，一直都是这样的感觉。"

"什么感觉？"

"我似乎想待在别处。"

"你见过你父母吵架吗？"鲁迪问道。

"见过。"

"那让你产生了怎样的感觉？"

"我似乎想要消失。好像那是我的错。好像他们随时都会攻击我。"

"你呢，钱德拉？"鲁迪问道，他俯身向前，想与钱德拉交流目光，"进行得怎样了？"

"我惹恼了帕姆。"钱德拉说。

"他感到内疚。"黛西说。

"我不在意，"帕姆说，"没什么。那不重要。"

"那就是你的感受，帕姆？"鲁迪说，"你的感受不重要？"

"我激动了！"帕姆说，"我变得激动了。我有时候会夸大其词。"

"在这儿，我们不必为我们的情绪道歉，"鲁迪说，"我们就是情绪本身。如果我们说我们的情绪不重要，那我们就是在说我们不重要。如果我们说我们的情绪什么都不是，那我们就是在说我们什么都不是。"

"你小时候就是那样的感受吗，帕姆？"布莱恩问道，"就好像你什么都不是？"

"我猜是这样。"

"当钱德拉和你说话时，你就是那种感受？"鲁迪说，"我的意思是，我不知道他说了什么，也许我不知道也没关系。我只想知道你的感受。"

"我感觉他好像瞧不起我，"帕姆说，"就好像他以为他比我重要。就好像他真的可以告诉我我是谁，告诉我我该做什么，我应该闭嘴，只管听，因为我蠢、笨，我永远也不会有他那么好。"

"我根本没说过那样的话，"钱德拉说，"我不过是问她是不是个印度人，看在上帝的份上。"

"它为什么对你那么重要？"鲁迪问道，"她的种族和你有什么关系？"

"因为在这个房间里，除了我，只有她是印度人，还有……"

"什么？"鲁迪问道。他靠得更近了一些。

"我觉得那意味着我们存在某种联系。"

"当她以那种方式回应时，你有怎样的感受？"

"就好像她在拒绝那种联系，就好像她……不喜欢我，也许正是因为那种联系。"

"你向她伸出了手，她却把你推开，于是你觉得受到了伤害。"

"是的。"

"你对这一切有怎样的感受，黛西？"鲁迪问道。

"我觉得我们被边缘化了，布莱恩和我。就好像这两个人发起了这一切父亲-女儿、印度人-非印度人的废话，我们只能闭上嘴，看着他们演戏，就好像这只和他们有关。"

"哦，我很抱歉，"帕姆说，"对不起，这些少数族裔的废话挡了你占据中心舞台的路。我们都应该闭上嘴，让你来，是吗？"

"我没那么说。"黛西说。

"你不一定要说出来。"帕姆说。

"请你们说说感受。"鲁迪说。

"我感到恼火，"黛西说，"这里的敏迪·卡灵认为全世界都绕着她转。"

"我觉得你是个种族主义贱人，"帕姆说，"你知道我有多少次被人称作敏迪·卡灵吗？你知道吗？因为我是棕色皮肤，我不是零号身材，我喜欢去商店！敏迪·卡灵甚至不傻，她不过是装傻。"

"那你是真傻了？"黛西问道。

"我不这么认为，"布莱恩说，"我觉得你也是装傻，这是一种防御策略。"

帕姆现在揉着眼睛，发出抽泣之声。钱德拉看不见任何眼泪。他怀疑她也许在装。

"我觉得这都怨我。"钱德拉说。

"因为一切都和你有关。"帕姆说。

"什么？"

"我为什么要和我该死的父亲在这里？"帕姆说，"从我看见你的时候起……"

"那就是因果报应，"鲁迪说，"你得到了你需要的东西，没有得到你缺乏的东西。"

"我很抱歉，"黛西说，"我不应该提敏迪·卡灵这种东西。我之所以那么说，其实是因为我觉得它有趣，也许会缓解紧张气氛，但很显然，我错了。"

"敏迪·卡灵是谁？"钱德拉问道。

"没关系。"帕姆说。

"她是个喜剧演员。"黛西说。

"她是个印度人。"帕姆说。

"啊。"钱德拉说。

"你们知道吗？"布莱恩说，"我们好像都忘了每个人的线。我们都只是稍微提了一下那个东西。也许那就够了，但我想把它指出来。"

"我是个冷酷的贱人。她肤浅。他讨厌他自己，你是个逃避的人，"黛西说，"你没有对我们说过你的任何情况，布莱恩。我们都等着你说呢。"

"你感觉怎样，布莱恩？"鲁迪说。他站起身来，然后又伸手去够他的脚趾。

"我感到害怕。"布莱恩说。他把指尖合在一起。在一张封面摄影中，一个加利福尼亚瑜伽士摆的就是这种姿势。"我害怕遭到评判。"

"好的，"鲁迪说，"好的。"

鲁迪·卡茨缓步走开了。自打他们开始以来，钱德拉的膝盖就不舒服。他取来一把椅子，坐在上面，等着有人（说不定是帕姆）告诉他，他坐在"宝座"上的样子多么高人一等，但没人这么做。

"你为什么害怕，布莱恩？"他问道。

"我知道这种练习的要点，"布莱恩说，"我以前做过这样的东西。目的就是为了让我们互相攻击。还有就是，我不知道，我曾觉得话语杀不死人，但我现在担心它们能。我害怕将来有人说的话会要了我的命。"

"我搞不懂的是，"钱德拉说，"他怎么能那么肯定事出有因？他怎么知道？"

"他不知道，"黛西说，"那是信仰。"

钱德拉摇了摇头："我觉得我没信仰。"

"你肯定有信仰，"布莱恩说，"没有信仰，你根本活不下去。如果我们没有信仰，那我们就会自杀。"

"我不知道，"钱德拉说，"我只相信我知道的东西。"

"那不可能，"布莱恩说，"我们的眼睛好像只能看到百分之四十的东西。剩下的是靠我们的脑子想象出来的。那就是信仰。"

"好吧，"钱德拉说，"也许你是对的。"

帕姆转了转眼睛，说："上帝呀。"

"你为什么那么生我的气？"钱德拉问道。

"我没有生你的气。"

"你生气了。我还没说话，你就生我的气了。"

"我给你说过了。那与你无关。那和我的父亲有关。"她看着黛西，"我也许傻，但我知道这一点。"

"那你为什么生你父亲的气呢？"钱德拉问道。

"关你什么事？"

"他把你养大。他给你穿衣服。如果不是因为他，你甚至不存在。你怎么能厌恶那个给了你生命的人呢？厌恶他有什么意义？你们那一代人为什么人人都非得厌恶自己的父母？那会让你们更聪明吗？"

帕姆盯着他。

"我从没厌恶过我的父母，"钱德拉接着说，"我连厌恶我父母的念头都没动过。他们给了我一切。他们是不完美，但那又有什么关系呢？他们给了我我有过的一切，给了我现在拥有的一切。无论什么也报答不了那种恩情。"

"你求他们把你生出来了？"帕姆问道。

"我觉得你不知道感恩，"钱德拉说，"我觉得你们那一代人都不知道感恩，就好像你们认为你们发明了世界，别人都应该为此感激你们，就好像是你们创造了你们的父母。你所知道的不过是最近二十年的事情，可你觉得你知道这些就够了，好像在你出生之前，这个世界上什么也没发生过，你是太阳，而我们其他人都围着你转。你不坏，你不傻，你也不是这个叫敏迪的女人，但你自私，不知道感恩，而这就是你不快乐的原因。如果我说话像你的父亲，那我道歉，但你也许真应该听听你父亲的话。"

帕姆站起来，离开了房间。钱德拉看着她，就好像看着自己的女儿离开，但又多少感到解脱，就算只有一刻。

"哇，"黛西说，"我可做不到。"

"没关系，"布莱恩说，"她没事。"

"不，"钱德拉说，"我不应该那么说。我错了。"

"没关系。"黛西说。

"不，"钱德拉说，"我这就去找她。"

"听着。"黛西把一只手放在腰间，"帕姆很明显一直在刺激我们，试图激怒我们。我过去就是这个样子。你说的正是她需要听听的。她懂。她出去不过是去想想你说的话。那对她有好处。在我们所有人中，只有你能帮她，你的确帮了她。因此你不用自责。"

"听听。"布莱恩说。

"鲁迪什么都看见了，"黛西说，"他在笑呢。如果奥比-万·肯诺比说没事，那就没事。"

"奥比-万·肯诺比是谁？"钱德拉问道。

布莱恩拍了拍他的腿。

"你真有个性啊，钱德拉。我还从没遇见过你这样的人。"

"是呀，"黛西说，"来到这儿才能碰到的幸事呀。那需要胆量。"

钱德拉恼怒了，仿佛他们在对他说，他不该来这儿，他在自欺欺人，他应该待在家里。他不想成为小丑，或成为傻瓜。

"那你为什么来这儿，布莱恩，"他问道，"如果你不想谈你自己？"

吃午饭时，钱德拉一直希望能瞥见帕姆。他担心她离开了，她的普拉达手提包里塞着一把小型枪支。

"我女儿就是那样，"他对布莱恩说，"我不懂她们。甚至不懂我的妻子——我的前妻，实际上。我过去懂她，但现在我认为我只是认识她。她离开我，找了别人。他叫史蒂夫。我认为他懂她。我认为我没懂过她。"

"那有点儿老一套，不是吗？"布莱恩说，他好像一直咧着嘴笑，到现在笑了有三个小时，"男人上了年纪，他们的妻子会丢下他们不管。现在的女人真是让人搞不懂……"

"于是我现在就成了孤家寡人，成了老一套？"

"我觉得那和懂不懂女人无关。你不过是碰到了一个普遍的难题。你看呀，我有一个伴侣，对吧？我喜欢他，我爱他，但我不懂他。有时候我甚至认为，我不认识他。那不是因为他是个无神论者，是个拉美裔，或只是个孩子。那是因为他是另外一个人。人与人是无法理解彼此的。这才是关键。这才是问题所在。但如果你开始说你不懂女人，那你就是自找麻烦。算了吧。你不过是个普通人，和任何人一样。这才是实情。我们恋爱了，然后有一天，我们突然意识到，我们根本不知道他娘的另外一个人是谁。有时候这会令人崩溃，有时候这会让我们更坚强。你崩溃了。她甩了你，找了肖恩。"

"史蒂夫。"钱德拉说，望着大海。

"好吧。我可以给你讲讲这一点。史蒂夫也不懂她。他可能假装懂她，他能提供她需要的一切心理学呓语，但他不懂她。他并不比你强。他不过是在步你的后尘。那不是你的错，老兄。谁都没有错。"

"我的上帝呀，"钱德拉说，"你们这些人讲起意识形态，就像经济学家，不是吗？事情之所以发生，皆有原因。追随你的天赐之福。谁都没有错。"

"是呀。"布莱恩说，哈哈大笑，"那就是加利福尼亚。我以前完全不是这样，直到我去了湾区，然后……和你碰到的情况差不多。你去求一种东西，结果获得了另一种东西，你做了几次回春治疗，身心都投入了进去，再往后你有了一批新朋友。不知不觉地……你就成了一个加利福尼亚人。不过，嘿，你遇到的就是这种情况，钱德拉。你否认不了。你在这儿，不是吗？你让自己参加了研讨班，老兄。你隐瞒不了。你做的事情棒极了。"

钱德拉把他的盘子推到一边。午餐真不错：产自菜园的有机甜菜和甘蓝，防风草和香菜汤，一大份水果色拉加酸奶，海风。他觉得自己已经健康了一些。

"问题是，"钱德拉说，"在我看见帕姆时，我就知道会有事情发生。我知道我们最后会碰到某种……状况。我真的知道。"

"她说她也知道。"布莱恩说。

"可我不觉得这种状况是她和我造成的。我们好像不由自主。"

"是世界造成的。"布莱恩说，他身体前倾，咧开嘴笑了，"那是因为宗教而受过精神创伤的人用来指称上帝的词。"

"我没有因为宗教受过精神创伤，但我认为，看见帕姆和我彼此大喊大叫，上帝开心死了。"

"好吧，那我们就不把它叫作宗教，"布莱恩说，"但那是某种灵性的东西，整个研讨班都是。"

"我可不觉得那是灵性，"钱德拉说，"那不过是……吵架。"

"那是团体治疗，"布莱恩说，"但它们存在一些联系。那就像杰克·康菲尔德对西方人的评论：如果你四周飘浮着太多未清理的狗屎，那么就算你深度冥想也没用。"

"我不知道我是不是西方人，"钱德拉说，"不过我认为，混乱不安的童年和人际交往问题是普遍现象。无论如何，印度的宗教氛围都没过去浓了。我们经济学家过去常说，印度受到了印度增长率的拖累，你知道吗？"

布莱恩摇了摇头。

"可现在再也不这么说了。去年它的增长率是百分之七点一。"

"你真有个性啊，钱德拉。"

钱德拉微微一笑。他不知道布莱恩为什么一直这么说。

等到他们回去上下午的课时，帕姆已经到了，并且在冥想。她佩戴着一条湛蓝色的钴项链。钱德拉觉得那可能是个护身符，也许是为了辟邪（这个"邪"就是他）。她睁开眼，屏住呼吸片刻，似乎要用目光把他杀死，然后又冥想起来。

"嗨。"他们刚一坐下，鲁迪就说，"我们上午过得真不错，是吧？"

人们哈哈大笑，笑声中夹杂着几声"阿门"。

"你们看见当我们诚实讲述自己的感受时发生的情况了吧？"卡茨说，他暂停了一下，做了几个面部练习，"看着不雅，对吧？"

人们又笑了起来，不过多少有些紧张。

"今天下午，"卡茨接着说，"我想让你们用自己的笔记本，写下今天上午评判别人的话语，记得多少就写多少，同时忘掉别人说的话。去外面找个安静的地方，如果愿意待在这儿也可以。

等你们写好了，就安静地坐在那里，想想：'那是谁说的话？我是从哪里听到这句话的？'等你们做了这个，就写下他们评判你们的话，记得多少就写多少。我们将在三点四十五分回到这里。有问题吗？"

钱德拉知道他想去哪儿：那张距离他的房间几米远的长椅。他拿了个垫子。由于担心有人会抢他的座，他差不多跑着走下了朝向大海的台阶。多数人好像仍留在毡房里。

他打开他的笔记本，望着大海。那么，他说过什么评判性的话呢？帕姆，当然了。他对她说，她不知感恩，自私，她那一代人都是那样，她父亲是对的。

他还评判过别人吗？评判过布莱恩吗？没错，他们现在是亲密无间，但刚开始呢？

不，他没评判过布莱恩。其他人评判过布莱恩。他想不起他说过黛西什么。他挺怕她的。只有帕姆。他问她是不是印度人，那是一切的开始。她把这当作评判。但是，他没法写：评判了帕姆，因为认为她可能是印度人。如果真的是这样，那么这还是评判吗？评判一个人肯定意味着说他蠢、自私、不知感恩，而非说他是印度人。那怎么可能是一种评判呢？除非你认为身为印度人是一件糟糕的事情？是那样吗？帕姆就是因为这个而作出了反应？因为她私下以为，所有印度人都是不老实、鬼鬼祟祟、臭烘烘、油腻腻、色迷迷、让人恶心的畜生，只会骗人、乞讨，在伊莎兰这个黑洞里说不怀好意的话？

拉达过去说他是种族主义者，说他全盘接受了殖民世界观，说他是全球社团主义的棕色代表。他现在想到这一点，第一个跳进他脑海的是苏尼，他觉得苏尼才真的是全球社团主义的棕色代表。区别在于，苏尼密谋、规划这样的东西，钱德拉只是做了他认为正确的事情。如果拉达因此而评判他，那就让她见鬼去吧。公说公有理，婆说婆有理。无论如何，很多印度人并不是马克思主义者。拉达是"校园害虫"（钱德拉对他们的称呼）、无政府主义者、第三世界网络废柴、生态女性主义者。他无法通过沃尔玛里的意识形态少年读物掌握她经历的所有曲折。

拉达的问题是：她的选择太多。她说她不相信责任或义务，但按照定义，责任不是你可以相信的东西，而是你非做不可的事情。信仰与此无关。然而，当你的父亲在剑桥拥有了一席之地，你上了私立学校，由于法国南部"太老套"而去阿曼度假，生活变得像一种盛大的酒店自助餐，然后有人暗示说，你应该"把你被宠坏的屁股坐下，吃你母亲给你的东西"，于是你大呼虐待儿童。你找治疗专家咨询。治疗专家让你写信告诉你的父母，你原谅他们，虽然他们把他们可能的美好年华都浪费在了照顾你上面，你却不知道，就像你甚至都不知道酒店自助餐上的一对服务生根本挣不了几个钱。

但是，拉达没有这样干过。这样干过的是贾斯敏。拉达曾经转过身来说，她不想要他几乎拼了命给她的所有优势。拉达曾断定，除非全世界的人都到阿曼度假，否则她不会快乐。那时，她会责怪他关爱她，没有关爱"他们"。他想问她，她帮助过谁，她让谁的生活更美好了，她教过多少哭着喊着说想念父母、说缺钱、说学不会第一学年的微积分的学生。多少？得了吧。印度对数学作出的贡献。零。唵[1]。无，拉达。

钱德拉在他的笔记本上写道：

> 你从没帮助过别人。除了厌恶和愤怒，你没给社会做
> 过任何贡献。你是个职业发牢骚的，仍受益于你声称不想
> 和它有任何牵连的经济。坦率地说，亲爱的拉达，去死吧。

他又把"去死吧"划掉了。

他抬起头来，希望看见鲸鱼在他前面喷泡沫，但海面依然如
故，依然自以为无所不知地咧着嘴大笑。他试图回忆他对帕姆说了
什么，但现在只记得"不知感恩"和"印度人"。她就是"不知感
恩"，她就是"印度人"。

他决定朗读一下他写的那段文字。在读到最后三个字时，他低
声地把它们送入了微风之中，就是想看看感觉如何。让他感到意外
的是，感觉不错，真的不错。他放下笔和写字板，做了个深呼吸，
凝视着大海，喊道："去死吧，拉达，你这个被宠坏的小东西。我
希望你从未出生过！"

他回过头去，看了看。周围空无一人。他又回过头，冲毡房看
了一眼。艾尔克坐在台阶上，看着他。他想知道她是否听见了他说
的话。也许吧。但是，她谁都不会在乎。

1　梵语音译。

08

过去，只有拉达能让他态度软化，把他从书桌旁拽走。在芝加哥，他会带她去进行他所谓的"公路旅行"。其实，那只是开车绕着街区转十分钟，直到她睡着。她六七岁时，他们搬到了剑桥。她会走进他的书房，抬起她的大眼睛盯着他，说："公路旅行，爸爸？"他们会开车绕着东安格利亚乡村，进行更远的"公路旅行"。拉达坐在后座上，叽叽呱呱说个不停。

数年后，他决定告诉她一些生活事实。

"西方拥有世界百分之二十的人口，"他说，"但消耗了世界百分之八十的资源。"

他怀疑他的话没有多大效果，直到整整三个星期后。他当时站在她的卧室外面。她正在和两个来过夜的朋友玩耍。

"你们知道吗？"他听见她说，"美国吃了世界百分之八十的粮食，凭借只有世界百分之二十的人口。"

很接近了，他想。

拉达曾一直效仿钱德拉。在他的孩子中，她最具冒险精神，最为叛逆。十六岁的时候，她把她的头发理成了时髦的、直挺挺的发束，脖子上套着一个狗项圈。但是，即使在那时，他仍觉得，他理解她。然而，等到了十八岁，她和他在一起的时间少了。每个人都让他放心，说这很正常。她正在为上大学、生活作准备。等准备好了，她就会回来。

问题是，拉达并没有直接上大学。在收到伦敦大学亚非学院的录取通知书后不久，她就宣布，她打算在夏天一个人去印度。钱德拉象征性地反对了一下，但她的想法其实让他很激动。他经常批评他的孩子太西化，因为苏尼甚至连稍微辛辣的东西都不吃，拉达总是发错她的姓氏的音，贾斯敏根本讲不了钱德拉讲得很流利的四种印度语言。那不是他们的错，但他骨子里是个民族主义者，又不肯压抑他的情感，无法克服他对自己率先参与跨大西洋人才大流失而感到的内疚。他希望他们作为一家人能够多去印度看看，但这不仅对珍妮不公平，对孩子们也不公平，因为他们的朋友会去欧洲或夏威夷度假。

"我真的以为你没弄明白，查尔斯，"珍妮说，"她不是个寻根的印度女孩。她是个寻求行动的西方女孩，而那意味着毒品。自二十世纪六十年代以来，他们一直都是这么做的。"

钱德拉听进去了，但确定不了。对他来说，拉达的确拥有印度的一面，因为她不顾社交礼节，说话直来直去，仿佛她没觉得自己和别人有什么不一样。她的肢体接触也可以反映出这一点。她不等他提出来，就会帮他按摩额头。她接触孩子是通过触摸，而非通过英国那种不自然的模仿儿语。事实上，他急于看见经历对他女儿的影响。没错，他断定，拉达应该去印度。那不仅在文化上势在必行，甚至在道义上也是如此。

拉达带着一份他的朋友和亲戚的名单出发了。这份名单是从他的旧通信录中拍摄下来的。他的朋友和亲戚遍布印度各地，从特里凡德琅到大吉岭。她将孤身旅行六个星期，然后在八月份去德里见钱德拉，因为他要在那里参加一个会议。他将带她去看他过去常去的地方。说真的，他在德里经济学院太勤奋了，其实哪儿也不常去，但他可以瞎编乱造。到了那时，说不定她已发现自己喜欢的地方，还会说印度语，终于明白她的父亲来自哪里。她会搂住他说："好吧，爸爸，我现在懂了。"他会弄乱她的头发，和她一起跳上一辆开着空调的大使车，前往阿格拉或杰普尔。他会给她解释，在全球化经济的背景下，人力资本密集出口促进策略为什么是唯一可行的发展之路。

如果不是因为普拉卡什，那么这一切原本都可能发生。

钱德拉和他哥哥的关系一直都不亲密。普拉卡什年长五岁，严肃，书呆子气，脾气大。钱德拉十二岁的时候，普拉卡什就离开了大学。自那时起，他们两个就再也没有见过面。然而，等到钱德拉三十多岁，情况明朗了：普拉卡什讨厌他。钱德拉不明白个中原因。普拉卡什从没想过离开印度，或做学问。他读了三年博士就不读了，成了一个职业政治激进分子。他先是在戒严时期短暂入狱，然后开始写作。

普拉卡什的第一本书比钱德拉自己的第一本书《第三世界何以重要》晚出一年，书名也相近：《不要给第三世界颁发铜牌》。但是，普拉卡什的书市场表现很差，不仅没有获得国际发售，在印度卖得也不好。钱德拉的书反响强烈，好评、差评无数。普拉卡什的书则被多数评论家完全忽视，要不就遭受冷落。

那时，两人都写了几本书。但是，普拉卡什从未赢得过钱德拉那样的名望。他在年轻人中比较吃香，他们喜欢他那种绝不妥协的态度、赤手空拳的辩论风格，但在他的同辈中，他被视为一个虽然性格鲜明但精神失常的人物，以穷人和被压迫者的名义高举他自己的旗帜是他的主要目的。当他的同道中人发现，他在上世纪九十年代通过为世界银行提供咨询挣了不少钱（这是钱德拉给他找的活儿，但他从来没有感激过），他的名声更臭了。

普拉卡什从未去过美国或英国。他总是说："我对资本主义国家不感兴趣。"但钱德拉怀疑他是怕自己能力不足，适应不了另一种文化的规范，怕他的反殖民愤怒会暴露为一种很深的自卑感，从而证明他根本不是和西方过不去，而是在和他自己过不去。

如果钱德拉去拜访哥哥，那么一般要不了十分钟，他们就会发生争执。随便说一句什么，都会被认为是含沙射影。要一杯茶，有可能引发一场关于孟山都公司和"大糖"的辩论。聊聊天气，有可能导致对京都议定书的伪善进行连篇累牍的指责。就算一言不发也不行，因为普拉卡什会抓住这个机会，解释钱德拉的世界观为什么有高级殖民洗脑之嫌；为纠正钱德拉的谬误，他接着会出于手足之情，一口气说上几个小时，对钱德拉进行无情的再教育。

在钱德拉的父母死后，普拉卡什成了他最近的亲属，但他们的"争吵"（珍妮的说法，钱德拉认为她这么措辞不公正）使所有拜访都成了痛苦、冗长乏味的事情。普拉卡什的妻子莫诃尼（医生，说真的，她是家里唯一的顶梁柱）减轻了这种痛苦，但在他拜访期间，她一般话很少，就那么看着，脸上的表情同情多于不以为然。这一次，钱德拉希望拉达的在场能让普拉卡什显得比较有人情味一些，因为普拉卡什膝下无儿无女。有拉达在场，普拉卡什也许就不会"怒发冲冠"（他的头发已所剩无几），而是会吃冰激凌，讲笑话，参观动物园。

等到钱德拉抵达时，拉达已经在德里待了三个星期。他原本计划下午到，但航班晚点，直到午夜后，他才抵达沙克德。

开门的是普拉卡什。他穿着在礼节上不够得体的晚装（印度土布长衫，不合身的牛仔裤），手里端着一杯朗姆酒。说来新鲜，他留了大胡子（十八个月前，在钱德拉上次见到他时，他还在炫耀他斯大林式的小胡子）。不过，他依然精瘦，像个小青年。即使暴饮暴食，他也从来都没胖过。这也许是经久不息的怒火造成的。

"我给你带了一些威士忌。"钱德拉说。

"好的。"普拉卡什说。那是他表示感谢的方式。

"莫诃尼在哪儿？"

"床上。她需要早起。"普拉卡什拍了拍钱德拉的肩膀，"来呀。你女儿在这儿。"

拉达坐在沙发上，穿着和普拉卡什一模一样。她不仅手里也端了一杯朗姆酒，还夹了一根香烟，看上去很扎眼。她在看放在她膝头的那本书，目不转睛。就连钱德拉站在她面前、盯着她，也是如此。但是，等到她抬起头来看时，他明白了。

那个他曾开车载着在芝加哥郊区转的女孩，那个后来佩戴狗项圈、听朋克摇滚乐的女孩，那个他唯一可以聊聊经济学、同事，有时候甚至自己妻子的女孩，不见了。那双他十分熟悉的栗色大眼睛流露出一种舍我其谁的眼神，仿佛她的脑子里装的全是他根本理解不了的东西。没错，拉达没成为一个瘾君子，也没有找到她的根。她成了一个马克思主义者。不，是一个"普拉卡什主义者"。

次日傍晚，当钱德拉从研讨会上回来，争执便如火如荼地开始了。莫诃尼在家，他很高兴见到她。她在厨房里为所有人做晚饭，尽管刚倒过来十二个小时的时差，他还是过去帮忙了。他们把食物送进客厅，都抱怨说累得够呛。争吵就这样开始了。

"这是资产阶级的累，"普拉卡什说，"有些工人自昨天起就一直坐在机器旁边，连上厕所的时间都没有。"

"管他资产阶级不资产阶级，"莫诃尼说，"反正我累了。"

钱德拉笑了。这是来自房子里另一个出过力的人的同情的笑。

"就连共产主义者也累呀。"钱德拉说。

"那取决于你的定义。"普拉卡什一边说，一边把他的烙饼从中间撕开。

钱德拉知道他不应该上钩，但他也知道他的哥哥打算告诉他，某些国家的工人从不觉得累（普拉卡什以前提出过更令人惊讶的主张）。

“那就去朝鲜的一座工厂，”钱德拉说，“让我们看看。”

“为什么总是朝鲜？”拉达说，“为什么朝鲜总是房间里的纸板？”

“不是纸板，”普拉卡什说，“稻草。”

“完全正确，”拉达说，“稻草人。”

“没错。”钱德拉说，他闭着眼睛，脸上的表情像被诊断出得了一种名称让人记不住的疑难杂症，“我抽中了小稻草人[1]。”

虽然夜色渐深，但争执仍在继续。当普拉卡什和钱德拉在一起时，这很正常，只是现在钱德拉要对付的人多了，包括“普拉卡什1.0”和“普拉卡什2.0”。“普拉卡什2.0”是实验室制造出来的克隆人，更吓人的是，它长得很像钱德拉的女儿。

“那种说殖民主义已经‘终结’的说法根本不符合事实。”她说。她的唇角一直流露着那种“普拉卡什主义”的傻笑。“那是胡扯。世界贸易组织不过是以‘自由贸易’为掩盖的原始积累。”她在说“自由贸易”时，做了一个令人害怕的手势。

“比那要复杂。”钱德拉说。

“自由贸易有利于最强大的经济体。”拉达接着说，“那意味着……”她再次抬起她的手指，“西方。”

“我们马克思主义者不傻。”普拉卡什一边说，一边伸出胳膊抱住拉达。拉达点了点头，严肃得有些不可思议。莫诃尼把冰激凌舀进了钱德拉的碗里。

1　原文为“I have drawn the short strawman”，意思大约为“算我倒霉”。为照顾上下文，故将其直译。

"普拉卡什，"钱德拉说，"你给她的脑袋里灌输了什么东西？"

普拉卡什拍了拍手："我们就是聊聊！她是个很聪明的女孩子。"

"我自己有脑子，爸爸。"拉达说。普拉卡什点了点头。

钱德拉看着莫诃尼："你怎么看？"

"我觉得我们需要更多的冰激凌。"莫诃尼说。他知道她这是在告诉他认输吧。他败了，一败涂地。

拉达回到英国后，她卡夫卡式的蜕变的真实程度才显现出来。钱德拉试图看到好的一面。晚餐现在变热闹了，充满辩论和巧妙的应对。他们的"决斗"很激烈，因为他们的立场差不多水火不容。但是，他很快就意识到，他面临着一个要严重得多的问题。普拉卡什还教会她如何去恨。

"帝国主义者""西方""资产阶级""资本主义者"……这些词像小小的"卍"符号那样从她嘴里流出来。她指关节发白，牙关紧咬，眼神就像西伯利亚鹤嘴锄那样犀利，就好像她判决世界大多数人犯有反意识形态罪行，要把他们送到劳改营。任何反驳都会遭到鄙视。这是她最近的自动反应。她会说："涓滴效应！那是上流效应，看在上帝的份上！"或者："你难道以为工人太愚蠢，管不了他们自己的工厂？"或者："你对农民说过吗？"

普拉卡什似乎已使拉达相信，她的父亲不仅是她的敌人，也是世界上所有善良、正直的人的敌人，是死于营养不良的婴儿、南非黑人、广岛被烧成灰的孩子的敌人，是各地正派、谦卑、自我牺牲的左翼人士的敌人。这些左翼人士只想纠正他和皮诺切特[1]之流怀着无限恶意制造的罪孽。

珍妮和苏尼都没帮上什么忙。珍妮说："上帝呀，你真是被洗脑了，拉达。"苏尼只在拉达面前挥舞了几张五十英镑的钞票。正是苏尼给拉达起了"激进分子拉德"这个绰号，不过那是后来的事了，在他的成功之年。他当时证明，他净工资超过了他的父亲。

"那你是个无产者，是吗，拉达？"苏尼曾这样问道。

"不是，傻瓜。"拉达说，那时候，她经常这样称呼她的哥哥（要不就称呼他"笨蛋"），"那些洞悉体制本质的中产阶级知识分子会自动和革命的无产阶级联合起来。"

"那你干吗不和一座两上两下、厕所在外面的廉租房联合起来呢？"苏尼说，"要不要让我在布朗克斯给你找个漂亮的小地方？你可以住在毒品窟上面，脸上文个图案。那就是纽约无产阶级的渴望。"

"你什么脑子？我斗争可不是为了拉低我自己的境遇，而是为了提升他人的境遇。住在一个有裂缝的房子里对谁有好处？"

"苏尼想说的不过是……"钱德拉开口了，但由于他们俩正吵得不可开交，他几乎连一句话都没说完。

"我并没有要求生在一个资产阶级家庭。那不是我能控制的。但是，我现在已经洞悉了秘密……"

1　皮诺切特（1915—2006），智利军人，总统。

"我已经身处应许之——之——之地，"苏尼说，"我已经看见了山巅之光，有一天我的人民都——都——都将自由。"

拉达此时已把她的手举到了她的前面，手掌向外，像一头摆出攻击架势的熊。

"好了，你懂什么，就凭你这个自私、抢钱的垃圾智商？是个人都能挣钱，苏尼。是个手淫犯都能玩转那种体制。要弄懂它，需要脑子。"

"是呀，的确。"坐在椅子上的钱德拉说。这是一句愚蠢的洋洋自得的话。幸运的是，他的女儿没有仔细想这句话。

"那你懂股市吗，懂吗，拉达？"苏尼问道，"懂黄金、原油、期权和保险吗？"

"懂失业、膨胀、货币供应吗？"钱德拉说。他知道，他该站在他儿子一边。

"我不想懂，"拉达说，"我想……"

她不说了，仿佛刚刚意识到她父亲在房间里。当她再次开口时，她的声音低沉多了，就好像她处在一个蜕变过程中，好似一轮满月照耀下的一个狼人。

"那么，从根本上说，爸爸，如果你没有获得理论经济学博士学位，那你就不应该投票，不应该有见解，不应该有孩子？是这样吗？"

"我要说的是，"钱德拉以一种非常温和、低沉的声音说，"如果不掌握丰富的经济学知识，很难懂经济。"

"我对经济学不够了解？"

苏尼不情愿地说出了"了解"这个词。

"我认为你做得很不错，拉达，"他说，"你在学习。你充满热情。挺好的。但是，你还有东西要学。仅此而已。"

"比如说……什么？"

"比如还有一些事实。"钱德拉说。

"噢……事实？"

"那是随阅历而来的东西。"

"那……现在？"拉达说，"年龄大的那个懂了，年龄更大的那个成了……比如说……你。"

情况总是这样。拉达和苏尼的论战不过是小问题，偏离了真正的万恶之源：P. R. 钱德拉塞卡教授，克利福德·H. 道尔经济学名誉教授。直到那时，他都认为，他的女儿为他取得的成就感到自豪。

当她去上大学时，他松了一口气。他深信，伦敦大学亚非学院将会让她明白，良好的教育将指引着她去作更为深入的思考。这样一来，随后的岁月里，他们就能够一起把她的"普拉卡什阶段"付之一笑。但是，他忘了，对一个盲信者来说，一知半解最为危险……除非知识渊博。在接下来的那些年里，拉达学到的正是一知半解的东西。

她从伦敦大学亚非学院毕业后，他们的关系似乎改善了。她又去了一次印度，回来时对普拉卡什已大失所望，谈到了"小暴君"和"专制家长"。但是，她的政治观点依然如故，尤其是在她搬到哈克尼区一座摇摇欲坠的房子里之后。她和其他六个堕落的家伙住在一起。这些家伙白天做着最低工资的工作，晚上就袭扰富人。

但是，这一切都发生在新自由主义的鼎盛时期。当时的反对派大多是中产阶级那些反戈一击、忘恩负义的家伙。如果他们愿意的话，他们还是能挣钱的（他们通常也是这么做），而这都要归功于钱德拉教授这样的人的努力。那时经济学家和政治制定者是受人尊敬的专家，是让经济正常运转的人。假如没有他们，整个体制就会分崩离析。没错，他们都知道，体制不完美，但即使有再多的愤怒，丢再多的鸡蛋，也不会使局面改观。

经济崩溃接踵而至。

每位经济学家及其跟班如今都声称，他们都知道它要到来。但是，就钱德拉的记忆来说，情况不是这样。他的问题是，在一定程度上，他从不认为金融是一种正当学科，因此直到2008年，他才知道信用违约交换为何物。不幸的是，那些不懂行的人却被银行和外国国债收买了。钱德拉认为这种做法很粗俗，不过直到最近他才获悉不懂行的人薪酬几何，发现非终身任教讲师仅凭单篇文章挣的钱就能达到六位数。

2009年，以一个忧国忧民的公民志愿参军的方式，钱德拉开始为英国财政部提供咨询。在美国，数百万人失去了他们的房子。钱德拉只能推测印度将来的命运。他一如既往地为此而自责。他没向珍妮透露这种想法，否则她就会说他是极端利己主义者。

一个星期天，在汉克·鲍尔森的救助法案出台后，拉达过来吃午饭。她、钱德拉、珍妮、十岁的贾斯敏围坐在餐桌旁，吃着牧羊人馅儿饼。

"我希望你小心，拉达，"珍妮说，"在我认识的住在哈克尼的人里，每个都至少被抢劫过一次。"

"哈克尼和过去不一样了，妈妈，"拉达说，"总之，抢劫不是最糟糕的事情。"

"噢？"

"他们就是抢了你的包就跑。再说了，我包里东西不多。"

"要不他们捅了你就跑。"珍妮说。

贾斯敏面露恐惧之色。钱德拉想改变话题，但就是想不起一个安全的领域。

"你被抢劫过吗，爸爸？"拉达问道。

"还没呢，"钱德拉说，"但愿好运继续。"

"不，你被抢过。我们都被抢了。一群衣冠楚楚的银行家拔出刀对着我们，从我们的后口袋里抢走了一万亿美元。"

"啊，上帝呀。"珍妮说。贾斯敏把一团番茄酱挤到了她的盘子上："不，他们没有，拉达。"

"不，他们抢了。"

"他们还有别的选择吗？"钱德拉说，"让银行破产？那就乱了。"

"那就乱吧，"拉达说，"受够了。"

"长大吧，拉达，"钱德拉说，"长大就明白了。"

"你究竟想说什么？"

"我想说的是，"钱德拉说，"如果没有资本注入，世界上的银行都会受到波及。这意味着关键产业会衰退，进而意味着没有食物、全国断电、街头骚乱、无家可归、自杀、饥饿。我认为救助是一种可以接受的代价。"

"扯淡，爸爸，"拉达一边说，一边把她的叉子丢在她的盘子上，"窃贼掌权，他们在堂而皇之地操我们，而你们都不在乎！"

"我不想听这种话！"珍妮说，"这是不被接受的。你听见了吗，拉达？"

"我不在乎那种话，"钱德拉说，扔掉他的餐巾，"可我没时间扯这个。我们中的一些人没有权利责怪老爸。我们中的一些人真的在努力解决问题。"

"是呀，你们靠骗人活着，把他们挣的每个便士都骗走，然后要求他们偿还你们的赌债。问题解决了。"

"你究竟想说什么？"钱德拉问道。

"你，"拉达说，"你和你那号人——巴不得吸血的银行家制造全球问题，只要他们喊你们'教授'，让你们坐飞机头等舱，支付你们高薪。"

钱德拉站起来，把他的盘子举过头顶，然后摔到地板上。这是一种夸张得近乎荒唐的姿态，把贾斯敏吓哭了。珍妮说："看在基督的份上，查尔斯。"拉达洋洋得意地笑了，和她在德里学会的那种笑一模一样。

钱德拉上了楼，锁了门，直到拉达离开才下来。此后几个星期，他拒绝接她打的电话，屏蔽了他的答录机。如果她给系里打电话，走到他的秘书的办公室，他就会高喊："告诉她我不在。"

他之所以终于回心转意，是因为他意识到，他怀念他们的吵架。他的学生没一个敢像她那样和他说话，和同事的辩论仅限于系里的勾心斗角，而那意味着职业嫉妒。和某个有话直说的人聊聊，和一个真的在乎什么的人聊聊，有好处。

2010年，拉达获得了第一份真正的工作，成了一个团体的运动组织者。这个团体名叫"家庭纠纷"，为可能受到虐待的妇女和儿童提供保护。拉达的职责是向政府请愿，以促成政策改变。

"太好了！"当她把这一消息告诉钱德拉时，他说，"听起来很值得称道。"

他知道他说话的口气有屈尊俯就之嫌，但他由衷地感到高兴。这是正儿八经的世界中的正儿八经的工作。

但是，拉达并没有变得明白事理，讲求实际，而是暴露出一种新的政治愚蠢，一种"身份政治"，藐视一切理性解释。

在身份政治的保护下，所有的陈述都很自恋地从"我反对"转化成了"我是"。拉达的咆哮变了，总是加一个开头：例如，"从一个女人的立场上讲……我发现那太令人讨厌了"；或者，"作为一个有色人种……我可以向你保证，那不是真的"。

她以前怀着一种正义的愤怒。现在倒好，她怀着一种自以为正义的愤怒。她完全从《旧约》转向了《新约》，从暴民煽动者转向了行刑队。为了维护"存在"的至高无上，她甚至根除了辩论的可能性。

钱德拉更希望他的女儿只是一个左翼分子，非常希望，因为左翼分子的问题毕竟多半是情绪问题。他们愤怒，并且想愤怒下去，甚至在有利于他们的时候也拒绝妥协。有时候，钱德拉甚至欣赏这一点。数年前，在关税及贸易总协定组织的一次峰会上，一位左翼分子把一个奶油馅儿饼扔到了他的脸上。在他舔嘴唇时，她亮出她的牙齿，摆出一种既讨厌又尊敬的姿态，宛如一只肌肉发达的豹子在冲一头大象咆哮。他们就那样对峙了几秒，直到警察赶到。钱德拉眨了眨眼，对警察说，袭击他的人已经溜了。

到目前为止，他就是这样看待他和拉达的辩论赛的。他们只是观点不同。他甚至能接受她拿他出气的需要，但他忍受不了的是这种反智主义，这种认为他的观点错误、无关紧要而加以摒弃的固执。

他试图告诉她，他的目标始终和那些藐视他的左翼分子的目标是一样的：减少贫困，把食物放进那些没有食物的人嘴里，甚至减少贫富差距。但是，拉达似乎根本不在乎这些目标。她只在乎谴责。有加害者，有受害者，而他的女儿似乎是法官，是陪审团，并且如果她得逞了，她还会成为刽子手。至于他属于哪个阵营，几乎无须多言。

与他们过去就经济政策（或拉达简单地称之为"资本主义"的东西）进行辩论不同，钱德拉在这些新辩论中简直摸不着头脑。拉达经常怒斥一些电影和书籍。虽说闻所未闻，但钱德拉无论如何都会为它们辩护。然而，导致他们关系破裂的是一件小事。后来，他总是把它称作"噗噗门"。

拉达当时在他那里。她已走进他的房间，想用他的打印机。她坐在沙发上，正在把一些传单（为一次示威准备的；他没有询问详情）分成堆，突然看见了钱德拉通常放在书架上的那个小噗噗熊维尼。那是她小时候的，她曾经很喜欢它（钱德拉之所以保存着，原因就在于此），但她现在盯着它乌黑的珠子一般的眼睛，说："我讨厌噗噗熊维尼。"

"什么？"钱德拉问道。

"所有角色都是男的，爸爸，"拉达说，"你连这都没注意到吗？除了坎加。她之所以被界定为女的，完全是因为她的母性。"

"好吧，她碰巧是个母亲。"钱德拉说。

"可为什么唯一的女性还是个母亲？"

"因为男人不可能成为母亲！"钱德拉说。他希望没人听见他们说话。

"她别的什么也没干，"拉达说，"什么也没干！她只是坐在那里，责怪男孩子们傻，粗心大意。因为男孩子将成为男孩子，女孩子将成为母亲，对吧，爸爸？"

钱德拉讨厌她说"对吧，爸爸"。他习惯于点头。他甚至没有意识到，在拉达看来，他的点头相当于在公元七世纪的决斗中削掉一根手指。

"可她就是母亲啊，"钱德拉说，"你想让她做什么？当个父亲？"

"那猫头鹰为什么不是个女人？"拉达问道，"为什么兔子不是？"

"因为它不是！"钱德拉说，随着他们的对话越过神志健全的界限，他的声音变得嘶哑了，"再说了，它只是个兔子！甚至连个真兔子都不是！"

"文本在效果上是真实的。"拉达说，展开了一种让钱德拉倍感困惑的陈述，"小女孩读噗噗熊维尼，长大后认为，她们就擅长生孩子。这就叫作性别覆灭。"

"不，"钱德拉说，"小女孩读讲动物的书是为了消遣。然后，她们长大了！希望如此。"

他看着坐在沙发上的那个穿红色运动衫、黄脸庞的人，她也在哀怨地看着他。

"什么让你这么肯定，爸爸？"拉达问道。

"因为噗噗熊维尼不重要！"钱德拉说，"看在上帝的份上，世界上还有人挨饿，你却在扯什么毛绒玩具！"

"那对你不重要，"拉达说，"你是个原性别的、非同性恋的中产阶级男人。"

"好吧，"钱德拉说，"我是个男性娘娘腔。你呢？你就是个该死的屹耳！"

"屹耳是男的！"拉达说。

"你疯了！"钱德拉说。

但是，拉达已经要走了。她啪地关上了门。在此之前，她发出了她特有的致命一击：

"自从男人把女人绑在柱子上烧死以来，他们就一直这么说女人！"

拉达在2014年辞了工作，要和三个朋友一起环游欧洲。当钱德拉问她为什么这么做时，她对他说，她被"烧没了"，需要时间

"重新考虑"。他想给她的账户里存几百英镑，但他知道，如果他这么做了，她就会冲他喊叫。于是，他带她去了梅菲尔一家新开的印度餐馆吃晚餐。

吃饭时，他们很长时间都默不作声。他们很清楚，无论他们聊什么话题，到头来都几乎难免同归于尽。他希望他们可以聊聊体育，但就像苏尼那样，拉达对此不感兴趣。能聊的只剩下了健康和天气，但聊健康有可能引出国民医疗服务私有化问题，天气有可能引出自由市场下全球变暖之不可避免的问题。终于，钱德拉再也管不住自己的舌头，问道：

"顺便问一下，你最近见过谁吗？"

拉达点了一块上面什么都不放的奶豆腐当主食。她抬起头，盯着他。她还没动她的奶豆腐。

"什么？"她问道，"你见过吗？"

他摇了摇头："不，我没有。"

"那你的问题是，"拉达说，"我见过谁吗？"

"我的意思是，"钱德拉一边说，一边尽量漫不经心地啜饮着他的梅乐酒，"你有男友吗？"

"为什么一定是男友？"

"什么？"

"你为什么认为那是……一个……男孩？"

"啊，上帝呀。"钱德拉说，把头埋进了手里。

"这么说，我可以和一个女人在一起的想法让你受不了，是吧，爸爸？"

"不，"钱德拉一边说，一边坐直了，整了整他戴校徽的夹克，"不，我受不了的是你非得这么对我。我不过是想和我的女儿吃一顿文明的晚餐，你却非得把它弄得这么……可怕。"

"可怕？"

"你就没个消停的时候！"钱德拉说，"一直都这样，拉达，一直都这么荒唐。"

"那我过着荒唐的生活，是吗？"

"是呀，"他说，用拳头捶着大腿，"他、她、概念验证对所有这一切着魔。这个世界上有很多严重问题。你受过良好教育，有着良好的教养，可你就知道抱怨。"

"荒唐的是，"拉达说，"你甚至不屑于考虑我可以有我自己的思想和原则。你考虑过吗，爸爸？"

"你为什么这么讨厌我？"他说，放下他的酒杯，"我哪里得罪你了？"

拉达死死地盯着他。她又开始大量涂抹眼部化妆品了，就像她十几岁时那样。她的眼影向外延伸，到了她的脸上。他认为那就是人们所说的"猫眼"。

"你能理解我吗，爸爸？"

"能。"他说。他的火气有些大，在公共场合不合适。

"你究竟什么时候理解过我，爸爸？你究竟什么时候理解过我们？"

"胡扯，"他说，"这是胡扯。"

"你什么时候理解过妈妈？"

"什么？"

"你觉得她为什么离开你，爸爸？"

"你居然敢说这种话！"

"没错。你甚至从来不认为那和你有什么关系，是吧？"

"你以为你是谁呀？"钱德拉说，"你个小骚货！"

"是呀，你就这点儿能耐。廉价的泼妇骂大街。然后你会掏出你的信用卡，把你该死的钱啪地甩下，万事大吉。男人挣钱。那就是你需要做的，对吧，爸爸？上帝居然禁止你关注别人的存在，或聆听别人说的话。你心里谁都没装，除了你自己和你所谓的无比重要的事业。继续，爸爸，接着来呀。买单。"

"你买。"他说。他把他的餐巾朝她扔过去，然后走出了餐馆。

他不知道拉达是否买了单。那肯定远远超过一百英镑（他点了一瓶非常好的葡萄酒）。他一直希望自己回头看看。不，他希望他回去，买单，道别。但是，他没有。他回了剑桥。在动身去欧洲时，拉达也没有道别。他觉得，等她回来，他们会像往常那样和解，假装谁都不记得吵过架，一切又从原点开始（尽管从原点开始的基础已不复存在）。

但是，拉达没有回来，也没有发电子邮件。最后，珍妮告诉他，他的女儿不想让他知道她在哪儿。

"荒唐！"他说。

"她让我作了承诺，查尔斯。"

"她不能这么做。"

"她说是你说的。"

"什么？"

"她说你说过，她属于你。我觉得，她想用这种方法证明她不属于你。"

"那她想让我做什么？"

"让她证明吧。你只能这么做，查尔斯。等等吧。"

"告诉我她在哪儿，珍妮。我不会和她联系。告诉我她在哪儿就行。"

"我很抱歉，查尔斯。我不能。我答应过。"

他怒气冲冲地给苏尼打电话，但苏尼说的和珍妮一样。钱德拉不愿相信贾斯敏参与了这场阴谋，所以他从没问过她。不过，他模模糊糊地感觉到，在这方面，他几乎是在自欺欺人。他发疯地用谷歌搜索"拉达·钱德拉塞卡"，但只搜到了她消失之前的信息，就好像她给国家安全局付了钱，让它抹去了她的所有痕迹。在脸书上也找不到任何信息。她连一张像样的照片都没上传，只引用了奥德丽·洛德说的一句话：根本不存在单一问题斗争这样的东西，因为我们没有单一问题的生活。他看不到她的主页或她的好友，只能看到下面这几个词：来自阿拉斯加，北极。

他每两天就发一封电子邮件，然后是每天一封，发的信息越来越绝望，其中包括这样的句子：

你在哪儿？担心。请回复。

爱你的爸爸

七个月没有片言只语了。这是要干什么？不好呀。

爸爸

以及：

回复！

最爱你的钱德拉

一年过去了，他开始一次就写三四封邮件。他对她说，他有多么抱歉，他有多么爱她；他们怎么就不能聊聊；他就是个傻了吧唧的老傻瓜，太把自己当回事；就算她只回一句话，告诉他她没事，他夜里也就终于能睡个安稳觉了，因为对他来说，唯一要紧的是她的健康和快乐。

只是他没有发送这些邮件，一封也没发。它们就那么躺在他的草稿箱里，宛如他凋零的心绪。拉达还在欧洲吗？现在有没有可能在印度？

在他最黑暗的时刻，他想起了他在餐馆里说的所有那些恶毒的话语，想起他的女儿用阿努比斯[1]那样亮闪闪的、满怀仇恨的眼睛盯着他。某个时刻，他做了一件错得离谱儿的事情，这是他能得出的唯一结论。他真希望他能知道，他错在了哪儿。

1　阿努比斯为古埃及神话中的死神。

09

钱德拉把笔记本放进口袋，经过菜园和传达室，走上了通向温泉的坡道。他在入口处抓了一条毛巾，脱下他的衣服，走到阳光之中。他害怕看见别人都像玛丽·安托瓦内特[1]和她的贴身女仆那样穿着鸡尾酒会礼服，朝他转过身来，用遮阳伞指着他的阴茎，然后下令马上把它割掉。

实际上，当钱德拉在温泉边缘放松身体时，现场只有两名肥胖的白人男子，以及一个年龄较大、肤色较深、望着大海的女人。那两名男子在谈经济，用的是钱德拉听得懂但不想听的语言。当然了，即使用手指堵住耳朵，也能听见他们说话。他们没完没了地扯奥巴马在"累积国家赤字"，让钱德拉不胜其烦。他试图对自己进行催眠，像那个女人那样望着大海，但他终于忍不住转过身去，

1　玛丽·安托瓦内特（1755—1793），法国国王路易十六的妻子，死于法国大革命。

说："赤字是政府的支出超过收入。国债是政府欠的钱。你们不能把这二者混淆。"

年龄较小的那个男人笑了笑，然后转过身去，又和另外一个男人聊起来。钱德拉看见他的后背上满满地文了一幅《最后的晚餐》图画。

"你听起来像英国人，亲。"那个女人说。她年龄和钱德拉相仿，白发卷曲，脸上有雀斑。她说话时，近乎圆柱形的乳房从水里露出来。

"我一般生活在英国。"他一边说，一边把视线移开。

"但你最初来自南印度吧？"

"是的，"钱德拉说，"你怎么知道？"

"我丈夫和我旅行了好几年。一眼就能看出来。"

"这么说，你们去过印度？"

"是呀，我们哪儿都去。"她把水撩到她的脸上和头发上，望着泛着泡沫的大海，"刚开始在伊朗，然后就走到哪儿算哪儿。"

钱德拉想起了史蒂夫说的话："我他娘的是老一套。"但是，他摇了摇头——他这时候不想让史蒂夫插进来。

"我从没干过那个，"他说，"我从来都不知道我要去哪儿。"

"那挺有趣的，"那个女人说，"但你首先要不受羁绊，觉得自己可以随心所欲，你懂的。如果你能摆脱羁绊，那你就能去任何想去的地方。"

"我叫钱德拉。"钱德拉说。他意识到，这种聊天再也不让他提心吊胆了。

"多洛莉丝，"那个女人一边说，一边伸出手，"多洛莉丝·布鲁姆。"

他握了握她湿淋淋的手。

"那你在这儿学什么，多洛莉丝？"

"普通的老瑜伽。我应该这么说，不错的老瑜伽。你呢？"

"夏至日成为自己。"

"噢，那听起来挺不错呀。夏至日成为自己。"

他几乎能够看到，她在脑海里把那几个词摊开了，仿佛在欣赏一条绸缎闪现的光泽。"那是我一直在奋力争取的东西，"她说，"成为我自己。"

"真的？"

"我觉得我们都是这样。成为你自己肯定挺不错的，我的意思是真的成为你自己。"她伸出腿，用脚趾摩挲着大腿，"那肯定像漂浮。"

那两个对经济一窍不通的男人像从泥坑出来的河马那样从水里出来，离开了。钱德拉试图放松一下，他将头向后靠，用手捋了捋头发。他不擅长放松，手里不拿一本小说或一杯科尼亚克白兰地就放松不了。他们上方的平台上有按摩台，但钱德拉不喜欢按摩。按摩过后，他总是疼痛，比以往更加紧张。

"问一下，你刚才和那两个兄弟谈什么？"多洛莉丝问道，"和金融有关？"

"哦，没什么，"钱德拉说，"我是个经济学家，就这些。"

"有一种人不喜欢被纠错。"她说，眨了眨眼。

"我知道，"钱德拉说，"我就是那样的人。"

"你肯定是，亲爱的。男人都那德性。"

钱德拉�‍撅起了嘴。拉达也会说这样的话。

"嗨，"多洛莉丝说，伸出了手，"我没打算惹你不高兴。"

"不，不，不，"钱德拉说，使劲儿眨了眨眼，"没什么。说得真对，就是这样。"

"好吧，嗨，我也这样。总之，我受不了这种模棱两可的废话。有一个超越对与错的花园……肯定有，可我从来没见过。"

"我觉得我应该学习在恰当的时候闭口不言。"钱德拉说。

"你知道谁是我认识的最固执己见的人吗？"多洛莉丝说，"我丈夫。"

"啊？"

"他是个和尚。"

"一个人能既是和尚又是丈夫吗？"

"如果你是个禅宗和尚，"多洛莉丝说，"肯定能。"

"那你生活在……一个寺庙里？"

"当然了！"多洛莉丝说，"你想什么呢？难道这些看着不像尼姑的乳房吗？"

钱德拉绞尽脑汁，试图想出一个回答，如"它们当然不像"，或"我正是这么想的"，但如果他说出这样的话，听起来要么显得不正派，要么显得非常可笑。于是，他恢复了习惯，不自在地转过身去。

"老实说，我根本不是尼姑。尼姑和和尚的老婆，那不是一回事。但你应该来看我们，"多洛莉丝说，"我们的地方在一万英尺高的山里，是科罗拉多保守得最好的秘密。到了那儿，你真的能迷失自我，忘记世界其他地方的存在。对一个来自洪都拉斯的女孩来说，这还不算差。"

　　"我们在这里冥想，"钱德拉说，"可我觉得那不是我的菜。"

　　"我们做的是简单的那种。你就是坐着。好处很多。曾经有个年轻人，法庭命令他戒毒，但他们把他送到了我们那里。他和我们在一起待了两年，再也不吸毒了。最后上了大学。他现在是个编程员。"

　　她提到大学，让他想起他下午的课也许已经开始。他甚至还没想过他的批评声音。

　　"我很抱歉，"钱德拉说，"我觉得我该走了。"

　　"好的，亲爱的，"多洛莉丝说，"你有事吧？"

　　"你没课吗？"他说，"我的意思是，你的瑜伽难道没开始吗？"

　　"当然开始了。可谁会所有的课都上呀？"

　　"对极了。"钱德拉说，从他的学士课程开始到他的博士课程结束，他上了所有的课和研讨班，"谁会那么干呢？"

　　他们俩又一起坐了一个小时，一边聊天，一边看着海鸟和波涛。多洛莉丝给他演示了如何数他的呼吸，如何观察他皮肤上起鸡皮疙瘩的感觉。他给她谈了印度和中国，讲了"老虎和幼崽"的经济差异。他还给她说了说贾斯敏的情况，但没有谈到拉达。

他们在该吃晚餐的时间离开了温泉。只是在他们跨过平台时，钱德拉才意识到他和多洛莉丝都一丝不挂，但仍像老友那样聊着。他们甚至当着彼此的面穿衣。多洛莉丝套上了一个特大号的乳罩。他则用手捋捋头发，穿上了他的夹克。当他们穿上衣服后，他还能再看她一眼。他断定多洛莉丝是个清秀的女人。不，一个漂亮的女人，既柔软又强壮，聪明但固执，令人讨厌得刚好够让他保持警觉。他喜欢她脖子上的两颗小小的痣、圆圆的耳朵（圆耳朵很罕见，不是吗）、光滑的肘部。

在他们走回餐厅时，多洛莉丝对他说，她一天冥想两个小时，有时候更多。

他吹了个口哨。

"嗨，那不算什么，"她说，"我丈夫至少冥想四个小时。"

"四个小时！"钱德拉说。

"可他还是静不下心来！"多洛莉丝说，"如果他不冥想，他会是谁？一个拿斧头砍人的凶手，也许。"

钱德拉想说"他真幸运"，但在最后一刻打住，换成了"我确信他是个好人"。

"好吧，那正是冥想教给你的东西。无所谓好人、坏人。我们都一样。"

"我们都一样？"

"我觉得是。"

他们抵达了餐厅。多洛莉丝停下脚步，朝那条河望去。

"我不打算吃晚餐了。"她说，拍了拍她的肚子，"清清脑子更好。"

"哦，"钱德拉说，"哦，我知道了。"

"不过认识你挺开心的，亲爱的。你一定要去我们那里。你去就行了。你会喜欢上它的。"

多洛莉丝从手提包里拿出一支钢笔，在一张旧车票上写下了她的号码。钱德拉把它叠起来，放进钱包，然后在一张名片上写下了他自己的号码。他们站在那里，相互看了一会儿，然后拥抱了一下。他拥抱她的时间比他预料的长，抱得比他预料的紧。当他松开时，他感到他的喉咙里有东西堵着。

"嗨，亲爱的。"多洛莉丝说，有那么一会儿，她看上去有些悲伤，和他的感觉差不多，"事情就是这样。"

钱德拉完全清楚那意味着什么。她结婚了，他孤身一人，假如他们早点相遇……但话又说回来，那也完全有可能意味着别的东西。这样的东西不少。他的人生原本有很多条路可走。犯不着想了。

"再见，多洛莉丝。"他说。他发现自己鞠了一个标准的欧洲式的半躬，不由得吃了一惊。

"再见，钱德拉。"多洛莉丝说。她鼓了鼓嘴唇，然后离开了。

尽管在餐厅里看到他那一组剩下的人聊得很热烈，但钱德拉还是一个人吃了饭。吃过饭后，他回到他的房间，躺在床上，数着他的呼吸，观察着他的批评声音。

他首先想到了他父亲。然后，他想到了他母亲，不过感受不同（更多的眼泪和内疚）。他想到了至少四个叔叔、祖母。他还想到了所有教过他的老师，其中包括海德拉巴的那个令人恐惧的约瑟夫教授。即使他给出了正确答案，冲任何他认定愚蠢得根本做不了文员的人大喊"文员"，约瑟夫教授还是会喊他"笨蛋"，拧他的耳朵。

至于他结束学业以后的情况，简直是一场纯粹的屠戮。他的妻子就不用说了，还有他的同事，一小撮他根本不认识的评论家，几个秘书，尤其是经常感冒、鼻孔透明的达芙妮。她把他的名字喊成"坎多尔"，七年里从未正眼看过他。接下来，是反资本主义者和自由主义者，他们从未读过他写的只言片语，但无论如何都不同意他的观点。最后，是他的孩子们……对一切都持批评态度，最缺乏宽容精神。

钱德拉现在明白，他把那些声音内化了，他是他自己的最严厉的批评者，但也有鲁迪·卡茨没有料到的情况。正如钱德拉向小组成员解释的那样，他是一个成就很高的人，是他们那一行的翘楚。但是，他之所以能取得这样的成就，完全是通过苛待自己。他在图书馆里兴奋地惩罚自己，消化着几乎不可卒读的书，写到他的手真的流血。他试图给他的孩子们灌输这样一种道德标准：一定要比他们的同辈更加倍努力。但是，他们就是不明白。对他们来说，世界不同了。他们上了他能找到的最好的学校，并且也不是斯托基公司的那种赶鸭子上架的类型。他们受到的完全是宽大为怀的培养和以孩子为中心的娇惯。但是，结果呢？没错，苏尼取得了成功，但这并非必然，而是由于钱德拉根本不懂的一种反社会的动力。至于那两个女孩子，她们就想着出去，以不同的方式拿着大锤，猛砸他辛苦一生建造的家园的墙壁。

但是，要试着把这些告诉鲁迪·卡茨……

第二天上午，吃过早餐后，钱德拉回到了那座毡房。椅子和垫子已被移到周围。门口附近摆着一张桌子，上面放着一摞细长条的纸板和两个碗。一个碗里放着钢笔，另一个碗里放着别针。

"每样拿一个。"鲁迪说。他坐在门口附近的地板上，膝盖顶着下巴。

钱德拉按照要求做了，然后背靠着墙坐下，闭上眼睛，数着他的呼吸。

"拿出你们的纸板和钢笔，"卡茨接着说，"在顶部写下你们的名字，然后写下这两天人们对你们的所有消极看法。如果你们想不起来，或者你们是为数不多的幸运儿，没人说过你们的坏话，那就试着想想你们记得的你们在生活中碰到的其他有伤自尊的批评。要写得短小精悍。笔记形式。等你们做完了，就用别针把它别在你们的衬衫前面，就像这样。好吗？"

钱德拉能够听见帕姆抱怨的声音，但紧接着他听见了"古琦"这个词和笑声，因此她也许是在自嘲。气氛似乎比以往轻松。

他垂下头，努力回忆着。只有帕姆批评过他，但他发现自己很难想起她究竟是怎样批评他的。她发了脾气，然后气哼哼地冲出了房间。他记得她对他说，他的所作所为就像她的父亲。是这样吗？或者，她觉得他像她的父亲？这不是一码事。但是，无论如何，他都很难写下"像帕姆的父亲"。

还有吗？黛西或布莱恩说过什么吗？布莱恩没说过。黛西说过，她觉得他和帕姆的对话把她边缘化了，但他不能写下"边缘人"。有人曾对他说，他认为他比其他人重要。谁说的呢？

自大，他写道。他想不起是谁说的。

高人一等。

他现在又想起了一条。

觉得一切都与我有关。

清单不长。如果他就此打住，会让他显得像个自大狂。他需要更多的东西。他左边那个得克萨斯的家伙好像在写一部长篇小说。钱德拉想着拉达或贾斯敏可能说过的话。

夸夸其谈。

不听别人说话。

不懂女人（那是他自己说的，但他肯定他们中有人说过）。

认为他无所不知。

认为他永远正确。

瞧不起人。

傲慢。

苏尼说的，也许。

软弱。

没错，苏尼会这么说。甚至有可能会说"失败者"。他该不该写下"失败者"呢？

钱德拉抬头观望，看见艾尔克已把她所谓的"耻辱清单"别在了她的罩衫上。她似乎很喜欢它，鼓着她令人惭愧的平胸，几乎在乞求他们评判她。他从他坐的地方看不清她的清单上写了什么，但他觉得那上面应该有"凶手"这个词。她是来这里找骂的吗？或者，她真的是来疗伤的？

"好了，"虽然那个得克萨斯人仍在匆匆地写着，但鲁迪还是说，"我觉得我们都做完了。把你们的清单别在你们的胸前，不过别戳着你们自个儿。然后，就在房间里转转，怎么转都行。等你们碰见了谁，就面对面站着，决定谁先来。先来的那个人要读另一个人的清单，告诉他与它上面相反的东西。你们听明白了吗？

"请记住，这个练习的目的不是让你们对别人撒谎，或恭维他。它的目的是，在我们的批评声音没有扭曲我们的认知的情况下，弄清楚我们内心深处究竟是怎样的人。"

帕姆举起了手。

"我们必须怎么想就怎么说吗？"

"是的，"鲁迪说，"是的，你们必须。你们不能硬来，但我觉得，你们将发现，这样做真的没那么难。试试吧。你们也许会喜欢上它的。还有人要问吗？好了，好的。我们开始吧。"

当其他人聚在房间中央时，钱德拉在一旁看着。这些加利福尼亚人的转变是多么快呀！他们是多么渴望按照要求做呀！他们传达他们的感受，完全不知道在一个极权主义国家里，首先被消灭的就是心灵隐私。但是，他现在听起来像拉达了。不，他听起来像个仍站在墙边的逃避者。珍妮过去把那样的男人叫作什么呢？壁花。

"不要再当壁花了，查尔斯。"她曾经说。

他向前走去。他已经能看见一个红头发的女人在擦拭眼泪。一个面色红润的男人朝他走来，然后摘下棒球帽。那人叫安迪，是为数不多的几个看上去和他年龄相仿的人之一。

"嗨。"安迪说。

"嗨。"钱德拉说。

"你想先来吗？"

钱德拉盯着别在安迪的牛仔衬衫上的纸板。它上面写着：**内向；冷淡；说话气人；总是盯着人看；人们认为他一直在评判他们；他看样子有一杆枪。**

安迪抬起头来，耸了耸肩。

"那么你要做什么？"他问道。

"安迪。"钱德拉说，他意识到，有这个人陪着，他感到轻松，"安迪，安迪，安迪。"

他们两个现在唑唑地笑着，像两个小男生。

"安迪，"钱德拉说，"你是个了不起的家伙。你友善、亲切。你声音不错，非常深沉，口音也不错。我喜欢你看我的方式。非常直接，不藏着掖着。我觉得你非常宽容，非常和气。我无法想象你曾经枪击过谁。"

安迪咧开嘴，笑了。

"我觉得你说得太乐观了，"他说，"最后一部分。"

"哦，"钱德拉说，"那你看上去像那种能动刀就不动枪的人。"

他们击了一下掌。钱德拉不记得他上次击掌是和谁了。也许是十年前，和贾斯敏。

"一个调停人，"钱德拉说，"一名外交官。一个善良、文雅的人。如何？"

"好多了，"安迪说，"还有你，钱德拉，我说得对吗？你，钱德拉，是……哇，衬衫不错。让我先说。嗨，这是盯着女人的乳房看的好办法。"

尽管讨厌这样的玩笑，钱德拉还是不由自主地笑了起来。

"老实说，你是个好人，"安迪说，"我已经知道这一点了。我喜欢你。"安迪清澈的蓝眼睛冲着他的眼睛眨了眨，"你这人随和、谦卑，有幽默感。你关心人，有一颗善良的心。你是个绅士，对女人亲切、尊重，对身边差不多每个人都挺亲切的。你也是人，有时候坚强，有时候脆弱，在你最脆弱的时候尤为强大。我的意思是，你是一个坚强的人。"

钱德拉点了点头。

"可以吧，老兄？"

"挺棒的。谢谢你，安迪。"

"谢谢你，钱德拉。"

他们握了握手，继续向前走。他很高兴他们没有拥抱。握手让人觉得更真诚。为什么要把这种相互恭维弄得那么像演戏呢？

布莱恩此时正朝钱德拉走来。他穿着一件淡绿色T恤，脸上笑意盈盈。

"钱德拉。"布莱恩说。

"嗨。"钱德拉说。他现在成了这样打招呼的老手。

他看着布莱恩的清单，发现上面写着（字体很小）：自鸣得意，假惺惺，假装他没问题。

"布莱恩，"钱德拉说，"你是个热情、诚恳的人，我很喜欢。老实说，很高兴认识你。即使你没有把自己的问题说出来，我也知道你和大家一样有人情味。你没有隐藏什么。你真的是个大度、大方的人。"

"嗯，老兄，"布莱恩说，拍了拍他的胳膊，"你懂我。"

钱德拉感到有些气恼，并且立即意识到了原因。布莱恩有些假惺惺。这是胡扯。

"钱德拉，"布莱恩说，"你是个善良、谦卑……"

但是，钱德拉没有听他说话。

布莱恩此时还抱着他，低声说着更为悦耳动听的话，像个游戏节目主持人，然后向下一个参与者走去。

练习就这样进行着。一些人的表现比其他人好，但谁都没有引发他刚开始和安迪在一起时产生的那种欣悦感。最令人失望的是，人们往往用相同的词来描述他。"谦卑"经常出现，但钱德拉知道他不谦卑。他有可能啜泣、感伤、后悔、忏悔，但不谦卑。如果他谦卑的话，那他仍将是伦敦政治经济学院的一名助理研究员。

他们两个相遇时，就连艾尔克说的也不过是陈词滥调。钱德拉失望地发现，她的纸板上根本没有恶魔、婴儿杀手这样的词，只包含着冷漠、冷淡、吓人之类的词。不过是陈词滥调、避重就轻的东西，否认起来很容易。

只有黛西说了些有趣的话。她说他"是个老派的男人，认为女人真的和男人不一样，应该爱女人，而不是懂女人。在很多方面，这话说得实在。我根本没发现你哪里软弱。你能来这儿就已经很坚强了，此外又那么诚实。你说的话打动了我，我可是没那么容易被打动的。平平静静地去吧，钱德拉教授。与上帝同在"。

最后那句话让他有点儿受不了。这是不是暗示，他来日无多？但是，他领会了她的情感。她至少是实话实说。他试图说些同等的东西来回应，但不断地用"亲切"（与"冷淡"相对）这个词。此外，由于想不起来"种族主义者"的反义词，于是他说："你欣赏的文化可真多。"此言一出，她就对他报以怀疑的目光。

现在，练习基本结束了。钱德拉能够听见鲁迪·卡茨在称赞所有人。他如释重负……直到他看见帕姆。不过，他一直知道是怎么回事。他们一直在躲着对方，偷偷地交换不快的目光。安迪朝他走去，两手搓着，说："嗨，挺有趣的，是吧？"钱德拉回答道："对不起，安迪。我觉得我忘了一个人。"

"好吧，"安迪说，"没关系。"

等到钱德拉转过身来，帕姆就在他面前站着。她棕色的大眼睛就像两根用睫毛膏画成的枪管。

"嗨，帕姆。"他说。

"你好。"

"我很抱歉，把你漏了。"

帕姆退缩了："我知道你一直在看我。"

"那我要为此向你道歉。"

帕姆叹了口气，看着钱德拉的纸板，说："我觉得还是我先来吧。"

"好的。"

"钱德拉。"她说，她一边和他对视，一边读他的纸板，"你自以为了不起，高人一等，夸夸其谈。你觉得一切都和你有关。你从不倾听，你也不懂女人。你觉得你无所不知。你觉得你永远正确。你瞧不起人，傲慢，可你不软弱。你只是假装软弱。"

眼泪从她的脸颊滑落。

钱德拉抱住她，闭上眼睛，把她拉向他。

"我很抱歉，"他说，"我为所有事情道歉。"

他不知道他们保持那样的状态多久。帕姆在哭泣，浑身颤抖，但当他放开她时，她从她脸颊上拭去哭花的妆，冲着他微笑。她好像不觉得尴尬。

研讨班结束了。一个留着尖尖的黑胡子的年轻人到了。他带着一部相机和一个三脚架。鲁迪·卡茨介绍说："他是我的儿子，马克斯。"所有人都笑了。现在每个人都见着什么就笑。房间里洋溢着浓浓的欢欣气氛。

"往一起凑凑，各位，"马克斯说，"高个子站后面，矮个子站前面。"

钱德拉站在帕姆旁边。他们没有说话，也没有触碰，但他想和她在一起。鲁迪·卡茨站在前排，离钱德拉不远。他的牙齿闪闪发亮。他虽然显得疲惫，但很开心。钱德拉仍不相信卡茨像人们传的那样神奇，但他现在比较欣赏卡茨。他以前从没这样公开地谈过他自己。他拿不准他是否学到了新东西，或他进入夏季后是否比以前更加成为自己，但他干了一件不一样的事情。他认识了帕姆，还有多洛莉丝。这好像很重要。

"你们都挺出色的，"马克斯说，"出色！"

鲁迪·卡茨从人群中走出来，拥抱了他的儿子。人们都在相互拥抱。卡茨从一个学员走向另一个学员，感谢他们来，和他们道别。

"钱德拉！"卡茨说，咧着嘴大笑，"干得不错，先生。干得不错。"

他们握了握手，没有拥抱。钱德拉怀疑卡茨也称呼别人"先生"。

"谢谢你，谢谢所有这一切，"钱德拉说，"很棒的体验。"

"坚持下去，"卡茨说，"只要成为自己就行。还有别的吗？"

卡茨耸了耸肩。钱德拉现在也莫名地笑起来。"谢谢你。"他说。

鲁迪·卡茨拍了拍他的肩膀，向下一个人走去。

钱德拉在户外的一张木桌上吃的午餐，面朝大海。布莱恩、帕姆、安迪、萨莉和他在一起。他们其实都挺有趣的。他们纵声大笑，连扁桃体都露出来了。他们的心情都很欢快。钱德拉问他们，他们是不是都知道敏迪·卡灵是谁。

"啊，我的上帝呀，"帕姆一边说，一边掏出她的苹果手机，"主呀！"

"黛西是对的。"钱德拉说，看着帕姆伸到他面前的图像，"她看上去真的像你。只是年长十岁。"

"她挺漂亮的。"萨莉说。

"嗯，是的，"钱德拉说，"肯定的。"

黛西正独自坐在一张更靠近海的桌子上吃饭，清风把她漂亮的灰头发吹得竖了起来。

"我读过她的书，"萨莉说，"如果你喜爱某种东西，把它放在一个笼子里，用爱使它窒息，直到它要么死掉，要么也爱上了你。"

他们都笑了。

"那听起来像你，帕姆？"布莱恩说。

"是呀，"帕姆说，"你还听说过别的人吗，钱德拉？泰勒·斯威夫特？碧昂丝呢？"

"知道约翰·梅纳德·凯恩斯吗？"钱德拉问道。

"英国经济学家，"帕姆说，声音听起来有些厌烦，"发现了乘数效应。"

"是的。"钱德拉说。

"我上了斯坦福大学。"帕姆说。

"稍等。"钱德拉说。他站起来，朝两个带着瑜伽垫子的女人走去。"问一下，"他问她们，"多洛莉丝是不是在你们研讨班里？"

"多洛莉丝，"一个女人说，"是的。她走了。"

"哦。"钱德拉说，试图掩盖他的伤感，"真遗憾。"

"她可是个人物。"另一个女人说。

"谢谢你们。"钱德拉说。他回到他的桌子旁。萨莉正在给其他人看她的文身。

"我十年前文的。"她说，她伸出她的手指，上面文着"ISIS"，"我其实只是沉迷于古代埃及。我哪里知道呢？"

"那你在机场是怎么应付的？"安迪问道。

"我戴上戒指，盼着没人看它下面。"萨莉说。

"那么，"钱德拉轻声地对帕姆说，"你现在要回家了？"

"是呀。"帕姆说。

"你还认为你需要更多的钱吗？"

"我认为我需要更多的自由，"帕姆说，"我需要离开家。"

"离开你的父亲。"

"是啊，"帕姆说，"但这不是他的错。那是我领悟到的一样东西。就像你从没听说过泰勒·斯威夫特不是你的错，他真的不懂我也不是他的错。我的意思是，他只能懂他懂的东西，对吧？我只是需要忘掉他懂的东西。我需要懂我自己。"

"是呀，"钱德拉说，"我觉得那说得在理。"

"我并不打算和他一刀两断，"帕姆说，"我打算忘掉他的认可。忘掉他让我觉得我不怎么样。"

"你认为我有没有让我女儿觉得她不怎么样？"钱德拉问道。

"我哪儿知道呀？"

"你可以猜一下啊。"

"是的，"帕姆说，"我觉得是这样。"

"可这不是我的错。"

"老实说，那在一定程度上是你的错。你一直用你的标准评判她。她不是你。她不是个男人。她不是印度人。"

"那就是你不喜欢我问你是不是印度人的原因。"钱德拉说。

"真正让我生气的，是你说我自私、忘恩负义。"帕姆说。

"我很抱歉。"

"好了，没事，"帕姆说，"因为你说得对。不过你也是那样，钱德拉。你难道从没想过这一点吗？就因为你从没冲你爸爸喊叫，或说他满嘴屁话，你就比我好点儿吗？也许你应该那样。也许你应该告诉他，让他滚蛋。"

"也许吧。"钱德拉说。他试着想象自己对父亲说了那样的话。

"你说得也太言之凿凿了，"帕姆说，"就好像你什么都知道。就好像你洞悉一切。如果你洞悉一切，你也就不会在这儿了，不是吗？"

"我拿不准我为什么来这儿，"钱德拉说，"有人激我来的。可我认为，我来这儿其实因为我感到困惑，尽管我太老了，不该有所困惑。"

"也许你就算岁数更大，还是会感到困惑。"帕姆说。

"我赞成，"在一旁偷听的安迪说，"只要不死，我就还会来这儿。"

"反正，"帕姆说，"我离开前要去再泡一下温泉。"她站了起来，"很高兴认识你，钱德拉教授。"

他们拥抱了一下。在钱德拉的注视下，帕姆绕着桌子转了一圈，和每个人都抱了抱。

"我也要走了。"布莱恩说，他的行李箱放在他的身旁，"陪我走到我的车那里，钱德拉？"

"没问题。"

他们出发了。经过传达室时，梳着马尾辫的罗尼冲他们挥了挥手。

"我要去纽约，"布莱恩说，"看看我儿子。"

这是钱德拉第一次发现布莱恩有些脆弱。他现在对布莱恩感到抱歉，希望他不曾那么严苛地评判布莱恩。

"这是一场漫长的斗争，"布莱恩说，"我不在乎。我需要好好想想。"

在停车场，布莱恩卷了一根香烟，靠在他的车上。不难看出，那是一辆敞篷车。

"我不知道我是不是需要好好想想。"钱德拉说。

"我们都需要，"布莱恩说，"这没什么大不了的。你只要找出一些时间，把事情好好捋捋。你懂吧？"

钱德拉摇了摇头。

"我觉得我不需要想太多。"

"你是个忙人。"

"你从没跟我们详细说过你儿子的情况。"钱德拉说。

"我很少见他。我有他的时候还年轻，那时候我还不知道自己是什么样的人。"

"嗯。"

"他现在十四岁了，不怎么看得起他老爸。我要去一家宾馆住下，看看这次他愿不愿意和我说话。"

"你以前这样干过？"

"是呀，"布莱恩说，哈哈大笑，"你可以说，我以前干过这个。"

"我明白了。"钱德拉说，"我碰到过相似的问题。"

钱德拉望着大海。他希望他在这里时，花了更多的时间看大海。它现在像个毯子，像在孩子的梦里可以卷起来的东西。这让他憧憬起如果自己选择了一条完全不同的人生道路的可能性。在他小的时候，他想要什么呢？肯定不是成为一个经济学家。

"招人厌是最糟糕的事情，"布莱恩说，"你总是觉得你活该。好吧，我活该。天主教徒就该逆来顺受嘛。"

"上帝呀，我累了，"钱德拉说，"我真的是累垮了。我感觉我好像在这儿待了几个月。"

"是呀，有时候就是这种效果，"布莱恩说，"你现在需要放松。慢慢来吧。"

布莱恩看上去并没有放松。他看上去很紧张。

"会好的。"钱德拉说。

"你怎么样？你很快就去见你的孩子们？"

"我要去香港。"钱德拉说，他的航班六天后起飞，"我儿子住在那儿。"

"哇，远东。他在那里干什么？"

"挣钱。"

"没什么不好呀。"

"是呀，没什么。"

"这么说，你只有一个儿子？"

"还有两个女儿，"钱德拉说，"其中一个还小，遇到了困难。离婚对她影响很大。另一个我其实见不着。"

"啊，好的，"布莱恩说，"我知道那是怎么回事。"

"布莱恩，"钱德拉一边说，一边从他钱包里掏出一张名片，"我希望你在纽约交上好运。我不知道你儿子遭遇了什么，可我觉得，即使你没能见到他，他也会知道你来过，那就不错了。无论你犯过什么错误……如果你犯过错误的话……"

"我犯过。"

"我只想说，除了试试，我们还能做什么呢？"

钱德拉其实是言不由衷。他一辈子都在尝试。待在图书馆的时候，抽香烟的时候，由于精疲力竭而患上疾病的时候，受到对他不起作用的赞扬的时候，受到对他起了作用的批评的时候，受到他的同辈嫉妒的时候，他嫉妒他们的时候，工作的时候，以及更多的工作的时候，其他人坐缆车而他推着石头上山的时候。但是，他在这儿认识了多少快乐的人呢？难道只有不快乐的人才来伊莎兰？

"我挺孤独的，布莱恩，"钱德拉说，"我自找的。"

"一切都是我们自找的。"

"我不知道那对不对。"钱德拉说。

"可有时候别无选择。"

"是的，"钱德拉说，"是呀。"

"好了，老兄，"布莱恩说，"这是我的号码。我们保持联系呀。"

"谢谢。"钱德拉说。他怀疑他们不会联系。他无法想象去圣弗朗西斯科拜访布莱恩。"好运。"

"你也是。"

钱德拉伸出手，想让他们按照他的条件分手，但在最后一刻往前靠了靠，抱住了布莱恩。他意识到，他这辈子抱过的男人没几个，其中包括他的儿子。

他回到房间，倒头便睡。下午四点时，他醒了。他开车走了，没和任何人告别。他再也承受不了更多的情绪了。布莱恩是对的。他需要好好想想。

在抵达加州大学贝拉分校时，钱德拉觉得更累了。他最多只能在这里再待几天。他戴上过去属于珍妮的供气式面具，想睡觉，可就是睡不着。他的脑子里仿佛充满一种像小马那样活蹦乱跳的新能量。他想要起身就一些线和批评声音做做笔记，但却只是躺在床上，想象着仍在他窗外的大海。

10

　　夏至日那天，钱德拉待在他的花园里，听着收音机。他想知道他是否更加成为自己。他不这么想。其实，他似乎正在变得像帕姆那样，更加西化，思考着他以前从没想过要思考的问题：他父亲的为父之道，他父母的婚姻，他是否曾经遭受精神创伤、欺凌、忽视。

　　但是，这也许不算是西方的东西。班加罗尔的小姑娘不也穿短裙，在酒吧里喝白葡萄酒，亲热，往下水道里呕吐吗？没错，这是一代人的问题。当他说帕姆（并由她而及她那一代人）是个不知天高地厚、被宠坏的忘恩负义之徒时，她离开了研讨班。自拉达从他的生活中消失以来，他就唯恐他错了，她、帕姆和他们那些人懂得他那一代人不懂的一些关键原则，他们的叛逆和自我剖析已经让他们达到了一种他无法企及的高度。没错，他们没有信念，但这也许正是他们的力量所在，一种无所畏惧的精神。也许，信念不过是那些被生活吓坏的人碰上困惑时的依靠。

但是，情况根本不是这样。帕姆已经说得很清楚了。这与哪一代人较好无关。那不过是一种大而无当的题外话。每一代都一样：没有安全感，无能为力，恐慌，迷惘，从生到死。他自己和帕姆的唯一区别在于，帕姆承认事实，并响亮、清晰地把它表达了出来。她怪罪她的父亲。他则掩盖事实，假装他对他的父母只怀着子女应有的忠诚和感激，别无其他情感。这不是真的。这怎么可能是真的呢？

那么，他的……情感是什么呢？

他的父亲为人冷酷。他知道这一点，只是以前从没说过，也没人可说。他不能对他母亲说。她不仅悄悄地压抑她自己在这个问题上的感受，也压抑儿子的感受。数百年来，南亚的妻子们一贯如此。他不能对普拉卡什说。普拉卡什一向三缄其口，直到他成长到可以谈论政治的年龄（直到现在，钱德拉还怀疑，普拉卡什的执念是不是对他的情感的逃避）。他也不能对朋友或同事说，他们认为他成就那么高，不可能受过任何人的欺凌。钱德拉一直都不愿意承认这种看法正确。他不能对珍妮说，因为珍妮对所有事情都一直持这样的态度："停止发牢骚，习惯了就好。"但是，这也许是他娶了她的原因。他确信，她永远不会对他的痛苦落井下石。

钱德拉用指甲掐着他的拇指和食指之间的肌肉。只有在紧张或困惑时，他才这么做。有时候，他会因此而流血。他父亲过去经常这么对他，但他曾经五十年对此闭口不谈。他父亲会走向他，用拇指指甲掐他手上的肌肉，总是咧着嘴笑，有时候还弄乱他的头发，仿佛那是男孩子的一种游戏。如果他哭或挣扎，他的父亲会怒斥他

"胆小鬼"，照着他的脑袋就是一巴掌，然后才放他走。

"看在上帝的份上，钱德拉。"他父亲一边低声说着，一边摇晃脑袋。有些父母用鞭子和棍子揍他们的孩子。还有一些父母用锤子。他的祖父总是用一根皮带，至少他父亲是这么说的。他的班上有个男孩子的胳膊上留着香烟烫成的伤疤。他有什么可抱怨的呢？他作为一个……

但是，他现在听到的是他父亲的声音——"胆小鬼""懒""忘恩负义""蠢""自私""就知道哭的孩子""差劲儿""傻瓜""吊儿郎当""顽劣""懒散""傻""白痴""榆木脑袋""糊涂虫"。这些词可能已经深深地印在了他的脑海里。他的批评声音是这么明显，然而他毕生都在无视它们。鲁迪·卡茨是个天才。

钱德拉的访问教授期限现在已经结束。他很快就会飞往中国香港，然后飞往英国。时间安排虽然可能会令人身心交瘁，但让人觉得吉利。他最害怕的是他其实和他的父亲差不多。没错，他从没揍过苏尼，但他骂过苏尼，用相似的轻蔑态度和苏尼说过话。

苏尼讨厌板球。这一向令钱德拉气恼。不仅如此，苏尼还喜欢一些名字拗口的运动，如马伽术、卡波埃拉、尊巴。他过去真的很不喜欢板球。鉴于钱德拉是用印度前队长苏尼尔·加瓦斯卡尔的名字给他取的名，这尤其令人无法接受。那时，他经常用同样的话骂苏尼："胆小鬼""窝囊废""差劲儿""无病呻吟"。

钱德拉的父亲过去曾因为他的分数而嘲笑他。老实说，他的分数最初只能算马马虎虎。在他十二岁时，他的父亲曾经在墙上摔坏一个羽毛球拍，骂他"笨死算了"，然后大步走进书房，并甩了五次门。他的母亲曾坐在哭泣的儿子身旁，对他说："你父亲知道你能行。他只是感到失望。你就是需要用功，钱杜。"他们一起制订了一个计划。钱德拉将提高他的分数，及时参加印度行政服务考试，追随他父亲的脚步，成为一名公务员。等到他敲他父亲的房门，告诉他这一打算时，他父亲说："就你这个白痴？你参加清洗厕所考试吧！"

正是由于这个原因，钱德拉永远不可能屈尊去清洗厕所。即使到了今天，也是如此。珍妮一直不明就里，总是把这归因于他的婆罗门敏感。

苏尼十几岁时就开始对经济感兴趣。钱德拉从没想过，苏尼是在试图赢得他的认可。他觉得这很正常，苏尼那个年龄的男孩就应该痴迷于新兴工业化国家不同程度的人力资本投入。就像对付有出息的本科生那样，他以极为轻蔑的态度作出了回应。

"亚马孙的猴子都比你更懂经济学。"他说。

"我在努力。"苏尼说。

"是呀，"桑德拉说，"你是在努力。"

等到苏尼上了伦敦经济学院，钱德拉曾嘲笑他选择的商务与管理学位。"我们可能去伍尔沃斯公司拜访你。"他说，然后问道，"你的论文是你写的，还是你加工的？"他又问道："你们是把自己称作学生，还是称作毕业实习生？"

"我挣的钱要不了五年就会超过你。"苏尼回答说。他伸出手，比画了个打赌的手势。

"你还会是工薪阶层。"钱德拉说。他伸出双手，拍了拍他儿子的脸颊。

在获得学位后，苏尼在所罗门兄弟公司谋了个策略顾问职位。三年后，他给他父亲寄了他的薪水支票的一个副本，上面画了一个笑脸。支票显示，他兑现了他的诺言，在收入上超过了他的父亲，至少在底薪方面。钱德拉回了一封电子邮件：

> 干得不错。不要忘了钱并不是万能的。当心健康。量入为出。以后可考虑投资教育。
>
> 爱你的爸爸

第二年，苏尼搬到中国香港，加入了一家对冲基金，每天工作十六个小时。他们父子一年只见两次面，但即使见了面，仍免不了争吵。只要钱德拉谈起经济学，苏尼就会顶撞他说："真实的世界并不按照模式运转。它靠意外、局势、时机运转。最重要的是发挥作用的因素……"

钱德拉一听到这些就会用手指堵住耳朵，因为他知道"现在"或"统计"这样的词将伴着一声恶毒的响指而来。

说来也怪，正是在这个时候，苏尼偏向了神秘主义。那个圣诞节，他给家里的每个人都赠送了某个名叫"朗达·布里恩"的人写的《秘密》。在分发这本书时，他脸上的表情让人觉得，他不仅看见了光，还收集它，把它装进瓶子卖。也正是在那个时候，苏尼开始剃光头，用一种明显的南亚腔调说话。

2008年，经济崩溃后，苏尼沉默了，拒绝回电子邮件或短信。钱德拉在上班时间给苏尼打电话，却被告知，苏尼已经离开庞斯福德父子公司。在打苏尼的手机之前，钱德拉写了几条草稿。这是一个敏感的问题，他不想说任何伤人或欠考虑的话。

1. 这不是你的错。整个世界都遭了罪。

2. 但我警告过你。

3. 可以帮你找另一份工作。不用担心。

4. 来家待一段时间？可能对你有好处。

5. 正如说过的那样，我警告过你（因此在某种意义上，这是你的错）。

6. 没事的。这是学习的一部分。你不是个不可救药的傻瓜（玩笑）。

7. 一般的哲学陈述？思想？引用曼德拉？凯恩斯？乔布斯？"吃一堑，长一智"。没错，挺好的。

8. 另一个笑话。见机行事。最好的笑话出于自发。

"我辞职了，爸爸。"还没等钱德拉说出第二条，苏尼就说，"我设立了我自己的管理学院：头脑事务研究所。"

"干什么的？"

"与积极的肯定有关。"

"什么？"

"让你实现自己的愿望。"

"你说的究竟是什么呀，苏尼？"

"你知道我们为什么陷入衰退吗，爸爸？"

钱德拉当然知道。那天上午，他一直在天空新闻台谈住房抵押贷款证券化。

"是因为消极思维。"苏尼说。

"恰恰相反，"钱德拉说，"那是由于动物本能明显过分。"

"我不这样想，"苏尼说，"我认为世界选择了抑郁。它始于头脑。很明显嘛。"

"可我一直试图告诉你，情况不是那样，"钱德拉说，"没人抑郁。他们都觉得泡沫会无限膨胀下去。"

"我说的不是经济。"

"好吧，我说的是。"

"我说的是头脑。"

"苏尼，你丢了工作，我感到遗憾。如果你需要回家待一段……"

"我没丢工作。"

"那不是你的错。你没有做任何错事。"

"这没有对错，爸爸。只有我们的行为的后果。"

钱德拉低头看了看他写的那几条。

"成功并不是我们的成功的结果……"

"成功是我们的思想的结果。"苏尼说。

"这都是什么屁话呀？"钱德拉一边说，一边把他的笔记本推开了。

"人们掏大钱来听这种屁话，爸爸。我已经帮助了几十个人。"

"那他们是白痴，"钱德拉说，"为什么会有人为那个掏钱？"

"你会大吃一惊的。"

他们在接下来的那个星期又通话了，气氛比较友好。但是，随着时间流逝，苏尼开始说一些套话。他说："我们已经过着如我们所愿的生活，重要的是要知道这一点。"他又说："钱是精神血液。钱栓的危险不亚于血栓。"

"你这是要反对高储蓄率吗？"钱德拉问道。他想起他最近与克鲁格曼[1]发生的那次不愉快的争执。

"我谈的是心灵。"苏尼说。

"上帝呀。"钱德拉说。

虽然很愤怒，但有一点钱德拉无法否认：头脑事务研究所取得了成功。苏尼总是坐着头等舱飞往北京或巴黎，或者每隔几个月飞往伦敦。但是，钱德拉依旧认为，他的儿子虽然很优秀，可还是个江湖骗子，要不就是彻底疯掉了，不可救药。

钱德拉搞不明白他在这一切中扮演的角色。贾斯敏曾经说，苏尼想"打败他"。真是这样吗？钱德拉想知道，就他自己而言，这是不是符合事实。他一向清楚，他一直在试图赢得已故父亲的认可，但这是想击败父亲吗？如果他不渴望认可，而是渴望用奖品、嘉奖、博士头衔、十七世纪的小屋、大笔的咨询费盖住父亲的坟

1　美国经济学家，2008年诺贝尔经济学奖得主。

墓，一劳永逸地堵住父亲那张说话刻薄的嘴，阿门，他就赢了吗？

但这不起作用。这不可能起作用。钱德拉现在明白了这一点。如果苏尼试图击败他，那么这也不会起作用。他需要把这一点告诉苏尼。他需要让儿子坐下来，把他已经发现的东西给他讲讲，打破那种恶性循环，道歉：是的，为什么不道歉呢？他，钱德拉教授，几乎没给任何人道过歉，但会向他儿子道歉。这也许就是他要去中国香港的原因。

去中国香港要乘坐十六个小时的飞机。钱德拉很少能在飞机上睡着。等到他降落了，他只想冲个淋浴，喝一小杯酒。苏尼没去接机，而是提前通知他打车，用中文把指示传给了他。他把它打印了出来。现在，他把它递给了司机。

他们驾车驶过了那座连接大屿山和主陆的桥（钱德拉记得他上次来时走过这段路。说起来挺丢人的，因为那是四年前的事了），然后向东驶过香港岛。钱德拉觉得不对头。苏尼的公寓在半山区。那是中国香港最令人向往的地区之一，由著名设计师设计的摩天大楼和酒店式公寓鳞次栉比，大厅锃亮，门童彬彬有礼。钱德拉记得需要爬坡，但他们却经过了一组普通的殖民地风格的建筑，让人觉得像是在孟买。他们停在了一座粉绿色建筑附近。这座建筑高仅三层，而非钱德拉期望的七十层。

"这是哪儿？"钱德拉问道。

"香港商业学院。"司机说。

"不好意思，"钱德拉说，"我想去半山区。"

司机举起打印件，又说了一遍："香港商业学院。"

"半山区。"钱德拉说。

一个男人在敲车窗。"教授，"他说，他微笑着，就像一块稍稍加热的橡皮泥，"教授。"

钱德拉摇下他那边的车窗："你这是？"

"嗨。"那个男人说，他是中国人，年龄三十出头，但说起话来却是英式的、受过公学教育的口音，"终于见到了你，真是荣幸啊。"

那个男人打开钱德拉的车门，让他几乎别无选择，只能走到外面的炎热之中。

"你是？"钱德拉问道。

"马丁·张教授。商业学院的院长。"

马丁·张上身穿夹克，下身穿牛仔裤。这是新式的管理策划人的制服。这种人已经把大学弄得和石油公司没什么两样。

"我知道了，"钱德拉说，"听着，我觉得不对劲。我原本要去我儿子的地方，在半山区。"

"哦，不用担心，"那个男人一边说，一边付给司机车钱，"你儿子在里面。我确信是他让你来这儿的。"

"他不会干这样的事。"

"好吧，我还能说什么吗？我让他给你解释吧。教授，欢迎来到香港，或者，'反迎[1]'，就像我们这儿说的那样。钱德拉塞卡博

---

1 原文为"foon ying"，疑为"欢迎"的粤语发音。

士在楼上等你。我是接待人员。"

钱德拉瞪大了眼睛。马丁·张哈哈大笑。他们前面有个石头楼梯。楼梯上不断有穿短裙和T恤的少女上上下下，似乎没完没了。两个白人男子靠在栏杆上，端着星巴克的杯子，喝着咖啡。他们应该是商业讲师，一副洋洋得意的表情，仿佛在说"你们忙着学东西，我们发财"。"F.I.L.T.H."[1]他低声说。"F.I.L.T.H"其实是个缩略词，意思是"在伦敦倒了霉，去香港碰碰运气"。他曾经在苏尼面前用过这个缩略词，造成了灾难性的后果。

"好吧，"钱德拉说，"那我们走吧。"

他们匆匆上楼，进入了一个走廊。走廊冷得就像肉类加工厂，尽头有个会议室。两名女生站在门两边。一名女生托着一个盘子，盘子里放着高脚香槟杯。另一名女生拿着一沓传单。钱德拉每样都拿了一个。

香港商业学院／活动
"当代经济学对头脑的忽视"

大师班，由头脑事务研究所所长苏尼尔·钱德拉塞卡博士主讲

开始时间：2017年7月14日19:00

结束时间：2017年7月14日20:30

钱德拉看了看他的手表，发现大师班是在当天，将于六个半小

---

1 "F.I.L.T.H"为"Failed in London，try Hong Kong"的首字母缩写，而"filth"意为"垃圾"。钱德拉在苏尼面前用这个缩略语有指桑骂槐之嫌。

时后开始。只是，他的手表是伦敦时间。这意味着，半小时前就开始了。

在室内，一排排的学生正坐在带红色软垫的钢质椅子上。各地的商业学院都有这样的椅子。苏尼坐在讲台上的一把扶手椅里，身穿奶油色亚麻夹克、紫色丝质衬衫。他剃了光头，戴着他那副经常戴、一直也戴不坏的眼镜，但他的额头上有了皱纹。现在，就连他用的那种一百美元一瓶的润肤霜也消除不掉那些皱纹。他就要变成中年人了。钱德拉感到不知所措，仿佛做父亲的应该阻止这样的情况发生。

"举起你们的手，"苏尼说，"谁工作勤奋？来吧！谁？"

房间里所有人都举起了手。尽管学期已经结束，但至少有一半听众穿着套装。工商管理硕士学生一般都这样。他们喜欢提这样的问题："这能用一句话来总结吗？"或者："这个东西在讲义的第几页？"老师们对他们一严厉，他们就会跑去找他们的父母。他们的父母会写信抱怨说，课程"可操作性不够"，意思是他们的孩子太蠢，理解不了。

比钱德拉年轻的经济学家已经抛弃培训年限，于是这些来自法国、希腊、南非的富人家的孩子就可以带着证明他们在反智战争中从军一年的文件，返回他们的管理咨询公司。

"那让我们试着做个练习吧。"苏尼说，他似乎没注意到他父亲进来，"闭上眼睛。你们现在身处黑暗。试着感觉一下你们的鼻尖。不要摸它。只要感到它的存在就行。只要知道它存在就行。"

钱德拉坐在靠近后面的椅子上。马丁·张试图把他领到前面的贵宾席，但他置之不理。他又看了一眼他手里的传单，然后突然注意到一样东西：苏尼尔·钱德拉塞卡博士。就他所知，苏尼从未获得过博士学位。

"现在想象你们的鼻尖像闪光灯那样发光。你们现在能在黑暗中看见什么？这取决于你们。你们看到的东西就是你们渴望拥有的东西。你们只要让它显现出来就行。"

钱德拉能够看见一张床。一张铺了几层床垫、舒适的床，漂浮在大海中央。他看见自己躺在床上。

"好了，睁开你们的眼睛。"

苏尼的次大陆口音很重。他接着说："那么，欢迎来到你们想要的世界。就算你们睁开眼睛，它们也绝不会消失。它们是你们，你们是它们。你们摆脱不掉它们，就像你们摆脱不掉你们的鼻尖。

"这一生，我们一直被告知，要为我们的欲望感到羞耻。这一生，我们一直被告知，我们太野心勃勃、太贪婪。小时候，我们被教导说，要克己，要自我否定。我们到处都能学到这种东西，从我们的老师那里，从我们的宗教那里，从我们的父母那里。"

胡扯，钱德拉想。这就是那个七岁时曾玩过电动宝马三轮车的男孩说的话。

"我们被教导说，要为我们拥有的东西心怀感激，要为得到更多的东西的欲望感到羞耻，要为成为我们自己感到羞耻。'不要参赛，'他们对我们说，'你可能会输。坐一边看他们赛跑吧。干脆放弃，干脆放弃，干脆放弃。'

"你们明白，正如你们刚才表现的那样，我们都勤奋。我们都努力。但是，谁拥有了他们想要的一切？谁看着黑暗，看见他们的生活正如他们现在的样子？为什么？这与缺乏努力无关，我可以告诉你们。这与缺乏信念有关。你们没有允许你们的梦成真。"

钱德拉不自觉地哼了一声，因为他想起来，在他出了事故之后，身在孟买欧贝罗伊酒店的苏尼就是这么对他说的。苏尼说他希望那辆自行车存在。

"女士们，先生们，"苏尼说，"这是现代经济学家不懂的东西。为什么？因为他们没有把人的头脑考虑在内。问问你们自己。在物体的世界里，事情都是怎么发生的？我怎样移动这个杯子、这个玻璃杯、这个话筒、这把椅子？没错。我决定移动它。我是用我的头脑作这个决定的。经济学家说我们都要服从他们的模式，但事实上，我们制作我们自己的模式，并且我们可以毁坏它们，每天都可以。秘诀在于知道我们自己的欲望，并拥有它们。等到我们拥有我们的欲望，我们就能发生我们希望看到的变化。"

钱德拉确信苏尼引用了甘地说的话。现在，这些工商管理硕士生会回到家里，认为"获得你想要的东西"就是圣雄想传达的核心信息。

苏尼拍拍头，闭上了眼睛。

"宝库在里面。谢谢你们。"

房间里的人鼓起掌来。苏尼站起来，也鼓了鼓掌，然后指着个别听众，笑着，把手放在胸前，说："你！你！你！"他双手合十，鞠了一躬，然后坐下了。

前排的一个穿着红色套装的女人站了起来，手里拿着一个话筒。她向苏尼和"我们的赞助商"（似乎囊括了发达世界的每一家银行）表示感谢，然后邀请人们提问。

马丁·张立即举起了手。这意味着问题已设置好了。

"苏尼尔博士。"他说，这令钱德拉皱眉蹙眼，"我想我们都知道，作为个体，我们可以认为我们自己成功。"小把戏而已，钱德拉想，不过是想让这些脑子不好使的工商管理硕士生认同他儿子说的一切东西。"毕竟，所有成功的公司都把自己的成功归因于积极的思考，至少在一定程度上是这样。但是，我们能不能说，所有民族也是如此？这就是亚洲崛起的原因？或者说，这就是世界大多数国家陷入衰退的原因？你的理论涵盖面究竟有多大？"

苏尼在马丁·张提问题期间闭着眼睛，但他现在把眼睛睁开了，仿佛再次屈尊返回了人间。

"国家什么都不是，不过是人们的幻梦。"苏尼说，"领导人引导着它的梦。乔治·布什使美国变得虚弱、萧条，看看他们的经济状况就知道了。纳伦德拉·莫迪给印度人带来了希望，看看印度的经济状况就知道了。这些是过度简化，但我要说的东西也很简单。我们一起思索。我们一起做梦。一条河不就是数百万滴水吗？一个国家不就是数百万个人吗？我们国家的命运是由它的人民的想法汇聚而成的，而实际情况是，消极的想法带来消极的命运。这听起来也许有些刺耳，但这恐怕是自然法则。"

那么，钱德拉想，增长率要服从于人民的意志？他想知道这还可以适用于别的什么东西。婴儿死亡率？火山喷发？海啸？板球赛比分？

这时候，一个穿蓝夹克的女人站了起来。她拿着她的苹果手机，举着右手，可能是在看记在右手上的笔记说话。这让钱德拉想到了自由女神像。

"我叫克劳蒂特·布朗。"她说，带着法国口音，"我想对苏尼尔博士上了这样一堂发人深省的课表示感谢。说真的，在这里，要考虑东西的太多，要消化的东西也太多。我想知道你讲的是不是与天才有关。这也许正是当今我们忽视的东西。我们也许正在扼杀商业天才，我们需要让他再次茁壮成长。当我们想到史蒂夫·乔布斯或马克·扎克伯格时，给人感觉就好像现在是一个不同的时代，好像他们不容于当今……"

钱德拉倾听着。苏尼解释说，他是个天才，聚在这里听他上课的人可能也是天才，只要他们花大钱请他给他们讲解方法。苏尼接着说，关于他的数字排毒方案和精神生产力研讨班，迪帕克·乔普拉曾评价说："他使奇才有了智慧。"

当钱德拉半眯着眼放松时，他再也看不见一个剃光了头、刚到中年的男人，只看见一个寻求关注的小男孩。苏尼肯定想让他的父亲看到这一点。他在试着翻转他自己的线。钱德拉曾徒手把这些线搓起来，让它们层层叠加，直到它们坚韧如绳索。他垂下头，感到难堪，甚至还感到羞耻。但是，现在，房间里掌声一片。有的人还吹起了口哨，或发出本科生的那种嗬嗬声（任何智商超过八十的人都学不来）。房间里的声音听起来像个圆盘锯，首先穿透了他的右耳，然后是他的左耳。

那个穿红衣服的女人结束了活动，再次向赞助商表示感谢。她对观众说，他们非常幸运，因为钱德拉塞卡博士尽管事务缠身，但仍设法从他紧张的日程中抽出时间，来到这里。现在，苏尼被崇拜者包围着，握手，摆姿势拍自拍照。马丁·张在寻找钱德拉，示意他过去。钱德拉把传单揉成一团，丢进香槟杯里，然后站起来，挤过了房间。

"爸爸。"苏尼说，他摘下眼镜，伸出了手，"你怎么样？"

"累，"钱德拉说，"你为什么不告诉我这个？"

"你说什么？"

"你的课呀。我可以订个早点儿的航班。"

苏尼翻了个白眼："我告诉你了呀，爸爸。邮件里说了。"

马丁·张和那个穿红衣服的女人笑了。另外三个谄媚者也笑了。他们一直在认真聆听。

"中文的那个？"

"不是。"苏尼说，他的笑容开始消失，"英文的那个。"

"我没收到任何该死的邮件。"

"你确定，爸爸？"

钱德拉确定不了。苏尼的邮件往往一写就是好几页，还经常热衷于粘贴他的文章。

苏尼转向其他人。"请允许我介绍一下我父亲，"他说，"P. R. 钱德拉塞卡教授。"

"终于见到了你，荣幸之至，先生。"那个穿红衣服的女人说，"我叫苏珊·卡托，是IMB的所长助理。"

"哦，你好。"钱德拉说。他搞不清IMB是什么东西，然后才想起来，那是苏尼的公司：头脑事务研究所[1]。

"我们都没少听说过你，先生。"苏珊·卡托说。

"你的儿子肯定让你深感自豪。"马丁·张说。

"哦，确实，没错。"钱德拉一边说，一边盯着苏尼。

"喝点儿香槟吧。"苏尼说，就好像在给一个哭泣的孩子嘴里塞糖果。

"那你对苏尼尔博士的表现是怎么看的？"马丁·张一边说，一边把一杯温热的酩悦香槟递给钱德拉。

"哦，棒极了，"钱德拉说，"很好。"

"那你同意吗？"一个谄媚者问道。他是一名学生，很可能会变成秃子，也许是法国人或意大利人，希腊人也难说（和工商管理硕士生说话不容易：庸才不乏其人）。

"哦，苏尼说得很对，"钱德拉说，"当然了，头脑是一个被严重忽视的经济学领域。但是，经济学是一门科学。我们一般会坚持描述人们做什么，而非他们想什么。那也许就是我们非常落后的原因。我完全同意一个人应该积极，等等，但有些东西是很难改变的，更不用提不可能改变的东西了。"

"比如说，先生？"苏珊·卡托说。

"好吧，如果房间里只有一瓶香槟酒，那么就无法让每个人都喝上一杯，无论你多么想喝它。那就是我一直想说的东西：有些东西就是那个样子，我们只能接受。这恐怕包括我们称作经济学的那

1　原文为"Institute of Mindful Business"，首字母缩写即为"IMB"。

几套规则。"

他们现在全都看着苏尼。苏尼已经拿起香槟瓶子，仿佛要给五百个人喝。"我相信一切皆有可能，"他对他们说，"一切。我见过一些公司仅仅通过重复简单的肯定，就生产力翻倍。此外，正如我确信我父亲知道的那样，从来都不只有一个瓶子、两个瓶子，甚或十个瓶子。增长的潜力是无限的。"

钱德拉点了点头："是的，当然了，但也有一种叫作有效需求的东西。如果我们开始花还没挣到手的钱，好了，我们都知道那会造成什么结果。酿成危机的不是积极性的缺失，而是积极性太高。有时候，我们必须知足。"

"有人会把那称作失败主义。"苏尼说。

"其他人会把那称作成熟。"钱德拉说。

马丁哼了一声，试图掩住他的笑声。就连苏珊·卡托也在笑。只要是和苏尼较劲，钱德拉总能占上风。苏尼不擅长幽默，而数十年来，幽默一直是钱德拉的专长。他一向以一个玩笑开始他的演讲。这有助于吸引观众。自由主义者忘了他是个邪恶的新自由主义者，对手忘了他们的嫉妒。这让陌生人觉得他亲切，信任他。他能够看见，学生们的脸上已经显露出这一点。

"只要是上了IMB的课的人，"苏尼说，"都懂得这个最为重要的真相：你可以成为你想成为的任何人。没有平庸之辈，只有平庸的期望。设想一下，假如史蒂夫·乔布斯或巴拉克·奥巴马……"

"我们不可能都成为史蒂夫·乔布斯，"钱德拉说，"还有，对了，奥巴马……但是，有三点二三亿美国人没有成为总统，又该怎么说呢？"

"他们不相信。"苏尼说。

"你不能有三点二三亿个总统，苏尼，"钱德拉说，"就算有再多的积极思考，也不能改变这一点。这与头脑完全扯不上边。大多数成功仅凭运气，或有好爹妈，或恰逢其时其地。没有人对你们说过这个，但这是真的。"

学生们此时在哈哈大笑，也许是因为他提到了"有好爹妈"。但是，苏尼已经转过身，看着他的苹果手机。钱德拉闭上眼，知道他惹麻烦了。

11

钱德拉那天晚上是一个人回去的。他声称太累，就不参加晚宴了。他碰巧说的是实情，但当他这么说时，给人感觉却像撒谎。一个司机领着他上了苏尼位于四十六层的公寓。他倒头便睡，甚至连衣服都没换。星期六早上醒来时，他发现苏尼一个肩膀上扛着山地自行车，喝着某种绿色果汁，穿着莱卡短裤。

"你要去哪儿？"钱德拉问道。

"芝麻湾。"

"芝麻什么？"

"湾。"苏尼说，"和客户一起出去。"

在苏尼离开时，钱德拉追着他到了楼梯平台，说"你忘了你的运动手表，"但电梯门已经关了。他看着电梯下行：四十六层，四十五，四十四，四十三……

他看了一上午电视。到了中午，两个年轻的菲律宾女人过来打扫卫生，做午饭。她们一个叫温蒂，另一个叫梅丽莎。他尽量和她们聊天，但她们却只用彬彬有礼、令人尴尬的单音节词来回答。钱德拉怀疑她们在这个城市里是否有家人，或者也像其他人一样，孤身一人。

苏尼的公寓所在的半山区高楼林立，鳞次栉比，似乎都想一览无余地瞥见大海。对钱德拉来说，那看上去不像大海，让人觉得有些工业化或数字化，仿佛是出自电子游戏的东西。他发现自己在思念加利福尼亚，渴望回到大苏尔。

到了下午，他先去底层洗了桑拿，然后找遍苏尼洞穴般的客厅，寻找惊悚小说或神秘小说，但多数书籍与激励技巧和管理有关。卫生间里有杂志，其中包括《经济学人》，但这是他最不想阅读的东西。

他斗胆进了卧室，又发现两个书架，上面的书主要是历史和传记，关于阿克巴[1]、丘吉尔、亚伯拉罕·林肯、移民美洲的清教徒先辈、马可·波罗、查理·卓别林、安迪·沃霍尔、内战历史、股市、义和团运动、省级保险公司的书。

他吃了一惊。他没料到苏尼的阅读面如此之广。但是，他还是找不到小说，甚至连斯蒂芬·金或杰弗里·阿切尔的小说也没有。他拉上窗帘，结果又在窗台上发现了一架子书，夹在笑呵呵的佛祖和耶稣的雕像之间。

书架上摆着他的书：《贫困经济学》《谁害怕大的坏市场？》

1　阿克巴（1542—1605），印度莫卧儿帝国统治者。

《印度和其他梦想》《第三世界何以重要》《全球化，移动化》《迅速破产》《大洪水之后》。

钱德拉拿起《大洪水之后》，翻阅起来。他太习惯于本科生对待书的方式，刚开始根本没料到苏尼画了一些段落，在页边空白处用铅笔做了笔记。要破解苏尼的速记真难，因为他使用了个性化的缩写，例如用"↑"表示"增长"，用"t4"来表示"因此"。字体那么小，仿佛在暗示一些可耻的秘密。钱德拉担心如果检查得再仔细一些，有可能会看到一些挖苦性的文字，但实际上，苏尼显然只是想读懂。它们是一个孜孜不倦、被钱德拉嘲笑了半辈子的学生作的评注。

他最后请求门童给他叫了一辆出租车，去了一家印度餐馆，吃了烤面包马萨拉鸡蛋，试着和服务生讲旁遮普语，消磨了下午的时光。等他回到公寓，苏尼还没回来，但厨师梅丽莎正一边做着比萨，一边唱着一首塔加洛语歌曲。他试图和她聊聊中国香港、中国菜、苏尼（这甚至让她的嘴唇绷得更紧），聊聊整座岛屿被一场海啸摧毁的可能性。听他这么一说，那个最多十九岁的可怜女孩看上去要哭了。

最后，他悄悄溜了。他回来时，梅丽莎已经离开。他打开电视，观看板球赛，不知不觉睡着了。等到他醒来，他的儿子正在没头没脑地抱怨梅丽莎把他的日本小刀用出了缺口。

"你难道不知道这是来自博科圣地的利刃。"苏尼说。

"苏尼！"钱德拉一边说，一边吃力地从沙发上站起来。

"你去了哪儿？"

"我告诉过你了。"苏尼说。他打开一瓶橘红色圣培露。

"你饿吗？这里还有比萨。这个女孩厨艺不错。"

"我和别人吃过了。"

"啊？"钱德拉说。他怀疑苏尼在撒谎。按照他的经验，苏尼从不为了社交而社交。

"是呀，点心。"

"我喜欢点心。"

他们站在厨房里，面面相觑，就像两个受伤的拳击手在假装聊食物。

"我们明天可以去吃点心，爸爸。"

"太好了。"钱德拉说。苏尼朝卧室走去。"盼着呢。"

钱德拉上了床。钱德拉害怕苏尼发现自己窥视了他的房间，不和自己去吃点心。他早早起床，在厨房里忙着准备多莎饼，加奶咖啡，一种临时用青辣椒、菠菜、酸橙做的酸辣酱（女佣休假了）。苏尼直到十一点才露面，钱德拉当时正系着围裙，头伸到烤箱里，寻找着里面哪怕一点儿的污垢（那两个女人太能干了，真是难得）。

"上午好，爸爸。"

他的儿子上身穿着一件牛津大学的运动衫，下身穿一条网球短裤，额头上套着一个供气式面具。

钱德拉把咖啡倒入一个IMB咖啡杯里，细细的咖啡流发出哗哗的声响。他然后在平底锅里热了一个多莎饼，把它递给他的儿子。他们坐在餐桌旁，开着空调，默默地吃着。

"苏尼，我希望你不要因为我们前天的辩论不高兴。"

"什么辩论？"

钱德拉给他自己的盘子上舀了一盘酸辣酱："我只是想，我说了一些话，它们有可能……"

苏尼掏出了他的苹果手机："你在说什么呀，爸爸？"

"哦，没什么，"钱德拉说，"很有趣，你说的话。有很多东西是我以前从没想过的，潜意识的思想，什么什么的。"

苏尼把手机放在了桌上："就因为我拥有一种与你不同的见解，那并不意味着我必须长大，爸爸。长大不意味着要成为你那样的人。"

"我同意，"钱德拉说，"完全同意。"

苏尼打开了咖啡机，暗示对钱德拉做的南印度咖啡不满意。

"苏尼，"钱德拉说，"自从伊莎兰以来，到现在有一阵子了，我一直在思考……"

"伊莎兰。"苏尼说，脸色变好了，"是呀，怎么样？"

"挺好的。这么说吧，也挺不可思议。它让我想起了我忘记的事情，以及我父亲也许不是最好的父亲。他对我不够慈爱。"他清了清喉咙，"我的意思是，他对我也不错，但我就是想，我真的想知道……我也许是你的批评声音之一？"

"我的什么？"

"就好像你对自己说，你不够好，你傻，或你是个傻瓜。"

"我不对自己说那样的话，爸爸。我采取的是积极思考。我觉得你知道这一点。"

"是的，我知道，当然了。不过，我的意思是，我想知道，你究竟为什么要这么做？"

"这是我的工作呀。"

"但这也许是因为我，"钱德拉说，"也许我对你的嘲笑太过分了。我从没想过要伤害你。我父亲那样对待过我，我觉得没什么，于是我也那样对待了你。"

"也许一切都和你无关，爸爸，"苏尼说，"你这样想过吗？"

苏尼按了咖啡机上的一个按钮，现在他们俩都什么也听不见了，给人的感觉像一架飞机正在起飞。钱德拉记得苏尼跟他说过咖啡机的价钱：和钱德拉第一部车的价钱差不多。

"我想过，"钱德拉说，"可我觉得那是一种逃避。"

"逃避？"

"苏尼，我只想说，我知道我伤害过你，我向你道歉。"

苏尼啜饮了一口浓咖啡。他的金表带在阳光下闪闪发亮。

"不，爸爸。我不觉得你伤害过我。"

"啊？"钱德拉说。他第一次意识到，这不可能是实话。

"完全没有，"苏尼说，"你和妈妈合不来，挺可惜的，但我一向都挺好。也许拉达的感受更明显一些，因为她年龄小，但我从来没什么大问题。我有一些客户，他们的父母不怎么好。而你不是坏爸爸。"

"好吧，"钱德拉说，"好吧，那就好。"

苏尼看了看他的腕表。

"我们这就出发？"

他们打车去了中环广场，花了半个小时，乘坐着架到半山腰的巨大电动扶梯上上下下。钱德拉以前坐过，觉得很壮观，但他的儿子大多数时间盯着苹果手机，藏在雷朋太阳镜后面的脸高深莫测。即使是在星期天，苏尼也穿着黑色羊毛裤、蓝色鳄鱼牌马球衫，板板正正。他肯定是从他那里学来的。虽然天很热，他的一条胳膊上还是搭着夹克。

"说不定我们会在这里见着梅丽莎。"钱德拉一边说，一边指着路上熙来攘往的菲律宾女佣。

"她们有二十五万人呢，爸爸。"

每到星期天，女佣们休假，那里就会变成一座巨大的难民营。在面对穷人时，钱德拉总是感到一丝嫉妒，这次也不例外。这些女人带着她们的盒装午餐、半导体收音机、支离破碎的吉他，看上去欢天喜地。

"艰难的生活，"为抵消这种感伤情绪，他说，"艰苦的工作。"

"我们都得到了我们选择的生活。"苏尼说。

扯淡，钱德拉想。但是，他回答道："没错，我觉得你说得对。"

"这不是一个有意识的过程，如果你就是那么想的话，"苏尼说，"再说了，它是可以被改变的。如果这些女孩每个星期花一个小时在IMB上课，那么要不了一年，她们就会在那儿工作。"苏尼指着国际金融中心，指着大海对面的那些双子摩天大楼。

"也许我应该上你的课。"钱德拉说。

"是的。"

"这与我们在伊莎兰学的大不一样。"

苏尼抬起了他的雷朋太阳镜，虽然只有短短一瞬："真的吗？"

"我不知道，"钱德拉说，"伊莎兰似乎更注重心理，我觉得。"他其实想说"理性"。

"一切都绕不开心理学。"苏尼说。钱德拉回答不了，因为他过去的口头禅是"一切都绕不开经济学"。

钱德拉试图数到十，已经数到了四："那么你真的以为，那些女人选择成为家政人员？"

"是呀。"

"那犹太人选择了大屠杀？"

"我觉得那不是一个有代表性的例子。"

"我觉得它是。"

"我们平常思考的想法会在潜意识里留下深深的痕迹，"苏尼说，把他的手机收了起来，"如果我们总是认为我们是多么无用，那么这就会成为一个潜意识信条，并在现实中表现出来。这是个自然法则。我不过是观察到了它。"

"那么，所有那些女人之所以成为女佣，是因为她们对自己的评价不高？"

"并不必然如此。也许她们出生在穷人家里。也许她们想成为女佣。我哪儿知道啊？我只能说，她们只要开始思考，她们就能成为别的什么人，有可能的。"

钱德拉不知道怎么回答。他觉得他想拍拍他儿子的头，说：
"我在这儿，我在这儿。"

"这对我有用吗？"他问道。当然了，他无法想象除了当一名经济学家，他还能成为什么。

"对任何人都有用。"

他们在游艇俱乐部吃了一顿自助午餐，有四种不同的酒，但钱德拉只喝了一杯。房间里有四十张桌子，每张桌子上都摆着一排水晶玻璃杯，铺着华美的桌布。苏尼和服务生说粤语，钱德拉则在一旁夸赞，说"好极了"，或"真是语言通啊"。钱德拉想了起来，由于苏尼不能像两个古吉拉特邦女同学那样会说两种语言，他过去没少责备苏尼。

"苏尼！"

一对年轻的中国情侣靠近他们的桌子，殷勤备至，就差吻苏尼的手了。苏尼介绍了他们。

"我简直不相信你是他父亲。"那个女人说。

"我是，"钱德拉说，"自打他出生就是。"

"对我们来说，他就像一位父亲。"那个男人说，然后手指一弹，做了个拿着一把手枪的动作。"谁是达人？"他问苏尼。

"你是达人。"苏尼说。

"不，你是达人。"

"这两个人呀。"那个女人一边说，一边摇摇头。

"我希望你们坚持练习。"苏尼说。

"每天都练着呢，"那个男人说，"否则我们也不会在这儿，是吧？”

“保重。”苏尼说。他的声音里又流露出那种次大陆的腔调。

“你的朋友？”在他们离开后，钱德拉问道。

“客户。”

“啊。”

钱德拉突然想到，这也许是苏尼请他们做的，就像他上课时那些预先设计好的问题。

“我听说，贾斯要去上社区大学了。”苏尼说。

“她的学术能力评估测试不如预期。”

“那她要待在博尔德了。”

“暂时的。等分数提高了，她可以转学。”

苏尼示意服务生再拿一些绿茶。

“我对她说过，让她来这儿。我可以让她夏天来这儿实习。”

“是呀。”钱德拉说，他决定还是再喝一杯酒吧，“我感到沮丧。我觉得她需要自己走出来，而不是窝在家里。”

苏尼摇了摇头：“我们得到了我们选择的生活。”

“我不觉得她选择了这个。”钱德拉说，看着苏尼盘子上的那一大堆芝麻菜叶和鳄梨。六十美元一顿的自助餐真是一种巨大的浪费。

“就像我说的，”苏尼说，“那不是一个有意识的过程。”

“那么，如果我每天早上都对自己说，我很快乐，那我就会快乐？”

“这是一种过分简单化的方式。不过说得对。”

"那它为什么对你不管用呢？"

苏尼的视线越过钱德拉的肩膀，并抬起眉毛，仿佛认出了一个熟人。

"我已经跟你说过了，爸爸。我践行我教的东西，我教我践行的东西，因此我很快乐。"

"是呀，当然了。可就连鲁迪·卡茨也承认，他有时候不快乐。"

苏尼用叉子叉起一些叶子，放进嘴里："谁是鲁迪·卡茨？"

"我在伊莎兰的老师。"

"可能他的方法没他想的那么有效。"

"难道现实不比那复杂吗？"钱德拉问道，"人们遭遇的那些个可怕的事情又该怎么说？难道那些被强奸过或经历过战争的人也只需对自己说，他们很快乐？"

"那不会一夜之间就起作用。"苏尼说，他把叉子放下，与刀子形成一个完美的四十五度夹角，"但如果一个受过严重精神创伤的人每天都自我肯定，他的人生就会开始改变。这一点对贾斯敏、对你也适用。只要你这么做的时间够长，你的欲望就会显现出来。"

"那么，如果我想成为印度总理……"

"你真的想成为印度总理吗，爸爸？"苏尼说，"你最深层的欲望？"

"和我家人在一起。看到我的女儿，两个女儿。"

"那我会给你写一些要说的自我肯定。它会显现出来的。"

钱德拉盯着他的儿子，搜寻怀疑的迹象，但没有发现。

"我不认为你相信这一切，苏尼，"他说，"你自己干得挺不错了，我为你感到骄傲，但我不认为你相信你说的一切。我真的认为，你不快乐。"

"什么样的父亲才会试图让儿子相信他不快乐啊？"苏尼说。

"一个太在意儿子的父亲，"钱德拉说，"一个想了解儿子的父亲。没人能十全十美地做到这一点，苏尼。没人能完全掌控自己。没人能时刻都快乐。"

"我说过我时刻都快乐吗？我百分之九十的时间快乐，等到我不快乐了，我就会找出原因。"

"好吧，挺好。没有人能百分之九十的时间都快乐。谁又知道呢？这比那复杂。"

"这么说，你认为我是个骗子。"苏尼说。他脸上成年人的表情立即消失了，换上了一副孩子的表情。

"不，"钱德拉说，"不，我不是这样认为的。我觉得你做的事情非常好，积极思考，潜意识思考。我想说的是……"

苏尼拿起他的手机，接了一个电话，但钱德拉甚至没有听见手机响。钱德拉感到不快。他闭上眼睛，试图数他的呼吸。如果他现在突发心脏病，苏尼只会对他说，要往好处想。

"二十四日，"苏尼说，"没错，直接去健身房。[1]"

"我的意思是，"尽管苏尼仍在打电话，但钱德拉还是说，

---

1 原文为意大利语"vado direttamente in palesta"。

"你难道没有怀疑过吗？你难道没有想过：'万一我在这个问题上错了，会怎样呢？'"

苏尼放下电话，叫来服务生，示意结账。

"你没事吧，爸爸？"他问道。

"我感觉不太好。"

"我们会给你治疗一下。会管用的。"

他们有用热石头做的按摩，有芳香疗法，有来自热带雨林的声响。钱德拉中间睡着了，但当他醒来时，他感觉好些了，不过仍然头疼，也许是喝酒的后果。

然后，他们去了蒸汽室，裹着浴巾，默默地坐着。苏尼有六块腹肌，钱德拉一块也没有。

"有拉达的消息吗？"钱德拉问道，努力装出漫不经心的样子。

"她不想见你。"

"她在哪儿？"

"这不重要。"

"这当然重要。我有权知道我的女儿在哪儿。"

"那就自我肯定吧，爸爸。它会显现的。"

"我的女儿会显现吗？"

"是呀。"苏尼说。

他们又不说话了。时间一分一秒流逝，钱德拉试图回想起，苏尼小时候有没有过灵性倾向。他们家是个世俗家庭，不搞普阁[1]，

1　印度教的礼拜。

不过排灯节[1]，甚至不唱圣诞颂歌。在九岁或十岁的时候，苏尼有个虚构出来的朋友穆尼（苏尼的反面）。穆尼生活在灯罩里，厌恶板球、经济学和印度食物。苏尼有时候会把穆尼带到餐桌旁，把穆尼塞进他的衬衫的胸袋里。他会低声和穆尼说话，通常是在钱德拉说话的时候。穆尼有一次弄洒了墨水，溅了钱德拉一桌子，于是钱德拉假装用手指捏断了穆尼的脊柱，然后把他的"尸体"交给苏尼。苏尼把他埋在花园里，哭了好一阵子。第二天早上，苏尼发现他"在水槽里重生了"。

就钱德拉所能想起的情况来说，这是他的孩子们仅有的宗教经历。但是，很有可能，这一直都是苏尼的真实愿望；他从来都对商业、金融或金钱不感兴趣；由于钱德拉让自己成为儿子世界的中心，他毁灭了它。那么，苏尼偏向于神秘主义也许就不可避免；那是他的父亲不可能涉足的领域，一种只能有一个赢家的竞技场。

观察着他的儿子，钱德拉再次被中年的苏尼的相貌所触动：稀疏的头发、浑浊的眼神。钱德拉太了解这种相貌了。那与孤独有关，与缺少爱有关。

他想起了苏尼十九岁上大二时发生的一件事。苏尼回家过圣诞节。他们一家五口戴着圣诞老人的帽子，一起吃了午餐。钱德拉喝了雪利酒，有些醉意，开始嘲弄伦敦政治经济学院的讲师（等于嘲笑苏尼），说一个讲师"再少五个脑细胞就是半吊子"。不幸的是，他的模仿惹得苏尼说：

---

1 印度教的一个节日。

"那么说，你是在暗示马丁内斯教授是个同性恋？"

"啊，上帝呀，我怎么知道啊？"钱德拉说。他不想在女孩子们面前说这种事。

"因为如果你真的是在暗示，"苏尼说，"那就太伤人了。"

"我没有。"钱德拉说。

钱德拉注意到，珍妮看着他，眼神非常严肃。

"你究竟在说什么呀，苏尼？"他说。

"我在说，我是个同性恋。"苏尼说。

钱德拉盯着那只缺了左腿的火鸡，盯着拉达在它脖子上系的粉红色缎带。他断定这是一场审判，一场火与鸟的严酷考验。但是，他对考验并不陌生。他惯于在压力下迅速思考，经受的考验比大多数吃圣诞晚餐的人都多。

"了不起，苏尼，"他说，"我为你感到骄傲，为你选择做的一切感到骄傲。"

"那么你认为，"苏尼说，"我选择了这个？"

钱德拉低下头，无精打采地盯着他的盘子，盯了好一会儿。他的儿子、长女、妻子哈哈大笑起来。贾斯敏抬起头，一脸茫然。

在钱德拉看来，这件事是一种把他击倒的方式，让他成了家里的傻瓜，让他这个家长尊严扫地，甚至比不上桌上那只部分内脏被掏出的火鸡。然而，从那时起，苏尼的性取向就一直是个谜。虽然钱德拉相信家里其他人知道内情，但他只知道苏尼从来没把一个女友或一个男友领回家。苏尼也许没有性取向，或"自我性取向"（钱德拉通过谷歌发现的词），但钱德拉又怎么会知道呢？

随着蒸汽室里的沉默继续，钱德拉注意到，苏尼不仅刮了腿毛，也刮了胸毛。钱德拉决定，等有了机会，他也要在谷歌上查查这个。

"好吧，爸爸，"苏尼叹了一口气，说，"是的，我有疑问。是的，我孤独。是的，我悲伤。是的，我不完美。但是，你对我说，我不快乐，你以为你是谁呀？"

"我跟你道歉，"钱德拉说，"我累了。我欠考虑。"

"我一直在努力，"苏尼说，"我创建了一个优秀的企业。"

"你干得不错，"钱德拉说，"你挣的钱甩我八条街，这是实话。"

"这不仅与钱有关，"苏尼说，"我相信我做的事情。"

"我也相信。我只是希望你朋友够多，不用把所有事情都藏在心里。你瞧，我有时候也感到孤独。那就是我想说的。"

一个小时后，他们离开游艇会，回到了公寓。钱德拉在那里打了个盹儿。等他醒来时，苏尼正在蹬客厅里的健身自行车。钱德拉给他自己倒了一小杯白兰地。那瓶白兰地是他在免税店里买的，原本打算等他回去时送给门卫负责人莫里斯。

"我从没见过你的工作场所。"他对苏尼说。

"你会见到的。"

"我们还可以去澳门。我从没去过那儿。"

"嗯，"苏尼说，"我们可以去。"

"也许它会显现。"钱德拉说。

苏尼继续蹬着，脸上的表情让人捉摸不透。

"那我应该说什么自我肯定的话呢，苏尼？"

"我以前告诉过你了，爸爸。肯定你内心深处的欲望。只要确保每天说它们就行。"

电话响了。苏尼从自行车上一跃而下，用粤语回答道："喂[1]。"然后，他说："啊，嗨，妈妈。是呀，他在。他刚喝了点儿酒。好的，没问题。"

苏尼把电话递给钱德拉。

"嗨，珍妮，"钱德拉说，"你好吗[2]？"

"查尔斯。"

他一听到她的声音，就知道事情严重。

放下电话后，钱德拉瘫坐在沙发上，脸埋在手里。"爸爸。"苏尼不停地喊他。过了几分钟，钱德拉才能够抬起头来，解释发生了什么事情。他一再想起苏尼上小学时读的几本书之一《选择你自己的冒险》。它们包含着这样的段落："龙张开翅膀向你走去。如果你想用你的手指把它的眼睛抠出来，请翻到八十六页。如果你尖叫起来，转身就跑，请翻到九十二页。"等你翻到那一页，你会发现你死了，或抠出了龙的眼睛。龙消失不见了，你意识到它原来是一幅全息图。就这样进行下去。

这似乎就是生活。这和你作的什么决定无关，因为结果是由别的某个人决定的，他的想象力远远超过了你的想象力。谁能够预见到艾滋病或埃博拉病毒？或者，谁能够预见到，有人会在一个风和

---

1 原文为"Wai"。

2 原文为"Lei ho ma"。

日丽的星期二驾驶一架飞机撞上世贸中心？谁又能预见到，钱德拉的小女儿，那么美好，那么可爱，五岁时为模仿她心目中的女英雄艾米·约翰逊，常常戴着二十世纪三十年代风格的飞行员护目镜入睡，居然会干出这样的事情？

由于吸食冰毒，贾斯敏被逮捕了。她一直在偷她母亲的钱。等到这些钱也不够了，她就和两个同伴夜闯一家汉堡加盟店，洗劫了收银台。她现在面临着破坏、闯入、轻微盗窃罪指控。

珍妮说，贾斯敏那样的女孩子一般不碰冰毒这类毒品。那是穷人的毒品，但贾斯敏最近交了一些狐朋狗友。"我甚至不知道她是在哪儿认识他们的。"珍妮说。

"这么说，她成了个……"钱德拉说。"瘾君子"这个词他说不出口。

"我们认为她有问题，"珍妮说，"没错。"

苏尼帮他找了一个航班。飞机半夜起飞，意味着他刚好还能赶上。他必须在圣弗朗西斯科转机。他们一起打的去了机场。让钱德拉感到轻松的是，苏尼没有让他说他的自我肯定。苏尼说的无非是些陈词滥调："不用担心""她不会有事的"。这些话从苏尼嘴里说出来，几乎让钱德拉老泪纵横。

他们在机场拥抱了一下。"到了那儿就给我打电话，"苏尼说，"你多保重，爸爸。"

"谢谢你，苏尼。"钱德拉说。苏尼用手指冲他摆了一个手枪姿势，但他还是猜不透它的意思。

"不能多待一段时间，太遗憾了。"

“我也觉得。”

“你也保重。我担心你，苏尼。我忍不住。我担心你们大家。”

到了安检处，钱德拉转过身来，觉得自己会发现苏尼已经走了，或正在用苹果手机打电话，但他的儿子却在笑着冲他挥手。钱德拉试图把这一场景印在他的脑海里，能保持多久就保持多久，但刚上飞机，他的思绪就转向了贾斯敏。他一如既往地忍不住责怪自己，只是此刻，他能作出正确的判断：这一次，的确是他错了。

12

钱德拉在圣弗朗西斯科的地面上醒来。他有些脱水。在十六个小时里，除了航空咖啡，花生米，一块柔软、经过消毒的三明治，他什么也没吃。他也没有换过衣服。

他在去博尔德的出租车上睡着了。他在半夜抵达，没有一个人迎接他。他不得不敲了几次门，史蒂夫才出现了。史蒂夫竖起高圆翻领，盖住了脑袋。珍妮紧跟而至，脚上穿着一双加菲猫拖鞋。那是钱德拉在二十世纪九十年代中期给她买的圣诞礼物。她的头发现在长了一些，不过依旧金光灿灿。他们没有拥抱。她只是说："贾斯敏睡了。她的审判在星期二。"

他试图问问贾斯敏吸食冰毒的情况。

"冰毒。"为纠正他的发音，她说。

"你看过《绝命毒师》吗？"史蒂夫问道。

"他肯定没看过。"珍妮一边说，一边放上水壶。

她的手仍然像旧园艺手套般粗糙。他一向喜欢她这一点，喜欢她讲求实际。

"冰毒太危险了，"珍妮说，"吸食一次就可能上瘾。"

"我的上帝呀！"

"冰毒是上瘾，"史蒂夫说，"但贾斯不是瘾君子。她只是误入歧途。"

"你说她误入歧途是什么意思？"钱德拉说，"你们为什么不阻止她？"

"我们不知道呀，"珍妮说，"她是渐渐变坏的，查尔斯。太……渐进了。"

"你吸食过这种毒品吗，史蒂夫？"钱德拉问道。他移到早餐吧台旁，坐在凳子上。

"啊，没有。我那个年代，吸食它的主要是摩托车手。今天的孩子不一样了。毒品对他们来说不刺激了。他们只想过把瘾，获得解脱。"

"可贾斯敏不是个瘾君子，对吗？"钱德拉说。

"我们不知道，"珍妮说，"我们认为这主要是个心理问题。也许是一种抗议。"

"我想见见她。"钱德拉说。

"你看上去最好还是洗个澡，查尔斯，再喝一杯。"

"不喝。"

他在五大湖上空的某个地方呕吐过。那是空腹喝速溶咖啡，再加上焦虑产生的后果。

"查尔斯？"

他又睡着了。他的脸贴着厨房柜台。史蒂夫拉着他的胳膊，把他领到客厅。钱德拉还从没有这么深入过那座房子。史蒂夫给他放了洗澡水，还把一些毛巾放在澡盆边缘，好让钱德拉把头枕到上面。

"不要上锁，好吧？"史蒂夫说。

浴室看上去像个洞穴，充满神圣的光芒。水面上漂着茉莉花瓣，水面下浮起金油螺旋。他进到水里，关了水龙头，把头枕到毛巾上。

都是离婚闹的。肯定是离婚闹的。就钱德拉的经验来看，西方人不愿意承认离婚对孩子不利。但是，他现在听起来像普拉卡什。普拉卡什一向认为，印度人不像西方人那样讲究个人主义。但是，钱德拉曾在《印度人》上读到过一种所谓的"德赛离婚"。"德赛离婚"在年青一代中很流行：已婚夫妇名义上仍在一起，但各人睡各人的床，还常常把情人带来。除了他们的父母和孩子，谁都知道他们离婚了。

有音乐从他后面的房屋深处传来。那是珍妮丝·乔普林的歌。在去贝拉分校看他时，贾斯敏每天都放这张唱片。她对他说，史蒂夫声称曾在1972年的音乐会上见过珍妮丝，但这是不可能的，因为珍妮丝1970年就死了。"试试硬鸡巴。"她咕哝了一句。从此以后，珍妮丝·乔普林就成了钱德拉非常喜爱的歌手。有时候，如果思念他的女儿，他就会在他的房间里听她的歌。

他从水里出来，穿上睡衣，然后甩着湿漉漉的头发，光着脚，跟着音乐节奏，进入了走廊。

"贾斯敏？"他站在门前说，他的声音有些沙哑，"贾斯敏？我是爸爸。"

他打开了门。贾斯敏躺在床上，穿着白色法兰绒睡衣。她的头发比他印象中要长，几乎垂到了腰部。钱德拉挨着她坐在床上，把手掌平放在他在达卡给她买的手工刺绣床罩上。

她凝视着天窗。他努力想着要说的话。他想说"这么说，毒品，嗯"，但这句话让人觉得不像一个好的开场白。

"你想对我说，你搞不懂，是吧？"她说。

她的房间太空了。角落里有一株蕨类植物、一把硬椅子。墙上贴着一幅破烂的招贴画，上面显示了月相。她在这里住了三年，但房间里几乎没有她留下的痕迹。

"那是什么感觉，"他问道，"这种冰毒？"

贾斯敏叹了口气，然后把一缕头发朝天花板吹去。头发落到了她的嘴上。她嚼了几下，然后才把头发拽出来。

"你真想知道？"

他点了点头。

"就好像你在它里面。你就在它里面。"

他看着她，怀疑她是故意说让人听不懂的话。

"你就在那里面，爸爸。在生活里。你再也无法置身于外了。"

他闭上眼睛，想弄明白她说的话。

"我能试试吗？"

"不，爸爸。你不能。"

"你为什么要那么做，入室行窃？"

"当时那似乎是个好主意。我根本没料到有人会在乎。我只是想做出格的事。"

他把手放在她的手上，强忍着才没告诉她，她有多么愚蠢。

"假如你想知道的话，爸爸，我吓坏了。我有可能进监狱。我知道我闯祸了。"

"不会进监狱的。"

"你怎么知道？"

"我不会让那种事发生。"

"你要做什么？把我偷偷带到墨西哥？"

"我们会请好律师，"钱德拉说，"你还年轻。你来自一个好人家。你悔悟了。不会有事的。"

"我觉得悔悟不是辩护，爸爸。"

"它是，"他抬高声音说，"他们会考虑那一点的。"

她背对着他，面朝墙壁。他把手放在她的肩上。她在颤抖。

"不要管我说的话，"他说，"忘了它。我会打理好一切的。好好休息。"

他躺在床罩上，面朝着女儿的背部，她的头发触碰着他的脸。几分钟后，她的呼吸变深了。他透过天窗，盯着那一方黑色的夜空。他曾经忽视贾斯敏，那个小小的贾斯敏，那个安静的贾斯敏，那个他所见过的最小的婴儿。他想起了医院里的蓝色花瓶，想起了那些小小的白色花瓣。即使是现在，她看上去还是那么小。

第二天上午，钱德拉入住了一家宾馆。从那时起，他就忙碌起来。他和史蒂夫花了很长时间挑律师，在谷歌上筛选证言。他们最后选了史蒂夫的一个客户推荐的一位女律师。这个客户说话简单干脆，抽起烟来没完没了。

　　然而，等到开庭了，审讯却非常简略，是个律师就能胜任。法官说的话正是钱德拉希望她说的：贾斯敏少不更事；这是她初次犯罪；她显然有压力，受到了不良影响的腐蚀。贾斯敏盯着她，仿佛觉得整个过程在言辞上太老套了。钱德拉担心法官会把这当作冒犯，但她好像并不在意。她判处贾斯敏做两个星期的社区服务，参加法庭指定的一个戒毒项目。她看着贾斯敏的眼睛，说她相信贾斯敏不会再次犯罪。

　　在此之后，他们在一家冒牌的二十世纪五十年代餐厅里吃了汉堡和奶昔，仿佛是在款待一个看了牙医的孩子。珍妮一度有些慌张，把她的健怡可乐洒在了桌子上。她还说："嗨，我必须说，终于过去了，我放心了"；或者："社区服务听上去不赖，对吧，贾斯？"没人理她。饭吃到一半，珍妮的手机响了。她走到餐厅后面接电话，然后把贾斯敏喊了过去。拉达打来的电话。钱德拉把他的墨西哥青辣椒汉堡推到一边，以示抗议。

　　结账时，钱德拉宣布，他决定在接下来的几个星期继续留在博尔德。珍妮说没必要这样，但这次贾斯敏开口了。她说："你为什么不待在家里，爸爸？有房间。"

　　"我住的地方挺好的。"钱德拉说。他又饿了，可他们已经拿走了他的汉堡。

从那时起，钱德拉每天上午都开车送贾斯敏去做社区服务。她可以自己开车去，但他想抓住这仅有的机会，和她单独在一起。在回去的路上，她会给他报告她当天的情况。她一般会去国家公园，捡垃圾，绘制标志，安装围栏。

"还不坏啊，"她总是说，"每个人都挺酷的。老实说，爸爸，那和你想的不一样。我认识了一些真的不错的人。"

"好吧，好吧，肯定的。"他说。他想到了一群和蔼可亲的精神病患者。

"她们真是好人。你应该听听她们的故事。"

他听了那些故事。故事中的女人要么负担不起她们的孩子的医疗费，要么受到丈夫虐待但出于经济原因又离不开他们，要么在经济衰退时丢了工作、房子或存款。他试图不为最后那部分女人感到内疚：那是他的批评声音说的。

不管怎样，钱德拉对戒毒中心的担忧要严重得多，因为贾斯敏要在那里和"其他瘾君子"一起待三个月。史蒂夫说，好的中心更像游乐胜地，除了各种治疗，还有艺术、技艺和音乐。虽然如此，钱德拉还是很担心。他认为，滑雪者越多，滑雪道越滑。每天聊几个小时的毒品，贾斯敏能被"治愈"吗？这非常令人怀疑。当史蒂夫赤身裸体地给他的迷幻药浇水时，贾斯敏到头来完全有可能在花房里自己合成出可卡因。史蒂夫的自由主义作风就在那里摆着，是个人都能瞧出来。

钱德拉裹着一条浴巾，正在宾馆里洗桑拿，突然想到了一个办法。他立即回到他的房间，拿起钱包，找出了多洛莉丝的号码。

"多洛莉丝，"他说，"我是钱德拉。我们见过，在……"

"嗯，嗯，嗯，伊莎兰的那个教授！你怎么样？呼吸着快乐？"

"老实说，不是那样。"

"嗨，那也没什么，不是吗？"

"是啊，我觉得没什么。"他说。虽然不愿意，但他还是回到了那种东拉西扯的闲聊之中。

"那你怎么样？"多洛莉丝说，"你在哪儿？"

"我在博尔德。"

"博尔德！太好了！来看我们吧。一定要来。"

"嗯，我正有此意，"他说，"我们碰到了个紧急情况。"

让他感到轻松的是，多洛莉丝一句话没说，直到他把话说完。

"唉，"她终于说，"听起来你好像没少受罪。"

"那不是她的错，"钱德拉说，"可……"

"哦，当然不是。不过我想说的是，听起来你们都挺难的。她妈妈怎么样？"

"她挺好的。她担心复发。我们都担心。她认为戒毒所甚至有可能会让情况变得更糟。"

"你也是这么想的？"多洛莉丝说。

"我也是这么想的，"钱德拉说，"然后我就想起来，你对我说过你们那个地方。我觉得我应该问问。"

"我明白了，"多洛莉丝说，"那么，如果我没有领会错你的意思的话，你是想看看贾斯敏能不能到我们这里戒毒。"

"有可能吗？"

"嗯，她想这么做吗？你跟她提了这个吗？"

"还没呢，"他说，"我想先和你商量一下。"

"照理说，还是管用的。我想说的是，目前没有人在我们这里戒毒，因此存在你可以称作'空档期'的状况。但是，事情没那么简单。首先，她妈妈必须同意。其次，你们必须获得法庭许可。再次，要看我们同不同意，那意味着我们需要先见见这个女孩。最后，我知道她是你们的掌上明珠，但如果索尔或我觉得这个孩子在我们这儿有可能再次吸毒，那我们只能敬谢不敏了。"

"我明白。"

"那么，她生活在科罗拉多？"

"是的。"

"那种不轨行为是在科罗拉多犯的？"

"是的，博尔德。"

"嗯，那就好办了。"多洛莉丝说，"不过别忘了，在寺院里生活可不容易。那差不多就是一座监狱。四点钟起床，无论下雨、晴天、下雪都是如此。我们常常三点钟就起来了。每天都是一场斗争。此外，最好她愿意冥想，否则不起作用。如果她认为那全是骗人的鬼话……"

"贾斯敏什么都不相信。"他说。他感到前景不妙。

"嗯，那听起来挺好的。"

"真的吗？"

"你听说过'初学者的头脑'吗？"

他摇摇头，忘了她看不见他。

"那意味着缺乏先入之见。这是件好事。"

"哦，我懂了。"

"我刚才不过是把丑话说在前头，亲爱的。这完全有可能管用。我们就试试吧，让它奏效，好吧？"

"好的。"钱德拉说。

钱德拉给史蒂夫家打了电话，说他要过去。他一边开车，一边试着把他要说的话排练一遍，但无论他怎么措辞，话一出口就显得可笑。他已经打印出一些与那座寺院有关的信息，希望这也许会让他看起来更像一个可敬的学者，而非一个疯子。他甚至能够想象出，珍妮会说这样的话："老实说，查尔斯，你究竟知不知道你在说什么呀？"

他想不出来怎么回答，除了"我觉得这有可能会管用"。这差不多等于说，"全世界都已经同意了"。

钱德拉抵达时，珍妮出去了。于是，他和史蒂夫坐在厨房里等她。他和史蒂夫既没有拥抱，也没有握手。没有人看着，情况就是不一样。他们之间装出来的那种亲切已经消失。

他打开他的公文包，为他的观点准备支撑材料。

珍妮回来时带着她的瑜伽垫子。她没穿那种糟糕的打底裤，而是穿着运动裤。现在的学生们似乎认为，穿着打底裤去见导师没什么不合适的。

钱德拉紧张不安地做了个合十礼。他在上世纪九十年代喜欢这么做，那时他经常嘲笑她对"猫伸展式"和"帕坦伽利"的发音（他现在后悔死了）。

"这么说，你还在学瑜伽？"他问道。

"我现在是个瑜伽教练，查尔斯。你不知道吗？"

"哦，"钱德拉说，"挺好的。"

"实际上，"史蒂夫说，"珍妮现在有她自己的工作室。我们认定那是一项不错的投资。"

"在博尔德，人人都练瑜伽。"珍妮说。

"当然了，并不十分正宗。"史蒂夫说，现在，由于珍妮在场，史蒂夫又换上了那种装出来的亲热腔调，"但只要想想，那真可谓一场革命。美国人能像喜爱苹果馅儿饼那样喜欢这么古老的一个练习，真是不可思议。"

"嗨，我不是美国人，"珍妮说，"我只在意姿势与核心力量。在我的课上，我们一直让我们的第三只眼闭着。"

"可它依然是一种意识练习，不是吗，亲爱的？"史蒂夫说。

"你变得更加了解你的身体了，"珍妮说，"没错，但它真的没那么神。"

"珍妮比我们想象的还要聪明啊。"史蒂夫说。

"谢谢。"珍妮说，她看上去有些疲惫，"问一下，你来这儿干吗，查尔斯？"

钱德拉已经打开他的公文包，在心里排练了一下他的观点。他把他打印的东西递给了她。"关于贾斯敏，我有个想法，"他说，"我在伊莎兰认识了一个女人，在温泉那里。"他的脸也许已经红了。"我的意思是，她是个尼姑。她住在山里。她说，如果可行的话，贾斯敏可以到她的寺院里戒毒。他们以前干过这个。法庭允许这么做。那对染毒的年轻人非常好。很安静。"

钱德拉根本不知道珍妮对和尚的看法。她盯着打印的东西，皱起了眉头。

"这里根本没提戒毒的事。"她说。

"那不是个正式的东西，"钱德拉说，"他们只是偶尔做做。我觉得，那比让她和瘾君子待在一起要好。"

"我也这么认为。"史蒂夫说。

"这个地方也太偏了。"珍妮说。

"没错。"史蒂夫说。

"你去过那儿吗，查尔斯？"

钱德拉摇了摇头。珍妮叹了口气。

"老实说，亲爱的，我觉得这是个不错的主意。"史蒂夫说。就在此时，他的手机响了。他走了出去，迅速说着订单号和花束名。

珍妮坐在吧台边，与钱德拉面对面。她仍盯着打印出来的东西，但他觉得，她看不进去。

"我不知道，查尔斯。你真想让她离我们那么远吗？"

"也不是太远。开车也就几个小时。"

珍妮摇了摇头："贾斯敏不会喜欢这个想法。"

"那贾斯敏又真的喜欢过什么呢？"

珍妮点了点头。

"苏尼可不会喜欢这个，"钱德拉说，"拉达也不会。"

"他们效仿了你，查尔斯。"珍妮说。

"或许吧。"

"查尔斯，你什么时候听过我说喜欢什么？"

钱德拉困惑不解地看着她。

"我不喜欢化学，但我还是学了。我觉得它挺无聊的。我不喜欢交谊舞，不过是跳跳而已。我甚至都想不起来原因了。我不喜欢冰激凌。我之所以说我喜欢，不过是因为人人都喜欢冰激凌。我不知道我喜欢哪种类型的音乐，真的不知道。政治……我不知道。我也许有自己的看法，但我从没喜欢过它。

"我和贾斯简直是一个模子刻出来的，查尔斯，一辈子都只是随波逐流。詹妮弗为人比较自信。至于我，我不过是装出来的，也许你根本没意识到。我总是觉得别人好像都有个性，而我不过是……一路跟随别人。等到我意识到瑜伽才是我想做的事情，我都快五十岁了。五十岁！上帝呀，你甚至都不知道，是吧？"

钱德拉摇了摇头。

"主呀，"珍妮说，"我年轻时要是有冰毒，我说不定就会吸。嗯，我觉得当时应该有，可毒品真的不属于我的世界。我当时什么毒品都没碰到过。"

他也曾属于她的世界。他想知道她是否喜欢过他，她是不是也是一直在假装喜欢他。他也许不过是一个她需要紧抓不放的救生筏。

"我真希望我以前能多陪陪贾斯敏，"他说，"那我也许就能帮她找出她喜欢的东西。"

"她不喜欢经济学，查尔斯。"

他抬起头来，看着珍妮的眼睛。

"我很抱歉，"她说，"我烦。我知道你也烦。"

"我只是想说，如果我多陪陪她，她也许会觉得更受宠爱，"他说，"少些不受重视的感觉。"

他记得珍妮曾一度说过贾斯敏觉得自己不受重视。那是在一次咨询会期间。他当时还不明白那是什么意思。

"也许她想不受重视，查尔斯。也许她想躲起来。"

钱德拉摇了摇头。

"她这几年几乎见不着我。我太想着我自己了，太想着我的工作。"

"那不怨你，查尔斯。就算要怨，也怨我们两个。没人责备你。"

"我很自责。"

"嗯，但那对贾斯来说并没有帮助，对吗？"

珍妮又看了一眼她膝头的纸张。

"听着，查尔斯，"她说，"你们俩去看看这个地方吧。你和她谈谈。如果她喜欢这个想法，如果她想去，那我们就可以试试。我的意思是，如果你觉得那个地方还不错。"

"你不想去吗？"钱德拉问道。

珍妮摇了摇头："也许你是对的，查尔斯。她也许真的需要多花些时间和你在一起。她再也不听我的话了。我甚至觉得，她不怎么喜欢我。"

"我也不知道她是不是喜欢我。"

"好了，我们就去看看吧。"珍妮一边说，一边把打印出来的东西放在柜台上。

那个星期六，他们驱车朝卡夫镇驶去。卡夫镇海拔八千英尺，位于基督圣血山中。当他们在一个休息点吃三明治时，钱德拉给贾斯敏读了相关的维基百科条目。

那片土地有数千英亩，属于一个名叫莫里斯·鲍尔斯的亿万富豪。他之所以买下它，是"因为那里的能量"。他声称那里的能量为美洲地区之最，欢迎任何灵性组织到那里修建场所。卡夫现在有九座藏传佛教寺院、两座南传佛教中心（一座泰国风格、一座缅甸风格）、一个印度教隐修处、一座天主教修道院、一家觉悟礼拜堂学会、一个希瓦南达隐修处、一座圣公会布道所、一家舒美学会、一座安学院，以及多洛莉丝、索尔夫妇经营的卡夫禅宗中心。

"听起来像疯子的明日世界。"贾斯敏说。

钱德拉咕哝了一声。虽然他十分同意，但他不愿意说任何消极的话。

"你不一定要去那儿，贾斯敏。"他一边说，一边冲她笑了笑，希望她安心，"就是看看你的想法。不用担心。"

"我不担心。"

在试图让贾斯敏接受那种想法时，他坚称那里的人比较温和，那里的环境比戒毒中心的惩罚性小。在她看到时间安排之前，他的话还是起作用的。

"他们禅宗会用棍子揍你。"贾斯敏说。

"在这儿不会，"钱德拉说，"我不这么认为。"

他给她看了多洛莉丝的一张照片。这张照片似乎管用。在照片上，多洛莉丝笑容灿烂，嘴唇上翻，仿佛在说："我，一个禅宗尼姑？好吧，如果你这么说的话。"

"你不必做任何你不想做的事情，贾斯敏。"

"不，我非做不可。要么这个，要么戒毒所。"

"是呀，你说的是实话。"

"好吧，"贾斯敏说，"那我想我不该干傻事。"

他们又行驶了两个小时，直到高度增加，空气变得又冷又稀薄。层峦叠嶂遥遥在望，挡住了地平线。他们的视野里再无其他车辆，眼前唯余莽莽，一派苍茫。

他们经过了一个大麻商店。大麻销售在科罗拉多是合法的。当贾斯敏把头转过去时，钱德拉假装没有看见。他试图把注意力集中在那些歌剧式的、挺拔的山峰上。如果贾斯敏住在这里，那么她将天天看见它们。他想知道这会对她产生什么影响。这样远离文明，有可能会让人疯掉。你或许会开始和雪、和苍穹说话。

等他们到了山脚下，公路处在背阴之中，群山遮住了地平线。钱德拉打开车头灯，拐入那条通往禅宗中心的窄路。它很快就变成了一条泥路，被河水和石头堵塞。

在他们的右边，他们可以看见整个峡谷。在群山制造的黄昏中，玉米秆儿、白杨树叶、草地色彩尽失。在他们左边，森林一望无际，倾斜向上。他们经过了一座天主教修道院。修道院的标志牌指示来访者保持安静，直到他们抵达接待处。他们看到，更远的前方矗立着一尊象头神[1]的塑像。它与这个地方是那样格格不入，钱德拉不由得哈哈大笑。就在此时，他看见了贾斯敏的脸。她看上去很害怕，眼睛盯着她膝头的指示。不过，他们再也不需要指示了。

"这里真美。"他说。他过去对她说打耳洞不会有任何伤害时就是这种腔调。

"我们真是前不着村、后不着店啊。"贾斯敏说。

"是呀，"他说，"感觉怎么样？"

"还好，我觉得挺安静的。"

那座寺庙在他们左边，一块悬挂的板子上用白色颜料涂着"卡夫山禅宗隐修处（封闭式的）"。钱德拉拐上了通向斜坡的石子路。

他记得贾斯敏曾经告诉他，她其实挺喜欢去夏令营的；她之所以没去，是因为她生在英国。但是，说真的，贾斯敏从来就不是一个性格外向的人。她喜欢窝在她的房间里。和别人交往让她精疲力竭。和一群人在一起的时候，她几乎不说话。但现在，如果一切都按照计划进行，她将会搬进一个社区，被迫整天和其他人生活在一起。

他们把车留在停车场，走上那条通往斜坡的路，朝他们前面的建筑走去。那是一座黑色的木平房，只有一个长方形窗户，宛如一部巨大的苹果手机。一个标志牌上写的文字对来访者表示欢迎，并通知他们，这里禁止酒精饮料。

1　印度神话中的智慧、财富之神。

钱德拉赶忙脱掉鞋子，打开了门。首先映入他眼帘的是一幅画着日本神祇的画。它尺幅巨大，从地板一直顶到天花板。那位日本神祇长着一对凶巴巴的红眼睛，一手持弯刀，就像世界贸易组织峰会上的无政府主义者。他们左边是一张可以坐二十人的支架桌。一个剃着光头的男人坐在一台笔记本电脑前。他上身穿着一件花格衬衫。他站了起来。钱德拉发现他下身穿着短裤，不由得吃了一惊。

　　"钱德拉，对吧？"那个男人说，"你肯定是可爱的贾斯敏。"

　　"很高兴认识你。"钱德拉说。

　　那个男人哈哈大笑。以钱德拉的经验，在不知道说什么好时，那些修行的人就会哈哈大笑。

　　"我是索尔，多洛莉丝的丈夫。"

　　"啊，我知道。"钱德拉说，语气多少带着一丝嫉妒。

　　"还是我们这儿最老的居民。那就是我不和其他人一起坐禅的原因。"

　　"好吧，"钱德拉说，"现在看样子我才是最老的那个。"

　　"噢，真的？这么说，你八十一岁了？"索尔说，咧开嘴笑了，"没问题。我知道我看上去显得年轻。我想这是因为山里的空气，以及喝了那么多酱汤。看人家日本人，他们总是比看起来年轻十岁。对了，开车的感觉怎样？"

　　"哦，挺好的。这里真是一派美丽的乡村风景啊。"

　　"你觉得怎么样，贾斯敏？"索尔问道，"你喜欢你看见的东西吗？"

"还不错啊。"贾斯敏说。

现在，无论被问到什么，她都会这么回答。钱德拉觉得X一代[1]才这么回答，难道Y一代[2]也这样？（这让他感到揪心，因为他们就要抵达字母表的尽头。）你必须在乎，他想对她说。如果你对什么都不在乎，那么你就不会，按照她的表达，"在它里面"。

"去看看禅堂？"索尔说，"或许再坐几分钟，看看你喜欢不喜欢？"

"好的。"没等贾斯敏回答，钱德拉就说，"我们喜欢。"

"棒极了。"

索尔领着他们出去，走上一条被太阳能灯照亮的砖头铺就的小径。这儿的天空大多了，让人隐隐觉得有些危险，仿佛一架巨大的航天器正蓄势待发，准备发动攻击。除了两三颗刚刚显现的星星，天空一团漆黑。

"到了早上，你们就能看见山峰了。"索尔说，"它们非常壮观。等着看好了。"

贾斯敏走在后面，打量着寺院和它的建筑。

"嗨，"索尔说，"这就是我们的禅堂。"

他们前面有一座雕花木构建筑，四周有一圈带顶的回廊环绕，将它与其他建筑区分开，周围是裸露的泥土。就像主建筑那样，一

---

1 "X一代"指的是西方国家二十世纪六十年代中期至七十年代末出生的人，又称"被遗忘的一代"。

2 "Y一代"指的是西方国家二十世纪八十年代前后出生的人，又被称作"新千年的一代"。

切都是黑色的，方方正正。

"需要遵循的仪式很多，"索尔说，"但我不想让你们感到不安。他们目前在坐禅。你们知道坐禅吗？"

"我觉得贾斯敏不知道。"

"很简单。你只要坐着就行。明白了吧？"

"试着数你的呼吸。"钱德拉说。他想起了多洛莉丝对他说的话。

索尔走上禅堂台阶，从一个木头衣柜里取出拖鞋，递给他们。贾斯敏有些愁眉苦脸。索尔把纱门拉到一边。唯一的亮光来自祭台上的蜡烛。祭台上有一尊金质佛像。房间内比钱德拉预料的要冷，充满了默默无语、穿着棕色袍服的和尚。

索尔鞠了一躬，然后向左边走了两步，转过身，又鞠了一躬。钱德拉照做无误，觉得很可笑。他没看贾斯敏，但怀疑她把手插在了口袋里。他希望她没看手机。

禅堂周边围着一圈雕花木质长凳，隔一段距离便放着一块黑色垫子。索尔指着最靠近门口的两块黑色垫子，说："你们坐这两个。"

钱德拉脱掉鞋子，背对着墙坐下，就像其他人那样。等到贾斯敏坐在他旁边，他才闭上了眼睛。

他们冥想了二十分钟左右，但钱德拉一直打瞌睡。他以为他醒着，直到他意识到他在做一件他不可能做的事情，仿佛在和一只老虎说话。他会睁开眼睛，眨一眨，试图把瞌睡虫赶走。过了一会儿，他断定，这没什么大不了的。他开了好几个小时车呢。他为什么不能睡着？

等到锣声响起，贾斯敏碰了碰他的肩膀。她已经转过身去，正在穿拖鞋。他跟着她走到外面，停下来，朝不同的方向鞠躬。他是照着贾斯敏的样子做的，贾斯敏则是照着他们前面的那个和尚的样子做的。和自己的女儿参加这种冗长的活动，让他感到温馨。他觉得她还不习惯于看到他这么无助。但是，他想错了。不，她不习惯的是他们两个之间突然产生的这种绝对的平等。他们坐在垫子上，不过是两个感到困惑的人，试图让心头的癫狂暂时平静下来。

多洛莉丝在外面等着他们。她和其他人一样，也穿着棕色的袍服，只是她没有剃光头。老实说，她看上去和他记忆中一模一样，热情，非常殷勤，和这个地方多少有些不协调。

"教授，"她一边说，一边拥抱他，"很高兴你来了。她也在这儿！大名鼎鼎的贾斯敏在这儿！"

多洛莉丝张开了双臂。让钱德拉感到意外的是，贾斯敏扑到了她的怀里。

"那么，你觉得坐禅怎么样，亲爱的？"

贾斯敏耸了耸肩："还不错呀。"

钱德拉注意到，两个年轻的和尚在饶有兴趣地听着。

"你头脑里的空间怎么样？"

"还不错呀，"贾斯敏说，"不错。"

"我觉得你不能老是说'还不错'，"多洛莉丝说，"感觉怎么样？"

钱德拉想说点儿什么，例如"试试"，或"回答问题"，但他没有这么做，而是数起了他的呼吸。他数到了二。

"挺大的。"贾斯敏说。

"啊。"索尔说。钱德拉想说"百事图"，但忍住了。

"辽阔？"多洛莉丝问道。

贾斯敏点点头："是的。"

"广大。"钱德拉说。

"太好了，亲爱的。"多洛莉丝说。她又抱了抱贾斯敏。

他们没赶上晚饭，但多洛莉丝在厨房里给他们弄了一些汤。在此之后，她坐在桌旁，讲了讲第二天的时间安排。

"五点钟坐禅，但由于开车，由于海拔，你们可能累得够呛，因此如果你们希望的话，就继续睡好了。只是别误了七点钟来这儿吃早餐。吃过早餐后，有人会带你们逛逛寺院，然后索尔有可能会在茶室和贾斯敏聊聊。"

钱德拉想单独和多洛莉丝谈谈，但晚餐过后，她就起身回家了。她的家在寺院外面。"这意味着我们可以喝酒。"她一边对他说，一边眨了眨眼睛。不过，他怀疑他太困了，撑不了多久。关于这里的空气，多洛莉丝说的是对的。

索尔带他去了他的房间，然后领着贾斯敏去了"女生宿舍"，也许是为了让她适应丧失隐私的生活。钱德拉希望他们在一起。他想问问她对这种"辽阔"生活的感受。对他的耳朵来说，那听上去就像聊毒品。

钱德勒忘了带书，于是就直接睡了。数月以来，也可能数年以来，他头一回一觉睡到天亮。他醒来时，已是八点钟。这意味着他迟到了。

钱德拉匆忙赶到主建筑那里，发现贾斯敏已经坐在餐桌旁边，和索尔、多洛莉丝在一起。和尚们正在收拾盘子。

"贾斯敏起来坐禅了。"多洛莉丝说。

"她好像喜欢坐禅。"索尔说。

钱德拉给他自己倒了一些咖啡，试图和他的女儿进行眼神交流。

"你还好吧，亲爱的？"多洛莉丝说。

"好极了。"钱德拉说。

"你应该知道，我们已经作出决定，"索尔说，"就在今天早上，我们已经邀请贾斯敏加入我们了。"

贾斯敏看他的眼神和他开始期盼的一样，很平静，毫无波澜。他又看了她一眼，怀疑他是不是已永远失去了她。

"太好了。"他说。

13

八月末，为给秋季学期作准备，钱德拉回到了剑桥。他每个星期都给多洛莉丝打电话，检查贾斯敏的情况。多洛莉丝汇报的情况总是一样：她每天早上起来坐禅，她是"一个自然人"。索尔相信她以前坐过禅，那些轻轻松松适应冥想的人大多如此，但钱德拉厌恶聊过去的生活。他真的很开心，因为他的女儿发现了她喜欢的东西；最重要的是，她摆脱了有害的生活方式。

当多洛莉丝问他回家是否高兴时，他说了实话：被儿女陪伴了这么久之后，他发现独自生活在空荡荡的房子里实在难熬。"那就不要一个人待着，"多洛莉丝说，"那并不难办到。"

珍妮也曾数次给钱德拉提过这样的建议，而这也许就是他坚持不改的原因。但是，在接下来的那个星期，钱德拉给拉姆·辛格打电话说，如果他还没找到新住处，他和他的未婚妻贝蒂娜·莫雷拉可以租那个房子的顶层，月租金一百英镑。

自贝蒂娜搬到英国以来，他们就一直和另外三个印度人住在拉姆的单身公寓里。那三个印度人是威士忌酒鬼，在客厅里摆满各种游戏机，每天只用高压锅做一顿饭。贝蒂娜对摆脱这个鬼地方充满感激。拉姆则证明自己是个不错的房客，谨言慎行，彬彬有礼。他没有谈论经济学的习惯，而这主要是因为他对经济学知之甚少。贝蒂娜比较温柔。她会给钱德拉按摩肩膀，用螺旋藻和枸杞给他榨汁。最糟糕的是，她还试图和他聊他的情感。她会握住他的手，看着他的眼睛，然后说："你心里是怎么想的？"

然而，大多数时候，他还是挺喜欢有他们陪着的。即使他感到不快，对他们说他希望一个人待着，他们也只是笑笑。贝蒂娜会给他冲一杯热巧克力，边上再摆一个银质塔利碗，碗里放着一些小熊软糖。

十月份，钱德拉再次和诺贝尔奖失之交臂，输给了一个以攻击芝加哥学派而闻名的人。钱德拉实际上就属于这个学派。获奖者描述说，他对经济学的贡献是以"对经济主体是人的承认"为基础的。"我打算尽可能乱花我的奖金。"他说。让钱德拉感到意外的是，当他在《泰晤士报》上读到这一点时，他并没有愤愤不平，甚至为那个人感到高兴。

十一月份，贝蒂娜送给他一件画框，里面是生物学家乔治·沃尔德说的一段话。乔治·沃尔德曾在五十年前获得过诺贝尔奖。那段话是这样的：

一个人真正需要的不是获得诺贝尔奖，而是爱。你

知道一个人是如何获得诺贝尔奖的吗？缺少爱，那就是原因。因为过于缺乏爱，所以那个人不得不一直工作，最后拿了诺贝尔奖。那是个安慰奖。真正重要的是爱。

"你送我这个干吗？"钱德拉说。他本人已得出一个差不多的结论，但莫雷拉女士如果知道，那么他很快就会被骂的。

"把它挂在墙上，钱杜，"贝蒂娜说，"只要看着它，它就能产生潜移默化的影响。"

"我不想被它'潜移默化'了，"钱德拉说，"也不想要别的任何东西。"

"我过去也怀疑，先生，"拉姆说，"但我发现这种东西有可能非常管用。"

"你们俩能不能闭嘴？"钱德拉说。他正坐在餐桌旁，试图读院长发来的一封电子邮件。邮件通知他，凯斯学院将举办一个"学院银器"周末：

> 我们将使用学院拥有的一些很少用但非常贵重的银器，其中包括我们收藏的"银骨髓勺"。我们知道骨髓并不符合所有人的口味或饮食倾向。如果你不想参加，请在下面的表格里注明"不喜欢骨髓"。与此同时，请记住学院只有十四把骨髓勺，它们将按照先到先得的原则分配。

钱德拉不知道他对骨髓的看法，没填表格就把邮件删除了。他有十多封邮件要读，但拉姆和贝蒂娜仍在厨房里逗留不走。这绝不是好现象。

"我们一直在考虑你的生日，"贝蒂娜说，"我们觉得可以在这儿举办个小型聚会。只邀请几个亲密朋友。亲近的。浪漫的。"她绕着厨房跳了一段华尔兹。"一个有趣、美好的夜晚。"

"我不想开聚会，"钱德拉说，"我什么都不想干。"

"可这是你的七十岁生日啊，钱杜。"

"没错，先生，"拉姆说，"一个人能有几个七十岁生日？"

"好了，无论如何。"钱德拉说，他编造了一个谎言，正是为这种意外事件准备的，"我刚和我女儿通过电话。她想带我去伦敦，可能是去西区看演出、吃晚餐。"

"你为什么不把她带到这儿？"贝蒂娜说，"那不是更好吗？"

"是呀。"钱德拉说，他没有想过这个，"是呀，会好得多。可她只在英国待一晚。过境去美国。时间不凑巧。"

他能够看到贝蒂娜一直在计划后勤学上的事情。这是金融学生的一个问题。他们倒是挺聪明，但总是用错地方。

"你女儿……"拉姆说，他也一直在思考，只是比较慢，"你说的不是你一直见不着的那个吧？"

钱德拉曾经给拉姆说过这个，是在他喝了一瓶酒之后。

"啊，"贝蒂娜说，"可那挺好的呀！"

"我不想谈这个。"钱德拉说。他上楼去了书房。那是一个他确定拉姆和贝蒂娜不会进去的地方。

贾斯敏发了一封电子邮件，意味着她醒了，不过在科罗拉多，那是凌晨三点半。

发给：prchandra101@cam.ac.uk
发自：jazzzz@gmail.com

主题：圣诞节

嗨，爸爸：

　　刚看见你的邮件。一切都挺好。如果你打电话我没接，不要担心。这里接收信号不好。此外，我在坐禅期间也几乎接不了电话。至于你的意见，我接受，但之所以要拥有手机，完全是因为……它是移动的。如果你把它放在抽屉里，或只在你想打电话时才打开，那个目的就达不到了，不是吗？

　　谢谢你发来的照片。我很想家，当你在这里时，你无法不思念家里。你花那么多时间审视你的内心，让你觉得自己一时无所不在。你活在你的记忆里。

　　现在天冷了。还没下雪，但会下的。不用去想经行[1]什么时候来：凌晨五点！我确信我上个星期看见了一只山

1　即行禅，一种冥想方式。

狮。不要害怕。它离我好几英里呢。它们只有在错把你当成一头鹿的时候，才会发动攻击。而只有在你跑步的时候，它们才会把你认错。

我昨天还看见了两个猎人。他们带着弓和枪，鬼才知道他们为什么既需要弓，又需要枪。他们说，他们在追赶熊。索尔说，他尊重他们，认为他们在猎取自己需要的肉，不去麻烦工业化的农业系统。索尔说起来没完没了。我觉得他说的有道理，但他说的很多东西真的可疑，就像你不会料到一个禅师说他尊重猎人，可他还是说了。他真是个奇怪的家伙，就连多莉[1]也这么说。他我行我素，获得过数学博士学位。有一天，他告诉我，他过去是个职业骗子。

索尔还说，乔治·索罗斯认为崩溃将再次来临，或者萧条，或者衰退，或无论什么东西。真会这样吗？

圣诞节有可能要继续工作。多莉说那也挺好。你不用花那么多的钱，就能拥有你自己的房间。问题是，妈妈想让我去博尔德，但我想我估计连假都请不下来，于是我就想，你可以来卡夫。不知道你是不是觉得这太异想天开。我们可以让苏尼也过来。我记得他说过想来。这只是个想法，不过可能挺有趣的，我们一家子一起过圣诞节。你不觉得这可能挺有趣吗？或者很傻也难说。我不知道。

---

1 多洛莉丝的昵称。

272

很想你，爸爸。

给你一个大大的拥抱。万事如意！身体健康！开开
心心！

贾斯，亲亲抱抱

这篇"开开心心"的哈里·拉玛说辞挺新鲜的，是他女儿最近
的转变的结果，但她至少想交流。她似乎忘了这都是因为他，忘了
在他介入之前，她几乎不知道禅为何物。

钱德拉无法让他的房客（或者像他认为的那样，被赶出去的房
客）相信，他根本不在乎人到七十。但是，这是实话。他真正在乎
的是圣诞节。

他重获新生的女儿是对的。即使她获得许可，回博尔德也并不
好。那里诱惑太多，瘾君子和小流氓太多。贾斯敏提出的一家人在
卡夫团聚的想法让人很感兴趣。虽然史蒂夫可能会喜欢在一座禅宗
寺庙里过圣诞节的想法，但钱德拉拿不准珍妮是否有兴趣。

钱德拉想给他们两个一起发一封邮件，但他就是做不到。他转
而给珍妮发了邮件，讲了贾斯敏的想法。"史蒂夫肯定会去。"他
说。他的语气多少有些专横，但他改不了。"给我个明确答复。我
会给苏尼写信。在她'自己的地方'招待我们，这可能对贾斯敏有
好处。"

他把注意力转向他即将上的课，就"印度南方各邦的经济"
做了一些最后提示，试图想出一个不错的关于经济学家的笑话来
开头，最好是他以前没讲过的。他过去用过一个笑话，说的是一个

女人。她的医生说她只有六个月可活了，建议她嫁给一个经济学家，搬到堪萨斯。"为什么呀？"那个女人问道，"这会治好我的病吗？""不，"医生说，"但那六个月会让人觉得像一辈子。"但在离婚和心脏病发作后，钱德拉一直都注意寻找一些尽量积极的东西。

钱德拉用谷歌搜寻到午餐时间，一个接一个地读笑话，但几乎没有发现合他口味的。很多笑话纯粹是拉仇恨，并不合适，剩下的真的不好笑，也许是经济学家写的。一点半时，他看到了珍妮发来的一封新邮件。她肯定刚刚醒来。

发给：prchandra101@cam.ac.uk

发自：jeanjeanie@aol.com

主题：圣诞节

你好，查尔斯：

　　我必须和史蒂夫商量，但我觉得这主意不错。你说得对。这肯定对她有好处。如果你想让我给苏尼发邮件的话，我会给他发，但他听你的话。试着把架子放下吧。即使你不求他，他也会按你说的去做的。我知道你懂我的意思。

　　我终于不喝咖啡了。这让我心平气和多了。听到这个消息，你会感到高兴。史蒂夫和我早上改喝抹茶了。你可以用细面做它，用剃须刷搅拌。也不是剃须刷，不过看上去像剃须刷。味道有些怪，不过对你有好处。

　　　　　　　　　　　　　　　　保重，珍妮

钱德拉感到高兴，立即给贾斯敏回了邮件。

发给：jazzzz@gmail.com

发自：prchandra101@cam.ac.uk

主题：圣诞节

亲爱的贾斯敏：

　　搞定了。我会去的，还有你妈妈。我们会待到圣诞节假期结束。我们都盼着去呢。我还没给苏尼说，但如果你给他发个邮件，或许有用。试着恭维他一下。我想你知道我的意思。

　　星期四是我的七十岁生日。天气转冷。我一直在卧室里骑该死的健身车。读了《暮光之城》。挺没劲的，我觉得。吃素吸血鬼是个愚蠢的主意。我将按照你的建议试着读读《饥饿游戏》。对老年人来说，这是个好事。我想读什么就读什么。再也不觉得内疚了。我行我素。

　　照顾好自己。坚持冥想。离熊、狮子以及别的一切看样子会吃了你的东西远点儿。我盼着放假，都等不及了。

老了反倒成了个多愁善感的傻瓜，但现在只有你们这些人让我感到开心。

爱你的爸爸

又及：

你喝过抹茶这种东西吗？听说很时髦。

钱德拉开始给苏尼写邮件。他能听见贝蒂娜在厨房里做午饭，唱着葡萄牙语的歌。她和拉姆在谈明年夏天结婚的事。他为他们感到高兴。他知道，拉姆·辛格没有多高的追求。他只想得过且过，完成他的博士学业，在一家无良的机构找一份挣大钱的工作，养活一家人，慢慢变老，平平安安地死掉。钱德拉开始觉得，这种想法虽然没出息，但值得称道。

发给：sunnysideofthestreet@imb.co.hk

发自：prchandra101@cam.ac.uk

主题：贾斯敏

亲爱的苏尼：

上个星期你打电话过来，真好。你在那里做的生意好像挺红火的。如今世界需要积极性，你非常抢手。就像往常那样，为你的成功和想法感到骄傲。我一直都在表扬你。不知道我做得对不对。我也曾尝试把它应用到经济、富时指数，等等。我们的所有股票都需要往上升，不是吗？

一直和贾斯聊着。她在那里表现不错。也和那里的头头聊了。那家伙名叫索尔。很不错的一个人。有点儿夸夸其谈。说贾斯敏进步明显，融入进去了，平静了下来。当然不再吸毒了，这是最重要的事情，她也发现了喜欢的东西。来点儿冥想对每个人都有好处，不是吗？

我真的以为她可以偶尔利用一下她的家人。那是她缺失的唯一东西。她一个人在那儿待得太久了。我想说的是，贾斯想让我们都去那里过圣诞节。她尤其想见到你，因为你是老大哥。当然了，不是奥威尔意义上的老大哥。她想获得你的指引。这么说吧，她希望你去，希望你为她正在做的事情感到骄傲。那是她的新生活，她想展示给你看。

计划是我们都去，你母亲，我，你和那谁谁，在十二月二十三日抵达科罗拉多，一起待几天。和尚们没少听说过你，头脑等方面的专家嘛。我觉得他们甚至想让你给指导指导，如果你也感兴趣的话。

送上我全部的爱和最衷心的祝福

爸爸

又及：

前些日子在"YouTube"上看见你同事乔普拉了。我不确定我是否懂得他在这种语境中说"量子"是什么意思，但各人有各人的看法。其他问题以后再说。

他希望这能达到目的。

在他生日那天早上，钱德拉同意贝蒂娜和拉姆·辛格服侍他，把包括炒蛋、鲑鱼和香槟的早餐给他端到卧室。他在床上吃过早餐，然后一直待到午餐时间。除了贾斯敏的电话，他没接任何电话。他也只拿出了他的苹果笔记本电脑一次。脸书上充满了祝福。有几封邮件"祝贺"他，让他感到气恼。人到七十很难算得上一种成就：谁都不想死啊！很多邮件是年轻同事和他多年未闻的老博士生发来的，全都有所求，要么求特别研究员职位，要么求参考资料。

下午，他去了学院。门卫负责人莫里斯交给他一张卡片，上面写着：

尊敬的先生：

我们盼着在将来很多年里还能见着你，看见你从谦卑之门里向我们微笑。

谨呈真诚的祝愿，门房职员

他在他的房间里打开了剩下的邮件。与电子祝福相比，手写的短笺更让他感动。有些邮件显然是虚情假意的，例如他芝加哥的老同事、他在印度的对手（其中包括那个孟加拉邦人）发来的。他哥哥普拉卡什发来的短笺虽然只字不提帝国主义或孟山都，但笔迹却是他嫂子的笔迹。索尔和多洛莉丝给他送了一条黑丝绸围巾。贾斯敏给他送了《暮光之城》系列剩余的书。她还按照她的习惯，给他写了一首诗。

诗的开头写道：诺贝尔先生。这让他不由得皱起了眉头：

这么说你今天七十了，谁会想得到呀？

什么也甭担心，该来的挡也挡不住啊

活着，这是个因果报应问题

求你的老美女多洛莉丝送你一个吻吧

我迫不及待地想见你，也送你一个吻

我们这些日子天各一方，我想你呀

现在天冷了，禅堂结了冰柱子

你多保重，爸爸，看见自行车躲着走

钱德拉删掉"诺贝尔先生"，把这首诗打印出来，钉在了墙上。他打开电脑，浏览其他生日祝福，其中包括他的保险公司、开户银行、旅行社的。苏尼也发来了邮件。这让他感到欣慰。

发给：prchandra101@cam.ac.uk

发自：sunnysideofthestreet@imb.co.hk

主题：生日快乐！

嗨，爸爸：

很抱歉没打电话。时间差的问题，另外我整天忙得不可开交，开神经编程会议什么的，真是烦死我了。可我有什么办法呢？我说过我要发表主旨演讲。我很难在别人轮流发言时一走了之，我能一走了之吗？

这么说，你七十岁了。会有很多祝福和愉快的回复。我希望你无论身在何处，都要开开心心。

还要致歉的是，未能早点回复关于卡夫的事情。我必须重新安排一下我的日程，不过我愿意去科罗拉多过圣诞节。碰到点儿小问题，不过我确信我能解决。就像你说的，这对贾斯有好处。老实说，我觉得这对我也有好处。最近感到压力了。搞不清楚原因。感觉就好像我一觉醒来，二十年已经没了。我一直在想，我是怎么变成这样的？还有，我目前在干什么？也许是中年危机，我不知道。也许我真的不想再在中国香港待了，因为与任何一个家人都相距遥远。我觉得该想想这些事情了。

不管怎样，回见，老爸，期待早点见到你。上床之前，你要试着说说那些自我肯定的话语。"我还年轻。""我很健康。""我很快乐。""我挺了不起的。"对你有好处。坚持做，好处更多。我有时候忘了对我自己说。很可笑，我知道，可，好吧……

好了，亲爱的教授，我得走了。再次祝你生日快乐！

爱你的苏尼尔

苏尼承认他感到困惑、不开心，不知道他这辈子都干了什么。

这还是破天荒的头一回。但是，他至少会去。就目前而言，这是最重要的事情。

钱德拉迅速回了信。他告诉苏尼，他很高兴，迫不及待地等着圣诞节相见。然后，他用梳子梳了头，走下楼梯。他要在四点钟和院长喝酒，庆祝他的生日。

他穿过大树庭院。天就要黑了。他走进了院长的传达室。自打他出事故那天起，他还从未进来过。院长在壁炉旁等他，旁边放着一瓶打开的香槟酒和两个杯子。

"欢迎，钱德拉，"院长一边说，一边站起来，"祝你度过一个非常愉快的生日。"

"不胜感激，院长。"钱德拉说。

"这么说，七十岁了！"

"是啊。"

"唉，你知道乔治·艾略特说的那句话吧？他说，在五十岁到七十岁之间的那些年，总是有人要你干这干那，可你还不够老，推脱不掉。"

钱德拉哈哈大笑，攥紧了插在夹克口袋里的拳头。

"不过，自从你去美国以来，见你的次数还真不多，"院长说，"你在写一本新书，是吗？"

"我暂时把它放一边了。"钱德拉说。

"身体不好？"

"老实说，不是，"钱德拉说，"我的看法变了。"

"好吧，"院长说，带着幸灾乐祸的意味搓着手，"对一个七旬老人来说，还有什么能比这更合适呢？"

钱德拉哈哈大笑。"让我一直感到不安的是，我的很多工作只有为数不多的人能懂。"他说，"我担心的是，在我们经济学家中，很多人再也不求被别人理解了。在这方面，我们正在变得和过去的神秘主义者很像，靠晦涩难懂取胜，认为普通人会简单地接受我们的判断，而非和我们对话。"

"好吧，我觉得我就是个普通人。"院长说。钱德拉打心眼儿里同意他的看法，但嘴里却咕哝着："啊，肯定不是。"

"可相信专家无疑是现代生活的一种现象，钱德拉。上帝知道，我对我的电脑如何运行一窍不通。"

"事实上，院长，"钱德拉说，"在十九世纪，经济学家是饱学之士。他通常既是自然科学家、语言学家，又是先知、哲学家、数学家。我真的一直在想，经济学到底需不需要给它沉闷的学科重新注入一些人文精神。"

"好吧，那就这么办吧。"院长一边说，一边摘下他的眼镜，"可以这么说，我很想拜读你在这方面的高见。"

他们碰了碰杯，然后喝起来。钱德拉坐回到他的扶手椅里，突然意识到，他没别的话要说了。他感到无比轻松。

自从去了伊莎兰以来，他一直在不停地问他自己，他的见解里究竟有多少真的是他自己的，他的头脑里究竟显现出了多少他的批评声音，以前的指导教师和导师究竟在他脑子里塞了多少他们的观点。这让他想知道他真正相信的是什么。其次是苏尼和他的自我肯定（钱德拉已经习惯每天早上说了），以及贾斯敏和她喋喋不休的"要快乐，要有朝气"。当然了，还有拉达，她钻到了他的脑子里，萦绕不去，不停地提醒他，他的所有想法都证明，由于在意识形态方面精神错乱，他应该被送进一个安全级别最高的病房。其结果是，他几个月里来几乎一个字没写。

院长又给他们的杯子里倒了酒，就英国退出欧盟的问题询问钱德拉。钱德拉回答说："老实说，院长，我没看法。"当院长接着又问他美国的情况时，钱德拉回答说："目睹历史发展既令人着迷，又吓人，不是吗？"

事实上，他现在讨厌自己的观点，厌倦竟然必须有观点。但是，他可以看到，由于他的保留，院长相当惊讶。就像大多数学者那样，院长连玩笑都不懂。

"好吧，"院长终于说，"我真的喜欢这些闲聊。"

"我也一样，院长。"钱德拉说。他已经有些醉了。

"生日快乐，我的朋友。"

"你也是啊。"钱德拉说。他意识到这么说讲不通，但他不在乎。

从院长那里离开后，钱德拉步行穿过了学院。到了冬天，学院总是黑黢黢的，有不祥之感。回到他的房间，他躺在沙发上，看着他拿出来的那瓶红葡萄酒，但一点儿也不想喝。他放上水壶，再次浏览他的邮件，只是想找个事干。又有人发来了生日祝福，其中有一封是布莱恩发来的，令他哈哈大笑：

一百年才出这么一个人，他一生下来就不同凡响，闪耀着智慧和才华的光芒。今天这个人想祝你过一个非常愉快的生日。

　　这也许就是钱德拉从来都不喜欢过生日的原因。他总是觉得，这并非庆祝他的生日，倒像请别人评价他的人生，评估他的价值，而这只会让他想起他没有取得的成就，以及他应该取得且只要加倍努力就能取得的成就。在他还是个孩子时，他父亲送的礼物从来都不是玩具，而是钢笔和练习册，或那些已经达到其专业顶峰的人的传记，如爱因斯坦、拿破仑或拉马努金[1]。只有他母亲似乎认为应该把他当孩子看待，但她到头来总是支持他父亲的做法。

　　"他之所以那么做，是因为他想让你将来有出息，"她会对他说，"那是要提醒你。"

　　"提醒我什么？"

　　"提醒你一定要为此而努力，苦尽方能甘来。这对心灵有好处。"

　　那是他母亲的口头禅。在过去，当他的学生抱怨太累、太有压力，或暗示精神就要崩溃了，他会对他们说这样的话。在他攻读博士学位时，他会在生日这天把自己锁在办公室里，一直工作到凌晨，咖啡一杯接着一杯，香烟一根接着一根，给自己提神。

　　想起这一点，钱德拉给他的"保持冷静，研究经济学"杯子舀了一勺速溶咖啡，然后添加牛奶、热水，回到了他的桌旁。他想他

1　拉马努金（1887—1920），印度天才数学家。

不阅读了，可以看看电影，但就在这时候，他看见了一封电子邮件。

发给：prchandra101@cam.ac.uk

发自：roastedmango11@gmail.com

主题：70岁生日快乐

嗨，爸爸：

很抱歉这么久没和你联系过。我需要时间把一些事情想明白。我希望你不要生气。苏尼给我讲了圣诞节的计划。如果你想让我去的话，我愿意去。如果你不想让我去，我也理解。

我希望你过一个愉快的生日。

拉达

14

钱德拉把那晚大部分时间都用来回复拉达的邮件了。他鲁莽地写了三页，滔滔不绝地讲了他获悉她的消息后是多么开心，讲了伊莎兰、中国香港、贾斯敏的情况。他最后像英国人那样道了歉，所用的那种俗气的句法暗示，一切尽在不言中：

> 对我可能做过的一切让你厌烦的事情，我真的……

在发出邮件之后，他懊悔不已，难受了一个小时，直到拉达作出回复。拉达的回复只有一行：

> 盼着见到你，爸爸。

在接下来的几个星期里，钱德拉发现自己情绪高涨，为数年来所不曾有。只是到了要飞赴丹佛时，他才又担心起来。拉姆开车送他去了机场。在抵达机场后，拉姆把一个药片放到他的手里，叮嘱他在飞机上用一杯酒服下，但不要告诉贝蒂娜。于是，人生中头一回，钱德拉发现自己受到了一种药力很大、名为"阿普唑仑"的镇静药的影响，一直昏睡，错过了飞机上的饭，在丹佛的地面上醒来时他又饥又渴，感觉就好像他的所有情绪都被挤压、折叠了起来。

钱德拉在一个名叫"城市炒锅"的地方喝了一瓶汽水，吃了一盘泰式炒粉，然后像往常那样租了一辆越野车，开始了前往卡夫的四小时车程。他到卡夫时已是半夜。他以每小时五英里的车速行进，前面黑黢黢的道路、车头灯映出的动物亮晶晶的眼睛让他感到惊恐。他忘了美国看上去可能就是这个样子。他想起了芝加哥结冰的人行道、新英格兰冰封的湖泊，但这里更像喜马拉雅山。他不仅需要和这里的黑暗抗争，也需要和这里不寻常的明亮抗争。这里的积雪千年不化，宛如一个活物。

在停车场上，他首先注意到的是史蒂夫那辆大得就像灵车的林肯领航员。他把他的车尽可能停得离它远点儿。到了寺院，他发现门上钉着一幅地图，方便他找到他的小屋。没人等他。他借着库房的灯光，走到了一座小屋前。它距离白雪覆盖的禅堂有一百米，看上去就像是用一棵树雕刻成的。屋子里的一切东西都是木头的，粗糙，疙疙瘩瘩，不过家具是日式风格，虽然简朴，却很幽雅。屋里有一张几案，几案前摆着一块黑色的冥想垫子。

地板上有一个洞，洞里有一架梯子，梯子通向一个地堡。一张床悬空固定在墙上。要上床，他必须走向一边，绕开梯子。他发现地堡底部有一个浴室，大得足以容纳一条体形中等、短尾巴的狗。他好歹刷了刷牙，然后才上床了。

几个小时后，钱德拉被一只啄木鸟吵醒了。凭声音判断，它是个极其古怪的家伙。它会先啄一次，然后一直等到他又要睡着，再啄一下，听上去非常响亮、坚决。他坐起来，啄木鸟啄得更狠了，制造出一种好似电钻的声响。它就这样慢慢地、一次一下地啄着，周而复始。

钱德拉下到地堡，洗了个澡，穿上他的夹克和休闲裤，爬上了梯子。等到他打开门时，他发现天仍然黑着。月亮已经消失，只有禅堂发出光亮。在禅堂那里，一群和尚排成纵队，正绕着走廊行走。他们剃光的头垂着。多洛莉丝坐在禅堂前面，穿着袍服，气宇不凡。钱德拉看见贾斯敏在她后面，几乎要喊出声来。贾斯敏的头发已经理短，只是没有像其他人那样理成光头。她的表情非常专注，步态严肃而一丝不苟。

就在此时，他看见了拉达。她处在倒数第二的位置。她的头发长而浓密，和他记忆中的一样。她的眼睛酷似茶盏，自打她必须踮起脚才能看见他起，就是那样。有那么几秒钟，他感到爱意浓浓，强烈得几乎令人无法忍受，直到他想起最近这两年的情况。他开始感到又怒又怕。当和尚们开始鱼贯进入禅堂时，他跟了过去。他登上台阶，脱掉了他的鞋子。

在禅堂里，和尚们正在落座。他们的身体转了过去，面对着墙壁。房间里只有蜡烛照明。钱德拉站在佛像前，从一个穿着棕色袍服的背部望向另一个穿着棕色袍服的背部。要找出拉达很容易，因为她头发很长，全都梳理过，闪闪亮亮，干干净净。他站在那里，盯着她，然后又走到外面，踢着小径上的积雪，回到了他的小屋。

钱德拉又睡了两个小时，然后再次离开他的小屋。这一次，太阳已经升起。阳光照着他的额头，让他感到温暖。贾斯敏就在一百米外的地方，穿着她的僧袍，从小径上扫下积雪。当她看见了他时，她蹦蹦跳跳地朝他跑过来，眼睛闪闪发亮。

"爸爸！"她一边说，一边扑进他的怀里，她有几年没这样了，"看见你在这儿，我太高兴了！"

他用手抚摸着她的头发："不冷吗？这么短。"

"我把它剃了。那是一种解脱。它现在又长回去一点儿。没事，我一般都戴帽子。"

他摇了摇头："我差点儿认不出你了。"

贾斯敏伸出一只胳膊，抱住他："拉达在这儿，爸爸。"

"我知道。"

"还有苏尼。他在一英里外租了个地方。妈妈和史蒂夫去那里吃早餐了。那是一座小小的麦氏豪宅。"

他应该预见到这一点。苏尼绝不会同意加入一家公司，从最底层干起，于是他会成立一个竞争公司，自任首席执行官。

"他只是想让每个人都有个去的地方。"贾斯敏说，仿佛读懂了他的心思，"那里有一台电视机。还有就是，你不能在寺院里喝酒。他考虑得挺周到的。"

"他们目前在那里，史蒂夫和珍妮？"

"是的。"

"拉达也在那里？"

"拉达在等你带她去。"

"好的。"钱德拉说。

贾斯敏转过身，以便能看着他的眼睛："你好像有些累，爸爸。我希望你睡得香。刚开始可能不太容易，海拔问题。"

"是个该死的啄木鸟闹的。"

"什么啊？"

"它就在我门外面，那个疯子。啄啊啄啊啄。"

贾斯敏笑了："我觉得那是个喊子，爸爸。"

"喊子？"

她领着他走上了通向走廊的禅堂台阶。

"这儿。"一根绳子从一根椽子上垂下来，上面悬着一块木头，旁边有一个木槌。"有人在凌晨敲它，"贾斯敏说，"它就会啪……啪……啪……然后它会加快，直到它发出啪、啪、啪、啪的响声。等敲到第三遍，你就该去禅堂了。实际上，今天早上是我敲的。"

钱德拉盯着木头上的文字，中间的文字几乎已经磨灭：

请让我谦恭地提醒你，生与死极为重要。时间转瞬即逝，机遇也随之消失。我们中的每一个人都应该努力保持清醒。保持清醒！注意！不要浪费你的生命。

他点了点头。这些文字表达的是吓人的见解，毋庸置疑。他想，他要是五十年前读到这些文字就好了。不过，就算他当时读了，它们对他来说也极有可能毫无意义。

"我们现在就去看拉达？"贾斯敏一边说，一边指着禅堂左边的小屋，"我们住在一起。"

钱德拉点了点头。在他们去小屋时，他盯着地平线上的群山。他希望自己能够喜欢它们，那种冷淡、无动于衷的喜欢。他在小屋外脱掉鞋子，试着数他的呼吸。他想知道，他是否浪费了他的生命。他想知道，他的女儿是否还爱他，或厌恶是否已经淡化成单纯的冷漠。

在他们进去时，拉达在浴室里。他能听见哗哗的流水声。屋里的两张床比较凌乱。远端的那张床上放着一个破旧的新秀丽行李箱。这个行李箱可能以前是他的。行李箱盖子上放着一条牛仔裤和一只黑色乳罩。

"再见，爸爸。"贾斯敏说。

"你要去哪儿？"钱德拉说，但贾斯敏已关上了门。

在钱德拉七岁时，他曾经站在副校长门外，等着挨揍。那根棍子一端有个铜球。有传言说，副校长 S. T. "臭"斯利那瓦桑先生过去会先把它在火里烧热。钱德拉站在"臭"斯利那瓦桑面前，气喘吁吁。"臭"斯利那瓦桑扇了他几个耳光，放他走了。钱德拉逢人便说，他差点儿被棍子"打死"。他现在就怀着这样的心情，等待着。

他穿过房间，朝角落里的扶手椅走去。扶手椅上放着一个皮面笔记本。他打开它，看见了拉达大大的圆体字。自打五年级以来，她的字体就没变过。他看到我越来越厌倦他的屁话。就在此时，浴室门开了。他连忙把它放下。

"啊。"拉达说。

钱德拉很高兴地发现，她并没有变老，但她的眼神有些脆弱，没那么强硬了。她上身穿一件背心，下身穿一件黑色的慢跑裤。他能看见她胳膊上的肌肉，以及她的二头肌上的一块伤疤。她的头发垂在她的背部中间，但一侧从下面剃掉了。他怀疑她是否已经变成恐怖分子。

"很高兴见到你，拉达。"

"我也是，爸爸。"

他们相互看着，不知道该不该拥抱。拉达最后坐在了床上，面对着他。钱德拉盯着他的手。他的感觉就好像是要给满屋学生上课。

"那你是什么时候到这儿的？"

"有几天了，"拉达说，"我希望冥想一阵子。"

"哦，挺好的。"

"心里挺静的。"

"你现在住在哪儿？"

"纽约。"

"哦，纽约。"

"布鲁克林。我们住在布鲁克林。"

现在问"我们"是怎么回事，为时尚早。

"我听说你出了事故。"拉达说。

"让一辆自行车撞了。怨我。"

"你现在没事了。"

"是呀，"钱德拉说，"没问题了。"

"那就好。"

他想起了他在医院待的那个星期，想起她没打电话，他有多么沮丧。她怎么可以不打电话呢？她为什么要那么对待她的头发呢？

"我以为你觉得我活该。"

"爸爸……"拉达说，视线越过了他的肩膀，"我们是要去苏尼那里吧？"

"是呀，当然了。为什么不呢？"

她的冬装放在地板上，黑色的，显得很臃肿，看上去似乎能防弹。她还有一顶绒球帽和一副连指手套。

"我想我们可以步行过去，爸爸。如果你同意的话。"

他穿上风衣。他们步履蹒跚地走出寺院，默默无语，直到他们走到路上。山谷显得非常遥远，还有所有那些房屋，那些在卧室里吵架的夫妇。他怀疑人们之所以要当和尚，是想摆脱喧嚣。此时，积雪静卧，光线比较刺眼，让他觉得他们周围的一切都是二维的。

"我真的冥想不了，"钱德拉说，"心里想的事情太多。"

"我也是。"

"我觉得贾斯敏擅长这个。"

"她需要这个。这对她有好处。"

"不过我不希望她在这儿待太久。这里什么都没有。"

拉达的步伐开始加快。他意识到，他说这个就是为了惹恼她。

"这么说，你在纽约，"他说，"布鲁克林。"

"一年，差不多吧。我在巴黎认识了一个人。"

"你在巴黎？"

"我以为你知道。"

"我哪儿知道啊！"

他压抑不住他声音里的恼火。巨大的雪块纷纷从树上落下，听上去就像尸体。他希望他们不要碰见熊。

"有一阵子，我其实没住在任何地方，"拉达说，"住在空房子里，然后是一辆篷车。我们哪里都去，示威，抗议，这类的东西吧。然后我就厌倦了。"

"是啊，"钱德拉说，"那种东西有可能重复。"

"我在巴黎认识了这个家伙。马可。我和他去了纽约。"

"这么说，你们住在一起？"

"是呀，但没多长时间。"

"你要搬走？"

"我要搬走。他要留下。"

"哦。"

"就像我在邮件里说的那样，爸爸，我应该早点儿联系你。我只是再也忍受不了争吵。你知道我说的是什么意思吧？"

"我也不喜欢争吵。"钱德拉说，抱着胳膊。

"我受不了你说我活得不对头，说我脱离了生活，说我是个白痴。"

他想说"我可从没说过那样的话"，但他没说，而是看着拉达点了一根香烟，朝她前面吐出一团烟云，就像剑桥郡的一座小牧场的母牛在喘气。

"给我一根。"他说。

"不给。"

钱德拉停下来，捡起一个小石片，朝树林投去。他很久没投了，结果伤着了肩膀。拉达也捡起一个，投了出去。在她小的时候，他们会下到湖边，进行比赛。有时候，他们会假装有个湖怪，即"尼斯湖霸王龙"，比赛谁能击中它的头。贾斯敏从来没喜欢过这样的游戏，苏尼则一向过于争强好胜。和拉达比赛，他觉得更有意思。

道路开始变陡，通向山坡。

"放松点儿，爸爸，"拉达说，"你其实不该到这里第一天就步行。海拔太高。"

"你现在才告诉我。"

他把手搭在她的肩上，喘着粗气。天空一碧如洗。

"那么，"他说，咳嗽起来，"他是干什么的，这个马可？"

"我们要掰了。我以为你知道。"她扔掉香烟，抬脚把它踩灭，"他是个律师。"

"哪种律师？"

"有钱的那种。"

"你怎么样，你的工作？"

"这段时间不太忙。还是激进主义。"

"哦。"他说，他想知道她是不是属于他时常读到的"安提法"，"听起来很有趣。"

"差不多吧，可我烦透它了。这就是我早早来这儿的原因，想思考一下。"

"哦，"他说，"你想出个所以然了吗？"

"只想明白，不必向已经改变看法的人说教，但也不必尝试改变那些不想改变的人。"

"是呀。"钱德拉说。他怀疑她也许在自言自语。

"我断定自我照顾是最重要的东西。别的一切都来源于它。可我仍想做点儿贡献。如果我们都什么也不做……"

钱德拉非常想建议她回到大学去，在一个好学院攻读个像样的硕士学位，他乐于掏钱供她读。他试图集中注意力，只管行走，不想别的。

他们刚爬到半山腰，就瞥见了一座建筑。那座建筑肯定就是苏尼租来的家。它是用石头垒砌的，没有郊区房子大，但两边都有螺旋塔，房顶有仿造的城垛。一条小溪从前院穿过，溪上有一座小型吊桥。

"他娘的瞎折腾什么。"拉达说。

在苏尼搬到中国香港后，拉达和苏尼就停止了吵架。但是，他们相互说话时常常冷冰冰的，透着一丝轻蔑。他们仍相互关心对方的健康，但那种关心就像是对一个因患绝症而获释的囚犯的同情。

珍妮在门口迎接他们。她穿着睡袍，端着一杯茶。她亲吻了拉达的脸颊。她刚开始似乎想与钱德拉握手，可只是拥抱了他。他们走进一个洞穴般的客厅。客厅一个角落里放着一棵光秃秃的圣诞树，中间摆着两张皮沙发。沙发对面是一台电视，电视遮住了大半堵墙壁。电视里正在放杰克·莱蒙的一部电影。

"嗨。"苏尼说。他上身穿一件熨得整整齐齐的白色衬衫，下身穿一条慢跑裤（钱德拉曾这样穿着打扮了四十年），从楼梯上走下来。

"嗨。"钱德拉说，他拥抱了苏尼，然后低声问道，"史蒂夫在哪儿？"

"出去散步了。"苏尼说。他的声音很冷淡，令钱德拉感到一丝安慰。

珍妮坐在沙发上，膝头放着一杯茶。"那你怎么样，查尔斯？"她问道。

钱德拉正要回答，忽然注意到了苏尼一脸小心翼翼的表情。苏尼很长时间没见过他的父母共处一室了。

"苏尼，"钱德拉说，"这个地方真是太好了。"

"我助理找的，"苏尼说，"我觉得我们需要一个空间。"

钱德拉意识到，这是在贾斯敏出生前他们最初的一家四口，现在他们正共处一室。他不由得感到悲伤、痛苦。但是，他现在能够听见史蒂夫在门厅唱歌，声音浑厚、响亮。"洛、洛、洛、拉、拉。"阿尔法狩猎回来了。

"你们好，诸位。"史蒂夫说，没有唱最后一节，"你好，钱德拉塞卡。"

钱德拉站起来，握了握史蒂夫的手。他知道拉达和苏尼看着他。

"很高兴见到你，史蒂夫。"钱德拉说。

史蒂夫今天没穿他的加利福尼亚套装，只是穿着毛衣和牛仔裤，像个极其普通的白人。

"这地方几乎像里希凯什。"史蒂夫说，"好吧，它一点儿也不像里希凯什，不过你知道我说的是什么意思。我竟然从来都不知道有卡夫这么个地方。"

"我在考虑给头脑事务研究所租一块地，"苏尼说，"这里挺适合我们。"

"不，你不会的，"拉达说，"这些是灵性中心。"

"因为我们是……"

"你经营的是一所商业学校。"

"全世界都离不开商业，"苏尼说，"我们改变不了这一点，但我们可以改变我们做生意的方式。"

拉达抬眼望着天空。钱德拉怀疑她也许不知道，苏尼这段时间非常脆弱。苏尼以前可不是这样。

"它让你想起了伊莎兰吧，钱德拉塞卡？"史蒂夫说，他挨着珍妮，坐在沙发扶手上，"在气氛上？"

"我的上帝呀！"珍妮说，她说话的声音会让人以为，他因为贩卖可卡因被逮捕了，"怎么样啊？"

"老实说，我已经什么都知道了，"史蒂夫一边说，一边拍了拍他的鼻子，"通过我的信息源获知的。听说你在那里引发了一场风暴。"

"好吧，才没呢。"

"挺奇妙的，钱德拉塞卡，"史蒂夫说，"你已经初次涉足一个更广阔的世界。"

钱德拉用指甲掐着手掌。

"一个景色优美的地方，是吧？"史蒂夫说，"我想念它。我在那里住的时候，疗法甚至更加具有对抗性、更残酷，可以说就像把一面镜子直接按到你脸上。我不敢说我看见什么就喜欢什么。"

"是呀，"拉达说，"我可以想象到。"

钱德拉觉得拉达的手的边缘碰着了他的手的边缘。他想起来，他曾经对着大海喊她的名字。

"那很有帮助。"钱德拉说。

他们在敞开式的厨房吃了午餐。透过玻璃门，山谷尽收眼底。钱德拉说不出话来。他所有的话都好像沉到了他的心里。他发现，由于史蒂夫在这儿，他时而感到恼怒，时而感到轻松。

"她好像非常惬意。"钱德拉说。虽然他说的话没头没脑，不过每个人都懂。

"她做得很不错。"珍妮说。

"她可以重考，"苏尼说，"如果她想的话。"

"从某种意义上说，这是件好事，"史蒂夫说，"这意味着她以后在生活中不会越轨。"

"明天有圣诞聚会，查尔斯，"珍妮说，"在寺院外面，索尔的房子里。"

"晚餐在这儿吃，"苏尼说，"就我们一家子。"

拉达漫步走上露台，点燃一根烟。珍妮把冰激凌舀到奶油酥饼上。钱德拉穿上风衣，围上围巾，走到他女儿身边。

"我戒烟时简直像在地狱里走了一遭。"他说。

"我曾经对自己说，等我三十五岁了，或等我怀了孩子，我就戒烟。"

除了头发，拉达长得和钱德拉很像。他想象不出来她三十五岁或怀孕了会是什么样子，更别说他会老成什么样子。

"这么说，和这个……关系真的结束了。"

"马可。是的。"

他想像拥抱帕姆那样拥抱她，告诉她，虽然无法保证一切都会好起来，但他爱她，会一直爱她。

"你想过读博士吗？"他说，"现在也许是好时候……"

拉达把香烟扔进雪里，盯着山谷。他知道他什么话都不该说。她现在生气了，可他就是忍不住。事情准会是这样，一向都是这样。在她转身离开时，他别无选择，只能跟着她回到房子里。

苏尼正在洗盘子。史蒂夫和珍妮在楼上，正在用斯凯普网络电话和史蒂夫的亲属通话。钱德拉独自坐在客厅里，换着电视频道。拉达在厨房里帮她哥哥。有时候，似乎只有在周围没有成年人时，他们两个才能和谐相处。他们的斗嘴仿佛只是一场表演，是演给老一代人看的。他们现在相互洒水，让人觉得就像是"大青蛙布偶秀"中的人物。如果他能让他们一直这个样子就好了。

钱德拉找到一部加里·格兰特演的老电影，躺在沙发上看了起来。让他感到惊奇的是，他一小时后醒了过来，身上盖了一条羽绒被。至于电影的内容，他一点儿也记不起来了。外面灰蒙蒙一片，初冬的傍晚就是这样。

苏尼坐在另一张沙发上，看着他的苹果平板电脑。

"人都去哪儿了？"钱德拉问道。

"他们都回寺院了。"苏尼说，头也没抬，"想让我送你回去吗？"

"好的。"

钱德拉没有动。他太累了。苏尼放下他的苹果平板电脑。他们现在单独在一起，苏尼显得比较放松。

"你还好吧，爸爸？"

"有点过于兴奋。"钱德拉说。

"因为看见了拉达？"

"因为一切。"

他们默默地坐了几分钟，只有猫头鹰的叫声从外面某个地方传来。让钱德拉感到高兴的是，当他们俩在一起时，苏尼会现出他的本来面目。但是，他担心他儿子。在大庭广众之下穿戴这样一副沉重的甲胄，肯定会疲惫不堪。

"他夸夸其谈，不是吗？"苏尼说，"我说的是史蒂夫。"

"是呀，他就是这样，"钱德拉说，"不过他是好意。"

"看见他和妈妈在一起，感觉挺怪的。"

"我很抱歉，苏尼，"钱德拉说，"这肯定让人觉得难受。"

"我更担心你。"

"我担心拉达，"钱德拉说，"我不知道怎么和她说话。"

"那好，现在你的机会来了。"

他们穿上风衣，围上围巾，准备回寺院，中间经过了印度教隐修处和多洛莉丝的房屋。钱德拉仍不知道对拉达说什么。他们就政治问题争吵了那么多年，让人觉得他们无法用其他方式沟通。

当他敲拉达的门时，他发现她坐在地板上冥想，肩膀上搭着一条印度围巾。

"啊，"他说，"抱歉。"

"进来吧，爸爸。"拉达说。

他们再次面对面坐着。钱德拉心烦意乱，拨弄着他过去戴结婚戒指的地方。拉达也在做同样的事情，不过就他所知，她从没戴过戒指。那也许是她从他那里学来的一种姿势。就连她夹烟的方式也和他过去一样。他们有相同的围巾、相同的笑。

"你为什么这么生我的气？"钱德拉问道。

她把视线移开了："我现在没生气。我过去生气。我现在没有。"

"为什么？"

"你知道为什么。"

"因为你信仰马克思主义，我信仰贸易。那又如何？我不是个法西斯。你难道会以为，我会让人去死？"

"不，"拉达轻声说，"我可以想象得到，普拉卡什伯伯会那么做。"

"啊，"他说，"哦，好吧。那不一样。"

"我以为我在反叛你，但我不过是从一个大人走向了另一个大人。"

"我现在不那样了。我知道你说的是什么，但我现在不那样了。"

"那和政治没有一丁点儿关系，爸爸。"

"然后呢？告诉我。"

"爸爸，我当时应付不了这个。以后再谈，好吧？"

"你应付不了任何人，拉达。你没有应付，就那样消失了。"

"爸爸，请不要说了。我们以后再谈这个。"

"看看贾斯敏遭遇了什么，拉达。想想我经历的事情。你只想折磨我。"

"不是，爸爸，根本不是那样。但是，我们就不能以后再谈这个吗？"

"你还抽烟，你还咒骂我，你觉得这样做挺好。'那个老杂种，随便他怎么说吧。他冷酷无情。'"

他过去总是这么和她说话。他正在故态复萌。拉达和他太亲密、太熟悉。这让他缺乏谨慎，仿佛说什么都行。

"我知道你并非冷酷无情，爸爸。如果你觉得不顺眼，那我以后不在你面前抽烟、咒骂就是了。我现在头疼，我累了。我觉得我要感冒了。我受不了。我想和你谈谈，但不是这样谈，也不是现在谈。"

"你在邮件里说你感到抱歉。"

"我是感到抱歉，但是因为没有联系你。那是我的不对。"

"你太娇生惯养了。那是我的错。是我把你养成这个样子的。如果我和你的这个马可谈谈，我肯定他会和我说同样的话。"

"我必须离开这儿了。"

拉达朝门口走去。她行动缓慢，但毅然决然，就像一艘出海的远洋客轮。

"别啊，拉达，"他说，"来呀。让我们好好说说这个。"

"爸爸，"拉达说，"可以呀。我只是要去吃晚餐了。我们以后可以谈。"

"不，拉达。来呀。"

"爸爸，"她一边说，一边把手放在门把上，"我真的要去吃他娘的晚餐了。耶稣基督呀，我无法相信你会把马可扯进来！"

"不会的，不会的，我不会什么话都说。"

"那是因为你，爸爸。如果我没有你这个大家长或父亲，我也不会离开一个喜欢虐待的男人，去找另一个喜欢虐待的男人。你现在明白了吧？"

"你什么意思，'虐待'？你说我虐待你？"

"是的。"

他站了起来："你居然敢说这样的话！"

拉达离开了。夜晚的空气冲进屋内，寒冷刺骨。钱德拉用手捂住脸，想拔掉他的头发。他没有那么做，而是坐在床上，狠狠击打了几次枕头，然后站起来，抚平夹克和裤子上的褶皱，朝主建筑走去。

天气现在冷多了，黑暗一如昨夜。如果没有库房的灯，那么他很可能会摸不着东南西北。他到了主建筑，甩掉鞋子，眯起眼睛，透过玻璃门朝里面看，直到看见拉达。她指着那幅画着日本妖怪的画，笑着。她的眼睛依然那么大。在她小的时候，他为它们唱了一首歌。"大眼睛，大眼睛，它们比电视上的大眼睛好看，大眼睛，你快点儿睡吧。"

　　钱德拉想离开，但就是找不到他的鞋子。外面太黑了。尽管那里是有几双鞋子，但似乎没一双是他的。他开始失望地踢它们，然后放弃了。他费力地把一双靴子穿到脚上，连鞋带都没系，也不在乎它们属于谁。他跌跌撞撞地在黑暗中走着，向他的小屋走去。到了小屋外面，他脱掉靴子，使出浑身力气，把它们投进了树林。

　　到了屋里，他插上门，爬下梯子，扑到床上，闭上了眼睛。

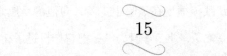

15

钱德拉在圣诞节的早晨醒来。覆盖在山巅的积雪更加醒目,像个好奇的老人,俯瞰着寺院。钱德拉穿上网球鞋,向禅堂走去。他在主建筑的门厅里发现了他小牛皮做的皮鞋,想起他把某个倒霉蛋的靴子投进了雪里。假如它们还没有被积雪覆盖的话,稍后他会寻找它们。夜里又下了一场雪。

贾斯敏在厨房里,正在把洗碗机里的东西取出来。她上身穿棉衬衫,下身穿牛仔裤,但在钱德拉看来,由于她的头发只有一英寸长,她看上去仍像个尼姑。

"圣诞快乐,爸爸。"她说。

"圣诞快乐,贾斯敏。"

"爸爸,"贾斯敏说,"需要给你说一件事。拉达走了。她在坐禅前离开的。我的意思是,她的行李箱还在房间里,但她的手机关了,她也不在苏尼那里。"

"啊，我的上帝呀。"他说。

"爸爸，不用担心。瞧呀，妈妈来了。"

珍妮大步走进房间，摘下她的羊毛帽，把它塞到口袋里，吹着她的手指。史蒂夫跟在她后面，穿着一件黄色的连身衣，让钱德拉想到了金手指[1]。

"早上好，查尔斯。早上好，贾斯。圣诞快乐。"

"拉达走了，"钱德拉说，"我们吵了一架。"

"啊，查尔斯，"珍妮说，"不要再吵架了。"

"不是那回事，妈妈，"贾斯敏说，"她会回来的。"

钱德拉想起了帕姆。他记得，当她离开研讨班时，别人曾向他保证，她会回来；等她回来了，他为没有压抑自己的情绪感到高兴。但是，这次是拉达。如果拉达气冲冲地走出一个房间，那么她有可能数年后才回来。

"很可能是那样，"钱德拉说，"我很抱歉，珍妮。"

"唉，查尔斯。"珍妮一边说，一边捏了捏他的胳膊。他注意到，她没有和他对视。"你千万不要逼她。"

"我知道，"他说，"我现在知道了。"

"她太要强，那个女儿，"珍妮说，"和你一样，查尔斯。"

"那我们去找她吧，"史蒂夫说，"来吧，钱德拉塞卡，如何？难道有马队来这儿？"

"如果她搭了便车，那你去哪儿找她呀？"珍妮说。珍妮自己

---

1 电影《007》中的人物。

过去就喜欢搭便车。在钱德拉看来，这种习惯差不多和吸食冰毒一样不明智。

"胡扯，"史蒂夫说，"她可能去哪里散步了，我们会把她找回来，是吧，钱德拉塞卡？"

"是的，"钱德拉说，眼睛盯着地面，"没错，我们会把她找回来。"

在门厅里，钱德拉注意到，史蒂夫穿着一双卧室的拖鞋。钱德拉想对他说，外面多么潮湿，但突然意识到了原因：他扔进树丛中的靴子是史蒂夫的。等他们回来后，他会去寻找它们。

在停车场，钱德拉的越野车覆盖着积雪，一堵雪墙环绕着轮胎。史蒂夫则有精于算计的先见之明（性格多疑的男人都这德行），把他的林肯车停在了两棵冷杉树下。钱德拉上了车。史蒂夫把一罐"星巴克双份浓缩咖啡"扔到后面，发动了引擎。

"你怎么看TTIP[1]，钱德拉塞卡？"史蒂夫一边说，一边挂上倒车挡。

"你说什么？"钱德拉说。他透过车窗，望着外面那些巨大的雪堆。

"跨大西洋贸易和投资协议。"史蒂夫说。

"伙伴关系。"钱德拉漫不经心地说。他的眼睛仍然盯着外面，想象他也许会看见他的女儿蜷缩在一棵树后面，就像战争片中的狙击手。

---

1 "TTIP"是"Transatlantic Trade and Investment Protocol"的首字母缩写，意为"跨大西洋贸易和投资协议"。

"是啊，正是如此，"史蒂夫说，"你支持吗？"

"我不知道，"钱德拉说，"这对贸易流动有好处。但是，请不要在拉达面前讨论这个问题。"

"没问题，"史蒂夫说，"没问题，肯定的。我的意思是，我认为不是所有的左派都反对它。问题比那更为复杂，不是吗？"

钱德拉摇摇头。这样的问题不值得回答。

他们抵达了主路。天空近乎白色，他们下面的山谷也是。他们经过印度教隐修处和通向苏尼房屋的岔路。苏尼的房屋宛如山顶的一块巨石。

"有趣的家伙，你的儿子，"史蒂夫终于说，"为了他一个人，他把整个地方都租了下来。"

"为了我们大家。"钱德拉说。

"好吧，那挺慷慨的。不过，我怀疑他喜欢一个人待着。我也是这样。小时候和另外四个人共用一个房间，真受不了。"

史蒂夫打开收音机，开始哼曲子。在钱德拉看来，在这种情况下，这种做法真是少见。

"是呀，"钱德拉说，"苏尼挺会照顾他自己的。"

"你肯定为他感到骄傲。"

"当然了。"

"就是有点自恋。"史蒂夫说，拐向右边。

"什么？你说什么？"

"苏尼。我的意思，他是个不错的家伙，可他……你也知道，像一幅漫画，想让每个人都知道他有多么重要。在我看来，他想引起你的注意。在成功男人的孩子中，这太常见了。如果他不成功，那他就真的麻烦了。"

"苏尼没什么问题。"钱德拉说，他数着他的呼吸，数到了四，"谢谢你，史蒂夫。"

"是的，当然了。我那么说没有任何意思。"

"求你了，只要找到我的女儿就行。"

他们默默前行，经过了藏传佛教寺院。钱德拉的头来回转动，眼睛看着一侧一成不变的树林和另一侧的山谷。

"史蒂夫，"他说，"你完全可以说出你的想法。对贾斯敏来说，你比我更像个父亲。老实说，我还是能听得进去一些建议的。你把我送到了伊莎兰，我还没谢你。我需要它。假如我没去那里，那我就不会意识到，我是个多么糟糕的父亲。"

"瞎说什么，你做得挺好的！"史蒂夫说，"重要的是，为了他们，你来到了这儿。谁还能要求你什么？上帝知道，你是个比我好的男人。"

过去，在伦敦政治经济学院，有个教授经常对钱德拉说："你是个比我好的男人。"接着会说起《古庙战茄声》[1]。史蒂夫现在是要诉诸种族歧视语言吗？

"那儿。"史蒂夫说，放慢了车速。

"那儿怎么了？"

史蒂夫指着右边。钱德拉只看见了一片雪原，以及它下面的一

---

1 《古庙战茄声》是于1939年首映的一部电影，表达了对印度人民的同情。

座低丘。

"脚印啊。"

"啊，"钱德拉说，"哦，是的。"

在新下的雪里，脚印显得很深、很黑。钱德拉有些恼火，因为史蒂夫证明自己更善于追踪。

"我在这儿等你，"史蒂夫说，"希望你不要介意。"

钱德拉看着史蒂夫的脚。"不会的，"他说，"不会的，史蒂夫。"

他下了车，跨过排水沟。尽管他自己的穿着打扮几乎不适合来一场斯科特队长[1]那样的冒险，但他还是试图把他的脚踩到他女儿留下的脚印里，避开他周围齐脚踝深的雪堆。他的上方有一片孤云，略带粉红色，是这个地方唯一有色彩的东西。

钱德拉到了山顶，气喘吁吁，大汗淋漓。他回过头，看见史蒂夫的林肯车像个巨大的黑靴子，被丢在了雪里。前面有个停车场。停车场的一个标牌提醒来访者留意他们的贵重物品。在这个标牌后面，还有一个标牌，上面写着：小佛寺（五百米）。他能够看见拉达的脚印向那里延伸过去。他的鞋子现在湿透了。他朝小佛寺走去。

钱德拉想起了他在《纽约客》上看到的一幅漫画。在漫画中，一个男人爬到一座陡峭的悬崖上，见到一个印度教大师。大师对他说："低买，高售，保持多样化。"这是他喜欢的那种笑话，不过他怀疑他的家人不会觉得它可笑，其中包括史蒂夫。

1　斯科特队长（1868—1912），英国探险家，于1912年抵达南极。

他现在能够看见他前面有一座建筑。这座建筑几乎是方形的，除了顶部，完全是用玻璃做的。他能够看见里面有一个插着花的大花瓶，还有一尊佛像。

"爸爸，进来吧。天气真冷。"

拉达站在门口。她上身穿一件宽松的灰毛衣，下身穿一条军裤，头发向后绑着。雪花在她的脸周围纷纷落下。她握住门把手，为他打开门。他感到害怕，就像一个在劫难逃的门徒，面对着一个脾气坏得出了名的修行者。

里面很暖和。地板上铺着地毯。北墙上画着坛场，非常精致，只是有些褪色、破旧。塑像不是佛，而是一个女人。她坐在莲花座上，展开一个手臂，头戴冠冕。拉达用垫子和围巾给自己围了一个窝窝。她旁边放着一个暖水瓶、一袋三明治和一些水果。

"我以为你走了。"他说。

拉达靠在墙上，身后是一组暖气片："我就想换换环境。这里比较清静。"

"一路走过来，挺冷的。"

"我穿了一件保暖的夹克。"

"我以为你走了。"他又说了一遍。

"哦，爸爸，"拉达说，"没什么。"

他就要哭了，她能看出来。当她抱住他时，他感觉她就像那座青铜女神，从圣坛上下来了。他能够看见她肩膀上灰毛衣的一角，他的一生似乎都显现在那里面。

"我很抱歉。"他说。

"我知道。"拉达说。

"我很抱歉。我爱你。"

他不应该道第二次歉。这让他故态复萌，让他的刻薄劲儿又回来了。她是那个背弃他的人。她是那个禁止别人对她的所作所为、胡作非为说三道四的人。两年。她击败了他，并且她知道这一点。

拉达似乎感觉到他的变化，放开了他。他盘腿坐下，手放在膝盖上。

"我真的不喜欢你那样说马可，爸爸。"

"谁？"

"那个和我一起生活的家伙，记得吗？那个勤奋、正派的公司律师。"

他一点儿也想不起来他说过马可什么了。

"我记得你说他没那么正派。"钱德拉说。

"是的，他是没那么正派，爸爸。事情就是这样。老实说，还远不止此，但鬼才知道你为什么要对此有看法。你甚至都不认识他。"

"他打过你吗？"钱德拉问道。

"没有，我倒是揍过他几回。"

"啊？"

"他是个浑蛋，爸爸。只要相信我说的话就行。"

"好吧。"

拉达叹了口气："他比我大差不多十五岁。他挣了一大堆钱。这让他觉得自己挺了不起。无论我做什么，他都会对我说我会'懂的’，要不就说我‘还嫩着呢’，要不就会拍拍我的头说，我动不动就激动，挺可爱的。我靠他养活，他认为这意味着他可以把我当出气筒。他魅力四射，而我真的是个傻乎乎的棕色小女孩，就知道向警察投鸡蛋。这意味着他可以用轻蔑的态度对我。听起来很熟悉吧？”

听起来的确很熟悉，但钱德拉不认为这会让马可成为一个“浑蛋”，还谈不上。他以南印度那种双螺旋的方式摆着头，意在一下子把要表达的意思都表达出来。

“我不是在责怪你，爸爸。我只想说，有一种模式。就像你习惯了人们的羞辱，于是你就去找人羞辱。你选择了你一直在试图摆脱的东西，因为你就知道它，因为在成长的过程中，你把蔑视和爱联系在了一起。没错。我花了一年的时间治疗，才明白了这一点。”

“我或许也应该治疗一下。”钱德拉说。

“好吧。你治疗了，不是吗，你和妈妈？”

钱德拉看着地板上的垫子，以及旁边的暖水瓶。

“你是怎么知道的？”

“唉，爸爸，那没什么丢人的。”

小时候，钱德拉曾相信他的父母非常成功。现在，他知道，他们和他一样失败。人就像那些被风吹到墙上的雪花，无人能懂。

“圣诞快乐，爸爸。”

“圣诞快乐，拉达。”

他们相互看着，直到拉达把视线移开，说：“你不可能知道这一点，但我对妈妈的怨恨超过对你的怨恨，爸爸。我无法相信她为了那个……离开你……"

"然而你决定和我断绝联系。"

"那就是原因，"拉达说，"我和你更亲近。你没看出来吗？"

"没有，"他说，"没有，我一点儿也没看出来。"

"我一直认为你无所不能，爸爸。就好像我一直活在你的阴影里，无法看到我自己。我一直试图打破你。就好像那是我成为我自己的唯一方式。但是，我不能。那不可能，那让我生气。但是，接下来，妈妈做到了。她轻轻松松就做到了。她真的把你大卸八块了。你那个样子，让人难过。我希望你反击，但你只是变得更……我不知道，被击败了。我真的需要逃离。我需要把注意力集中在我自己身上。听起来有些自私，我知道。"

她泪眼婆娑。

"我觉得，眼睁睁看着你的父亲那么可怜，并不容易。"钱德拉说。

"你不可怜，爸爸。你就是太有人情味了。那就是我想明白的东西。"

在她小时候，有一次，钱德拉打扮成了圣诞老人的模样。拉达和苏尼把他当成真的圣诞老人，像崇拜明星那样崇拜他。在那奇妙的半个小时里，他像所有的圣诞老人的扮演者那样，假装喝醉了，操着男中音说话。他们盯着他，仿佛他真的是圣诞老人下凡。

"是呀，"他说，"我也要把它想明白。"

"你太有人情味，把我气坏了。你还让我感到生气的是，你假装你没有人情味。我不明白，爸爸。你们为什么都这么做呀？你为什么假装搞定了一切？"

"搞定？"

"就好像你什么都懂。好像一切尽在掌握。就好像你没有过失，没有困惑，没有……一切。怎么说？我的意思是，我真的相信。我该有多傻啊？真的以为你像个神。不要说每个人都这么看他的父母，因为那不是事实。存在一些类型，比如你、普拉卡什伯伯……还有马可。那真的太……令人信服了，但我想说的是，怎么可能掌控一切呢？怎么才能做到？每个人都能做到？"

"我去年心脏病发作了一回，"钱德拉说，"我掌控不了那个。真吓人啊。我觉得像我这样的人，以及普拉卡什，也许还有马可，我们不想担惊受怕。"

钱德拉以前根本不知道他居然会说起这个。他是在情感勒索中长大的。搞情感勒索的有他的祖母、他的父亲、他的两三个姑姑和叔叔。他自己就是个情感勒索大师，在可怜、可悲、恐吓、无理取闹间摸爬滚打，伤痕累累。但是，现在，他和他的女儿却在聊这个。

"我觉得我也曾那么做过，"拉达说，"有一阵子吧。那是胡扯，完全是胡扯。我的意思是，那从来都无关政治。我就是想打破你。"

"好吧，你成功了。"钱德拉说。

"没有。你反倒变得更大了，大得我永远也不可能达到。我不想变大，爸爸。那太累人。"

"是呀，是的，"他说，"我真的以为我能做到，你懂的。我以为如果我下足工夫，够努力，我就能掌控一切。我觉得那也会影响到你的母亲。我没有意识到，她不在乎我是否获奖。"

"你以为如果你获得诺贝尔奖，你和妈妈的关系就会好起来？"

"我觉得如果我获奖了，她就会回来。"

有那么几年，钱德拉曾梦想自己打着白领结、穿着燕尾服，珍妮穿缀着银片的长袍，在卡尔·古斯塔夫十六世面前鞠躬，他的孩子鼓掌喝彩；世界各地的夫妇们拥在电视屏幕前，知道在斯德哥尔摩，有两个人光彩夺目，如此完美，以至于世界将永远是一派祥和景象。

"那是精神有病。"拉达说。

"我知道。"

"如果你获得了诺贝尔奖，我会为你感到骄傲，爸爸。"拉达说。

"这不重要。"

"我知道。"拉达说，盯着他的眼睛。

"我有什么办法呀？"他说，摊开手，"我觉得那就是一切。"

"你对我们也那样，爸爸，"拉达说，"你让我们觉得，因为我们取得不了你那样的成就，所以我们无足轻重。"

钱德拉想爬到垫子下面，然后出现在他在剑桥的床上，或者出现在办公室里，有一堆工作要做，旁边最好放一杯浓咖啡。

“是呀，”他说，“我能看到那一点。”

他闭上眼睛，想象他的女儿因为饮血而沉醉，在他的尸体上跳舞。她现在把一切都带走了，他那些求学和奋斗的岁月，他在一个热得过头的办公室里用一支软铅笔写的数千页文字，那种他从来没有承认过的困惑，那颗他驱使到失灵、破碎的心。

“没什么，爸爸，”拉达说，“我只是需要一吐为快。”

“我为你感到骄傲，”他说，“我为你感到骄傲，因为你知道这一切，以及你正在对我说的所有这些事情。你比我知道的多得多。我现在也在努力理解这一类东西。很难，但……知道你年纪轻轻就懂这些，感觉真好。”

“爸爸，”拉达说，“我就想普普通通的，你知道吗？成为一个普普通通的人。”

“可你不普通，”他说，“我根本不觉得你普通。”

“你也不普通啊。”拉达说。

“在伊莎兰，他们说我是个人物。”

拉达哈哈大笑：“你是个人物。”

“也许我们都是。”钱德拉说。

“史蒂夫不是，”拉达说，“他真他娘的太普通了。他是个普通人。”

“我不怪史蒂夫，”钱德拉说，“他对贾斯敏挺好的。对我也是，在某些方面。他开车把我送到了这儿。他在路上等着我们。我把他的靴子丢进了树丛，害得他只能穿拖鞋。”

拉达哼了一声：“你把他的靴子扔进树丛了？”

"我不是故意的。"

"接着说呀，"她说，"你可以说说。没什么的。"

"说什么？"

"来呀。史蒂夫是个傻蛋。说呀。"

"为什么说这个，拉达？他当然不是。"

"说呀，爸爸。就为了你，为了我，为那儿的女神。说呀。"

"史蒂夫是个傻蛋。"钱德拉说。

"再说一遍。"

"史蒂夫真他娘的是个傻蛋。"

拉达咧开嘴，笑了。钱德拉也咧开嘴，笑了。

"我们回寺院吧？"他说，"我饿了。"

"我想待在这儿，再冥想一会儿，爸爸。"

"还过圣诞节吗？"

"还不到十点呢。"

他看了看他的腕表。没错。

"那我回头过来接你，等你准备好了？"

"步行只需要半小时，"拉达说，"我自己能行。"

"天气冷。"

"谢谢你来，爸爸。"

那就像一场工作面试的终结。"谢谢你来，你的履历表将会被放进碎纸机里。"

"那回头见吧。"

"好的，没问题。"

他站起来，朝门口走去。拉达已经坐在垫子上，把围巾围到她的肩膀上。

天空现在不仅没有太阳，连粉红色也不见了，但云又多了几片，让山谷显得更小。他步履蹒跚地走下山坡，感觉自己就像喜马拉雅雪人。他的脚湿漉漉的，让他再也不在乎踩到哪里了。

等到了车前，钱德拉冻得浑身发抖。史蒂夫已经把他的座位向后倾斜，正在听收音机。他听到拍门声，就坐了起来。

"你找到她了？"

"是呀，"钱德拉说，"她在冥想。"

"我们等她吗？"

"用不着。"

史蒂夫打开音乐，调直了他的座位。

"很好。"他一边说，一边发动林肯车。

"史蒂夫，"当他们驶离时，钱德拉说，"我为揍你道歉。那件事是我不对，你说我的所有话都是对的，我对权力的需求，等等。你说得太对了。"

"你能这么说，我很感激。"史蒂夫说。

钱德拉哈哈大笑。

"好笑吗，钱德拉塞卡？"

他想起来，拉达让他说史蒂夫是个傻蛋。

"可我也是有原因的，史蒂夫。"

"我道过歉了，钱德拉塞卡。"

"我说的是珍妮，"钱德拉说，"你拐走了她。干这种事太残酷、太卑怯。"

"这真的要看你怎么定义卑怯，我的朋友。"

"我根本不知道你在说什么，史蒂夫。"

史蒂夫停了车。印度教隐修处在道路的另一侧，距离寺院仅有一箭之遥。

"你说得对，钱德拉塞卡。我们对你撒谎了，那是错的。还有，没错，我对你揍我感到生气。那让人觉得有些幼稚。成年人不应该打架。"

"我不是说你活该，史蒂夫，我说的是，我是有原因的。无论如何，正如我对拉达说的那样，珍妮和你在一起更开心。你给了她我从没给过的呵护。"

"我认为珍妮再也不需要呵护了，"史蒂夫说，"她过去需要，但过了一段时间后，她就不需要了。此外，也许是你把她送到这儿的。"

"于是我就把她送给了你？"钱德拉说。

"可以这么说。"

隐修处前面有一个雪人，雪人的脖子围了一圈金属箔。不过，钱德拉现在意识到，那根本不是雪人，而是一座象头神塑像。象头神的鼻子从雪里伸出来，好似一架潜望镜。

"我只是想说，也许你们的婚姻该到头了，钱德拉塞卡。我的第一次婚姻也是那样。我前妻现在和别人在一起，过得很幸福。我没觉得难过。我为她感到高兴。这一点，我跟贾斯敏解释过：离婚并没有我们以为的那么反常。人并不一定要白头偕老。我也对拉达说过这个。"

"你和拉达聊得多吗,史蒂夫?"

"聊过,不多。她到家里来过。"

史蒂夫发动引擎,再次开动车子。

"听着,钱德拉塞卡,她们不是我的孩子。我知道,可我爱她们。也许不像你那样爱她们,而是以我自己的方式。我在她们的生活中扮演了一个角色。但是,就算我再怎么努力,我也不可能取代你。我希望你这下子应该明白了。"

钱德拉点了点头:"你对她们的了解永远也超不过我,史蒂夫。"

"我知道。"

他想起了史蒂夫教贾斯敏吸毒,想起了她在法庭上害怕的样子,想起他发现她蜷缩在一个垃圾桶旁,眼睛直勾勾地看着月亮的情形。

"可你对拉达说起过我吧?"

"几乎没说过。"

"到底说过还是没说过?"

"我听她说起过你,钱德拉塞卡。也许那就是区别。"

"什么之间的区别?"

"你好像生气了,我的朋友。你问问你自己,你的什么需要没有被满足?"

"我对一个回答的需要,史蒂夫。"

"那好吧,说过,"史蒂夫说,"我对拉达说起过你。我和她们每一个都说起过你。她们当然爱你，但她们也憎恨你。我理解这一点。有一段时间，我的孩子们也憎恨我。"

他们现在正在进入停车场。史蒂夫把车停在了以前的冷杉树下。

"可我的孩子们为什么憎恨我？"钱德拉问道。

"我觉得你知道原因。"

"给我说说。"

"就像我以前说的，"史蒂夫说，"你是个了不起的父亲，但你需要放弃控制她们的企图。我一直在和珍妮说这个。只要你给她们一点儿空间，她们就会回到你身边。没人喜欢判官。没人喜欢暴君。"

"你以为我是个暴君？"

"其实不是那意思。那就是个说法。"

"那究竟意味着什么？"

"那意味着，"史蒂夫说，"就我听到的情况来看，你有时候比较专横。我觉得她们之所以躲着你，原因也许就在这里。"

"好了，这表明你对我的家庭真是知之甚少，史蒂夫。"

"钱德拉塞卡……"

"你对我的名字的发音真是太糟糕了。"钱德拉打开车门，雪花扑面而来，"你要是找你的靴子，它们在树林里。"

钱德拉向主建筑走去。透过办公室的窗子，多洛莉丝在向他挥手。他也挥了挥手，希望她没看见他有多么愤怒。

抵达他的小屋后，钱德拉洗了个澡，然后上床，用被子蒙住了头。他很快就睡着了。爬了那座山丘之后，他已是精疲力竭。

等他醒来时，有人正在从梯子上下来。

"查尔斯？"

他没有动。如果他没动，她也许就会离开。

"查尔斯，我知道你能听见我说话。"

他希望她不要把被子拽开，让他穿着背心和短裤的躯体暴露出来，像个上完体育课的小男孩。他把注意力集中在他的呼吸上……一、二、三。

"你怎么能把史蒂夫的靴子扔掉？我知道你憎恨他，但你的心眼儿也太小了，居然能干出那么愚蠢的事情……我的意思是，你以为你是谁，三岁的小孩儿吗？他没带别的鞋子。如果我拿了你的鞋子，会怎么样，查尔斯？查尔斯？我知道你能听见我说话。"

他数着他的呼吸，又数了十二次。她还在那里，盯着他盖着羽绒被的蠢笨的躯体，盯着那些宛如月球表面的凸起和凹陷的地方。但是，他现在能够听见她的休闲皮鞋踩在梯子上，听见他头顶的地板上响起的她的脚步声，听见开门和摔门的声音，他的整座小屋都在打战。

他等待着。她真的走了吗？或者，这只是个花招？

不。就剩下他一个人了。珍妮离开了，又一次。

钱德拉继续睡觉，陷在床垫中。他相信他在海上，他的舷窗外是灰色的惊涛骇浪。有人敲了两次门，中间隔了半小时，吵醒他两次，但没人进来。他听见有人说话，某个说德语或他以为是德语的语言的人，还有人在那里嚷嚷蔬菜不够。一辆车停下来，一个声音高喊"圣诞快乐"。还有人在笑，仿佛他们说了可笑的话。

等到他下了床，时间已经是圣诞节下午一点三十七分。他迟到了。在索尔和多洛莉丝的房屋里举行的聚会已经开始。

钱德拉刮了胡子，洗了澡，再次穿上他的蓝色夹克、灰色休闲裤、黑色针织袜。他还打了一条领带，那是院长在剑桥送给他的。他将会成为聚会上唯一打领带的人，但这天毕竟是圣诞节，规矩还是要讲的。

钱德拉离开他的小屋，看见史蒂夫在树林里，猫着腰，用一根棍子戳着雪。

"史蒂夫。"他说。

史蒂夫抬起一只手打招呼。钱德拉注意到，他穿着长筒胶鞋，可能是借的。

"我觉得他们在那儿了，史蒂夫。"他说，指着右边。

史蒂夫挪动着步子，又戳了起来。钱德拉踩着积雪，过去帮忙。他先是用脚踢踢地面，然后蹲下来，用手扒拉。又过了五分钟，史蒂夫找到了靴子。它们看上去至少是防水的，并且一直就躺在他们身边。史蒂夫用戴着手套的手把它们拿起来，转身离开。

"史蒂夫，"钱德拉一边说，一边步履蹒跚地向他走去，"我没意识到靴子是你的。我很抱歉，真心的。我再也不想吵架了。"

钱德拉喘着粗气，呼出的气体白得就像点燃的香烟冒出来的烟。

"没什么可说的，"史蒂夫说，"这很正常。所有这一切。你肯定不喜欢我。"

"这话不对。"钱德拉说。但是,他知道他在撒谎:他肯定不喜欢史蒂夫。

"在这个问题上,我们真的必须努力,有成年人的样子。"

"我觉得,截至目前,我在那方面做得还不够好。"

"我今晚会努力把你们五个单独留下来。如果我压根儿不来,珍妮会觉得很奇怪,但我会给你们几个小时的时间。"

"谢谢。"

"我真的非常尊敬你,钱德拉塞卡,但我猜,我也不太喜欢你。至少现在不喜欢。"

"我能理解。"钱德拉说。

"我也是有感情的人。我知道你是受到伤害的那个人,可我也不易啊。"

"是呀。"钱德拉说。他根本不在乎。

"我猜你又会愉快地揍我的鼻子,会吗?"

钱德拉想象自己击中了史蒂夫的背部,一股鲜血从史蒂夫的鼻子里流到了雪上。

"我们不一定非要成为朋友。"他说。

"但我们可以成为外交官,"史蒂夫说,"成为政客。"

史蒂夫伸出了手。钱德拉抓住他的手,晃了晃,直视着他的眼睛。

"好了,"史蒂夫说,"我要先把我的靴子弄干,然后去参加聚会。"

"回头见,史蒂夫。"钱德拉说。

他迈开脚步，沿着小径走着。他知道史蒂夫也要走那条小径，但他不在乎。再也不必道歉了，这让他感觉很好。他的鞋和袜子湿透了，但没什么大不了的。怒火在他的心里燃烧。他喜欢这样。

到了主路上，由于没了建筑物的遮蔽，感觉更冷了。一层厚厚的乌云覆盖着群山。索尔和多洛莉丝的房屋是一座用黑木做的大平房，坐落在通向山谷的斜坡的中途。车道两旁悬挂着中国式灯笼，亮闪闪的，穿透了灰色的空气和细雪。钱德拉敲了敲门。等到门开了，他嗅到了雪利酒和蛋糕的味道。

一条臭烘烘的大黑狗向他扑来。

"拉玛！"站在门口的索尔喊道，"拉玛，别那样。抱歉，钱德拉。"

"没什么。"钱德拉说。他冲那条狗笑笑，希望他可以给动物收容所打电话。

"进来吧，进来吧！"

"我忘了带礼物。"钱德拉说。他脱掉鞋子，意识到他把礼物都留在了小屋里，其中包括他在纳帕买的两瓶葡萄酒。

"哦，没什么，你人来了就好。我们这里没那么多讲究。请进来吧。外面真够冷的。"

他跟着索尔进入门厅。索尔拽着那条狗的颈圈。他们朝客厅走去。客厅里有一棵假的、高到天花板的银色圣诞树。三张沙发围成半圆，上面坐着几个和尚。房间里飘荡着平·克劳斯贝的歌。一根大圆木在壁炉里燃烧着。多洛莉丝朝他走过去。她穿着一件无袖银绿色裙子，让她看上去像一条美人鱼。她吻了吻他的脸颊，然后拉着他的手，领着他进了索尔的书房，然后关上门，上下打量着他。

"听着，你不要把这太当回事，但我们有几个问题。"

"拉达？"

"不，不是拉达。贾斯敏。"

"贾斯敏？"

"挺糟糕的，但还没糟糕到那种程度。今天早上，我们中的一个人好像逮着她抽大麻烟卷。"

钱德拉想找个地方坐下，但桌子和椅子离得太远。

"啊，上帝呀。"他向后退了几步，碰到了书架，把两本精装书碰到了地面上，"怎么可能会这个样子啊？"

"只是大麻，"多洛莉丝说，"不是冰毒。其实吧，大麻在科罗拉多是合法的，但它的确违反了她在这里待着的条款，因此我们很重视这个。为了她，也为了我们，我们最后觉得，她必须回家待一段时间，就像停学。她以后还可以回到我们这里来，但她首先应该知道，这很严重。"

"真可怕呀，"他说，不敢看多洛莉丝，"可怕啊。"

"唉，不要这样。坐这儿。"多洛莉丝从桌子后面推出转椅。"喝一口这个。"她把一杯白兰地放到他的手里，"没事的。人生之路上出了点儿问题而已。"

"拉达呢？"

"她在宿舍里安慰她的妹妹。会好起来的。她们一会儿就来。到了那时候，我们的鹅就要第三次投胎了。我重生在人世间彻底没戏了。我的意思是，杀死一只鸟是一回事，但在那个可怜的生灵的来世还折磨它……"

"这么说，她们谁都不在这儿？"

"她们会来的。"

"她为什么这么干？"

"这是圣诞节，"多洛莉丝说，"圣诞节就会出这样的事。"

钱德拉看着杯子从他手里滑落，细柱般的金色液体流淌下来，宛如一把剑。他发现自己也跟着杯子倒在地板上，手先着地，然后是他的整个身躯。

"钱德拉！"多洛莉丝喊道。

他现在躺在地板上，眼睛看着椅子腿。多洛莉丝把一个垫子塞到他的头下面。他注意到，他不觉得疼。他放下心来：这不是心脏病发作。

"你千万别往心里去。"她说。

钱德拉闭上了眼睛。他能够听见多洛莉丝在喊她的丈夫。

自从一年前在剑桥被自行车撞了，他还从来没有感到这么无助。但那时，尽管他不知道，但他的确犯了心脏病。现在，他的身体没有问题。出问题的是他的家人，这要糟糕得多。

索尔进了房间。那条狗也跟着进来，围着他转圈，大有要舔他的脸的意思。索尔及时抓住它的颈圈，把它拖到了门外。回来后，索尔一边把一杯白兰地塞到钱德拉手里，一边说："给你。"

"谢谢。"钱德拉说。他充满感激地喝了一大口。

他闭上眼睛，觉得内心几乎是平静的，只能察觉到他嘴里白兰地的余味。过去的七十年就像一场令人不快的梦，他几乎想不起来了。在系里举办的那么多的晚宴，那么多专题报告、课程之后，他曾经渴望躺在地板上，闭上眼睛，就像现在这样。但是，他脑子里响起了贾斯敏的声音。他想起了她的脸，那一朵小小的、娇柔的花。他必须起来。游戏必须进行下去。他又痛饮了一口白兰地，让索尔把他搀扶了起来。

"现在感觉怎样？"索尔一边问，一边用一只手按摩他的脖子。

"没事了。"钱德拉说。

16

一个小时后，史蒂夫和珍妮到了。史蒂夫穿着他的靴子。他很可能用吹风机吹干了它们。珍妮甚至不愿意正眼瞧钱德拉，而是径直朝躺在火炉旁的地毯上的狗走去。珍妮喜欢狗狗。在他看来，这也是她离开他的原因之一。

贾斯敏和拉达随后也到了。贾斯敏破天荒头一回没去厨房。她独自坐在那里，看着一册影集。虽然不是那么咄咄逼人，但她的举止像是在说："离我远点儿。"钱德拉想走到她身旁，但知道他应该等待时机：她是有备而来的。

拉达坐在索尔旁边。索尔坐在钱德拉旁边。她设法参与聊天，但说的又是些不痛不痒的话。钱德拉为她感到骄傲。他花了好几年时间，才掌握了这个诀窍。索尔正在给她讲他在海军陆战队的经历。

"我真喜欢把东西炸掉。老实说，我很想去越南，于是我排在了第一排，但他们把头十个人派到了冲绳。冲绳碰巧又是空手道之乡。于是我就去了那里，一句日语也不会讲。我跟一个老师学了空手道，他一句英语也不会讲。每节课结束时，我们会坐在一尊佛像面前，坐差不多一个小时。又过了十年，等到我成了个反战活动家，我才意识到，这就是禅。"

苏尼没来。钱德拉曾经担心这一点。

多洛莉丝把他们都领入了暖房。她说，她的鹅烧好了。她咧开嘴，笑了笑。

钱德拉也过去了。他坐在一个红木长桌的一头，索尔坐在另一头。

环境很美，那些玻璃窗、外面的皑皑白雪、花盆和香炉。索尔在讲话，但钱德拉听不进去，满脑子想的都是苏尼的缺席、贾斯敏对毒品的嗜好，还有拉达，她似乎在桌边冥想。钱德拉认为冥想是一个不错的机会，可以弥补他四十年的睡眠不足，或让他继续未完成的论文工作。但是，他不由得认为，冥想最适合于那些不太受关注的人，例如社会学家，或地理学家。但现在，他的两个女儿是信徒，他恐怕将不得不重新考虑这个问题。

"因此，"索尔说，"我希望你们都胃口大开，过一个祥和、欢乐的假日。"

索尔看着钱德拉，好像希望他也讲几句，但他转向了坐在他左侧的贾斯敏，说："你还好吧，贾斯？"

"我很好呀，"贾斯敏说，"我的意思是，我又惹麻烦了。"她的身体向后仰着。她的剪影在她后面的科罗拉多的冬天的背景上画出了一条曲线。"生活就是这个样子，不是吗，爸爸？一件蠢事接着一件蠢事。也许中间会有间隔，但它们其实是在酝酿更大的风暴。"

钱德拉叹了一口气。现在外面太黑，他的儿女又太亮丽。他不想听到从她嘴里说出这样的话，但他知道她是对的，太对了。

"我为你感到自豪，"他说，抓住她的手，"你让我深感自豪，贾斯敏。"

"谢谢你，爸爸。"

"我想说的是，"他说，"我很抱歉，贾斯敏。我对你关心不够。我的婚姻。拉达。全都是这样。"他看着拉达，她和多洛莉丝聊得火热。

"可你在与她讲和，爸爸。她对我说，你们今天上午好好聊了聊。"

"是呀，"他说，"我们是聊了。"

"真好，爸爸。"

"不，"他说，抓紧了她的手，"不，我想说的不是那个。把那个忘掉吧。我想说的是，事情之所以会那样，是因为我是个不够格的父亲。我对你没有对他们好，但看看你最后变成了什么样子。你真是太好了。"

"可我什么也没做呀，爸爸，"贾斯敏说，"我是唯一一个一事无成的人。你们大家，你们都有所成就。你们全都在社会上做事。至于我，我简直……什么都不是。"

"你在说什么呀？"他说，"你信任这个地方。你如今和你的家人在一起。"

"他们要把我踢出去了。"

"不，他们不会，"钱德拉说，"到了一月份，你就会回来。如果在大学里有人逮住你吸毒，我们也会那么做。"

"我就是因为吸毒才在这儿的。"

"那只是大麻，"钱德拉说，"还不算糟。一切都还不算糟。"

"爸爸，昨晚苏尼问我，五年后我会在哪儿。"

"他问了每个人。"

"我不知道。我说我可能还会在这儿，他显得很害怕。"

"那也不坏呀。"钱德拉说，他也感到害怕，"无论怎样，要看你怎么选择。你还可以去上大学，你也可以当个和尚。看你怎么选择吧。"

"尼姑，爸爸。我会成为一名尼姑。"

"嗯。"他说。他想，这听上去是多么糟糕呀！"只要它能让你快乐。"

"爸爸，你的工作让你快乐吗？"

"我不知道，"他说，"我觉得它并不决定我真的快乐与否。"

"因为那也许和我们做什么无关，或和我们是否成功无关。也许它真的无关。"

"这是怎么了？"他说，摇摇头，然后哈哈大笑，"为什么你们都说这样的话？"

晚餐过后，多洛莉丝拿出了一块湿润的太妃糖布丁。钱德拉吃了一勺子，然后看了看他的腕表说："我要去找苏尼。"

"查尔斯，他想怎样就怎样吧，"珍妮说，"我们要吃甜点。"

"要不我们和你一起去？"史蒂夫说，"我们吃完甜点就去。"

"不了，"钱德拉一边说，一边站起来，"我这就去找苏尼。"

他能听见他们都在抗议：前妻、私通者、女儿和和尚。但是，他毫不在意，大步走进了门厅。他系紧鞋子，然后才意识到，他没车。让钱德拉感到欣慰的是，索尔出现了。还没等钱德拉开口，他就把他的车钥匙给了钱德拉。钱德拉张嘴要谢他，却看见那条狗正在靠近，尾巴上缠着一圈紫色的金属箔。钱德拉赶忙溜了。

外面黑黢黢的。钱德拉一路靠左行驶，直到拐进苏尼的车道才意识到他犯错了。

苏尼开门时，用他的下巴夹着手机。

"弗朗索瓦。"他一边说，一边示意钱德拉进去。

"给我说说，宝贝儿。怎么操作？那是屁话。他们知道。不，那不够好。不要给这个号打电话，就因为今天是圣诞节，好吗？好吧。回头打给我。回头见。"

"圣诞快乐，苏尼。"钱德拉说。

"你也是，爸爸。我的事太多，差点儿忘了。"

钱德拉能够嗅到厨房里在做菜。

"火鸡，"苏尼说，"今晚吃的。"

"好的。但现在怎么办？午餐吃什么？"

"午餐是为窝囊废准备的。"苏尼说。这是《华尔街》的一句台词。钱德拉再熟悉不过了（二十年前，苏尼几乎一张嘴就是《华尔街》的台词）。

"大家都在找你。"钱德拉说。

苏尼拍了拍他的手机："要谈一笔生意。"

"你可以带着你的手机。"

"我觉得那不是我该去的地方，爸爸。"

"苏尼，继续说呀，"钱德拉说，突然感到精疲力竭，"那当然是你该去的地方。拉达在这儿，还有贾斯敏，还有你的母亲。这是圣诞节。"

"可每个人都要来这儿，不是吗？"

"是啊，是啊，他们会来的，但如果你现在就去，我们就都可以放心享受我们的好时光。"

"我要看着那只火鸡，爸爸。"

"我闻到了它的味儿，已经做好了。"

钱德拉非常确定，备办菜肴的人是把它提前烤好送来的，苏尼只是把它热一下。他也许一直盼着他们早点来，希望引诱他们离开索尔的房子。钱德拉怀疑苏尼究竟是害怕在聚会上被抢了风头，还是他真的不感兴趣。

钱德拉想起来，在搬到剑桥后不久，他和珍妮举办了一场聚会。珍妮很紧张，对着镜子练"很高兴认识你""你想喝点什么"之类的台词。在聚会上，他一直密切注意着她，为的是确保她不形单影只，或被极其令人讨厌的人缠住。他甚至认为她一直都很开心，直到他决定和从加尔各答来的一个访问教授（一个矮胖子，相信自由贸易不啻为武装抢劫）争论一番。他们俩一直争论到凌晨一点。那时珍妮早已上楼。珍妮在楼上犯了轻度恐慌症，并且因为楼下的争论而加剧。但她毫无办法，只能忍受。钱德拉有时会把他的婚姻的最初裂痕追溯到那一晚。三十年了。

"爸爸，你干吗不坐下来？我给你倒一杯酒。"

"说的也是啊，"钱德拉说，"干吗不呢？"

苏尼不喝酒，但酒倒不少。那些酒瓶子立在黄檀木餐具柜上，像一排合唱队的女生那样亮丽。钱德拉坐在沙发上，背靠着垫子。他的儿子给他把白兰地和苏打水掺在一起。

"苏尼，"钱德拉说，"你怎么样？实话实说。"

"我挺好啊。"苏尼说。他张着大嘴，笑着，就像大青蛙布偶秀中的人物。

"但在你的邮件里，你说……"

"我在考虑离开香港，就这些。"

"哦。"钱德拉说，他想知道他是不是生意出了问题，"为什么？"

苏尼叹了口气："你是对的，爸爸。我感到孤独。我在那里待得太久了。我想去英国或美国，或某个有我认识的人的地方。"

"苏尼，"钱德拉说，"我知道我绝对不应该插手，但……"

"不，爸爸。我没和谁约会。我孤家寡人。"苏尼一直都看着他的身后，但现在和他有了眼神交流。"我不擅长和人相处，爸爸，"他说，"我觉得他们也不在乎我。"

"别这么说，苏尼。"

"每个人都有其强项和缺陷。人际关系并不是我的强项之一。"

"天啊，"钱德拉说，"我确信你比我强。"

"我对此表示怀疑。"

"扯淡，苏尼。你只是还没遇到情投意合的人。这完全和……有关。"

钱德拉想说"兼容性"，还圈起手指来解释他的观点，但就在此时，他意识到，苏尼在说自己的线。线不是你能反驳的东西。你必须借助爱，耐心地把它们解开。他喝了一口白兰地。

"那不重要，"苏尼说，"我们都有一个目标。胜利者实现了他们的目标。失败者没有。"

"我不想让你取胜，苏尼。我想让你快乐。"

苏尼笑了。他的脸看上去汗津津的，非常虚弱，仿佛一巴掌就能把他扇跑。

"你要是搬到伦敦，那我就太高兴了，"钱德拉说，"我希望我们不要都天各一方。"

"拉达也会回去，"苏尼说，"她说她在考虑这个问题。"

"苏尼，"钱德拉说，"我知道最近的事儿都和那两个有关，可你是我的儿子。你对我太重要了。请不要忘了这一点。"

苏尼笑了："那你怎么样啊，爸爸？你在和谁约会吗？"

"啊，上帝呀。"钱德拉说。他想加一句"当然没有"，然后才意识到，这是个合情合理的问题。"不，不，我没和谁约会。"

"必须回到马背上，爸爸。"

"马？"

"回到马鞍上。你懂的，游戏。"

"我不懂，"钱德拉说，"我觉得你说得对。对了，你听说贾斯敏的事了吗？"

"妈妈告诉我了。"

"我觉得那是我的错。"

"那怎么可能是你的错呢？"

"那发生在我和拉达争执以后。我觉得那对她产生了很大的压力。"

"压力是她应该学会承受的东西，"苏尼说，"无论怎么说，那只是大麻烟。"

"可多洛莉丝说他们要暂时让她离开这里。"

"她会回来的。没事。"

钱德拉闭上了眼睛："我只是觉得，把她送到博尔德是你所能想象到的最严厉的惩罚。事情都是在博尔德发生的，她的毒友在那里，还有她过去常去的地方和拉皮条的。"

"拉皮条的？"苏尼说。

"我说得不对吗？"

"我觉得你说得不对。"

钱德拉放下他的酒。"我该回去了。"他说，"他们很快就来这儿。我只是先要去寺院拿我的礼物。你确定你不想和我一起去？”

苏尼点了点头。

“好吧，”钱德拉说，“回头见吧。”

他们向门口走去，然后拥抱了一下。他们已好多年没有那样拥抱了。钱德拉想知道能不能永远都像这样。如果苏尼搬到伦敦，他们就能够拥有一种不同的关系，一种他们可以相互关爱、开诚布公、说话不需要拐弯抹角的关系。他断定这不重要。重要的是这一刻。

坐到车里，他用手挠了挠头发，做了几次深呼吸。路上的暗冰不易发现，潜藏危险，但他至少还记得靠右行驶。他几分钟就回到了那座房子，但当他看着他的映像时，他看到了一张好像开了几个小时车的人的脸。

他不在的时候，聚会的气氛活跃起来。新的客人和住在其他中心的人抵达了。音响在播放弗利特伍德-麦克合唱团唱的一首歌。钱德拉记得这首歌流行时，孩子们还小。多洛莉丝、拉达在和一群青少年跳舞，两个中年白人女性和索尔坐在沙发上。她们自称“帕尔瓦蒂”和“米纳克希”，来自印度教寺庙。让他感到气恼的是，当一个真正的印度人出现时，她们居然表现得无动于衷。

贾斯敏和另外两个和尚坐在一起，喝着热苹果汁，笑着。她看上去好了一些，像个无忧无虑的年轻女性。钱德拉给自己倒了一杯圣诞甜酒。多洛莉丝看着他，示意他随她去索尔的书房。

“你还好吧？”她问道。

“还不错，”钱德拉说，“你怎么样？”

"嗯，我挺好的。你知道吗？我和你的前妻好好聊了聊。"

"啊，上帝呀。"钱德拉说。

"我觉得她之所以做令人气恼的事情，是想掩盖她的自责。"

"我对此表示怀疑，"钱德拉说，"她责怪我。"

"说不定她也责怪自己。"

"嗨，"钱德拉说，"他们在哪儿？"

"哦，他们回到了寺院，就是想躺一会儿。他们都挺好的。"

钱德拉盯着地板，试图驱散珍妮和史蒂夫躺下的景象。他注意到，多洛莉丝的脚很好看，比例匀称，小脚趾上套着一个银环。他喜欢她今晚的发型，因为这能让他看见她的脖子。她的头发是银色的，裙子也是，让她宛如一个穿着紧身甲胄、曲线毕露的圣女贞德。

"苏尼不来了。"钱德拉说，他给她讲了他们的谈话，"我帮不了他。我希望我能帮他。"

"嗨，"多洛莉丝说，双手放在他的肩上，"你做得够好了。你促成了这一切。就算有一些小小的不顺，又如何呢？你抓住了时机。机不可失，时不再来。"

钱德拉身体前倾，吻了她的嘴唇。多洛莉丝回吻了他，让他又惊又喜。他们的接吻持续了大约十秒，然后她摆脱了，说："好吧，还不坏，C教授。"

"我很抱歉，"他说，"真心的，多洛莉丝。我不应该这么干。你是个结了婚的女人。"

"嗯，你应该知道这一点，你也知道这一点。现在去找你的家人吧，忘掉它，亲爱的。"

"好的，"钱德拉说，"好的，当然了。"

"去吧，你这个淘气的家伙。"

他们回到了客厅。钱德拉发现拉达已经停止跳舞，正在和索尔说话。让他感到意外的是，他一点儿也没有感到内疚。他站在他回心转意的女儿和被他戴上了绿帽子的男人中间。即使当索尔热情地冲他微笑，问他今晚过得如何，他也没有感到内疚。

钱德拉希望他嘴唇上的唇膏没有擦掉。

"我们应该尽快去苏尼那里。"他对拉达说。

"你说了算，苹果酱。"她说，有些醉了。

钱德拉想起了他的妻子，想起了他们过去举办的那些会持续到半夜的聚会，想起了香水、香烟、高级的葡萄酒好闻的气味。那些日子真好，他想。他然后想起了那个孟加拉波西米亚式的夜晚，一下子被拉回到现实。

"我要回寺院去，"钱德拉说，"我有礼物。"

"贾斯和我可以步行去苏尼那里，"拉达说，"也许路上还可以抽抽大麻。"

索尔哈哈大笑。他们都望向贾斯敏。她处在一个角落里，正半闭着眼，随着音乐摇摆。

索尔一边递过车钥匙，一边意味深长地看了钱德拉一眼。钱德拉以为，他什么都知道。钱德拉走过门厅，走到外面。他没有碰到多洛莉丝，不由得松了一口气。夜幕现在真的降临了。他开着车驶过山丘，向寺院驶去。他不断地把他左右的阴影想象为庞大的、躲藏起来的熊。他把车停在史蒂夫的林肯车旁，然后意识到他没有手电筒，也不知道怎样把他的手机变成一个手电筒。

钱德拉下了车，开始像迷宫中的忒休斯那样，在黑暗中摸索前行。他想知道究竟是史蒂夫是弥诺陶洛斯，还是珍妮是，但最后断定，或许他们俩都是，他本人也可能是。

在他抵达他的小屋时，他感觉仿佛已经离开几个星期。他摆动着身体走下梯子，拿起了他的礼物袋，然后步履蹒跚地往回走，穿过寺院，像个老态龙钟的圣诞老人，不过是逆行的。在经过禅堂时，他听见有人喊他。

"查尔斯。"

她站在主建筑附近的两棵冷杉树间。他只能看见一根点燃的香烟的火星。

"珍妮。"他一边说，一边朝她走去。他想不起他上次看见她抽烟是什么时候了。"我可以开车送你去苏尼那里吗？"

他现在能够非常清晰地看见她了，这个曾和他一起生活的女人。在这里的树林里，在她背后伸手不见五指的幽暗山谷的映衬下，她显得很渺小。她转过身，朝停车场走去。他能嗅到她的香水味。

"好的，查尔斯。"珍妮说，她的声音听起来像她过去的声音，那个搬到剑桥前的声音，"反正史蒂夫一会儿就过去。"

他们默默地朝停车场走去。他从口袋里掏出了钥匙。

"我想你。"他说。

"我们走吧。"珍妮说，"天气真冷。"

"好的，"钱德拉说，"好的，当然。"

他打开索尔的福特车的门，发动引擎。珍妮没有坐进车里。他看不见她的脸，只看见她的背部。他怀疑她是不是又点燃了一根烟。他下了车，发现珍妮正在俯视山谷。她显得脆弱、困惑。在车头灯的照射下，她的脸泛着黄光。

"我很抱歉。"她说，仍没有看他。

"没什么。"

"我的意思是，我为那一切致歉，查尔斯。那对你来说一定很难熬。"

"可我很高兴你来这儿。"他说。

"我说的不是这个。我说的是所有的东西。史蒂夫。所有的东西。我很抱歉，查尔斯。"

"我就是个大浑蛋，"钱德拉说，"我毁了我们的生活。我毁了你的生活。"

"不，你没有。我伤你太深了。你不应该遭受这个。是个人都知道这一点。我将抱憾终生。你也许不相信我，可我说的是实话。"

他浑身发抖。珍妮也是。他真的能听见她的牙齿在打架。

"你和史蒂夫在一起快乐吗？"

"有时候快乐。经常快乐。我不了解他，就像我不了解你，真是这样。可他用更多的时间陪我。他的生活不是太外向。"

"我一直在努力，"他说，"我一直在尝试有所改变。"

"我注意到了。"

珍妮把手伸进她的夹克，掏出一包塞伦烟，然后又改了主意。

"你知道吗？你不必为我而改变，查尔斯。"

"我知道，我觉得我是为了我自己。"

"好啊，"珍妮说，"对你有好处。"

"假如你不离开，我就不会改变。"

"这么说，也许我反倒帮了你的忙。"

珍妮上了车。钱德拉也上了车，并发动了引擎。他们没说话，直到他们拐上主路。

"这么说，你将和史蒂夫待在一起？"

"是的，我觉得是。"

"你永远也不回到我身边来了？"

"你希望我回来？"

他放缓了车速。十二月的大月亮填满了挡风玻璃。那个问题让人觉得很空洞。他意识到，他是出于习惯，才那么问的。

"考虑一下，"珍妮说，"你也许会感到意外。"

"我会的。"他是这么说的，也是这么想的。他以前从没问过自己这个问题。

等他们到了苏尼的地方，拉达和贾斯敏已经在那里了。苏尼头戴一顶圣诞老人的帽子，站在门口。

钱德拉放下他的礼物袋。"我们到齐了。"他说。他这句话多少有些多余。

"我很高兴，"苏尼说，"圣诞快乐。"

"圣诞快乐。"珍妮说。

在客厅里，拉达和贾斯敏躺在沙发上，手挽着手。电视里放着《外星人》。火炉里冒着纯黄色的火焰，这意味着苏尼买了一些特殊设计的木头。珍妮坐在沙发上，挨着她的两个女儿，吃着肉饼，啜饮着苏尼买的白兰地。

钱德拉坐在对面。苏尼给他拿了一杯香槟（他的香槟好像还真不少），一块上面放着熏鲑鱼的烤面包。钱德拉注意到，圣诞树修剪得整整齐齐，上面挂着金属箔、小挂件和灯泡。圣诞树下面摆着礼物。苏尼把钱德拉的礼物放在礼物堆上，轻声哼着纳特·金·科尔的《圣诞歌》。

"我们原本应该在今天早上打开礼物。"珍妮说。她挨着贾斯敏坐着。

"我们原本是应该，"苏尼一边说，一边给拉达的杯子续酒，"如果某人没有开小差的话。"

"苏尼，"拉达说，"你甚至连你自己的生日聚会都没参加。"

"人太多了！"苏尼说。他十九岁时曾在伦敦政治经济学院订了一个房间，但当他看见屋子里满是醉醺醺的陌生人在跳舞，就一溜烟跑了。

"我今年甚至都没考虑举办个聚会。"钱德拉说。

"啊，查尔斯。"珍妮说。

"啊，珍妮，没什么呀，"钱德拉说，"那是我的生日。"

"说得太对了。"拉达说。

"为什么呀，爸爸？"贾斯敏说，"那可是你的七十大寿。"

"我就是觉得不喜欢，"钱德拉说，"说到生日，就是想干什么就干什么。我不想让身边围绕其他任何人。我想让你们大家围绕在我身边。"

"你现在如愿了。"拉达说。

"喂，我们应该为此感谢贾斯，"珍妮说，"是贾斯促成了这件事。"

"听着，听着，"苏尼说，举起他的酒杯，"敬我的小妹妹和她古怪的新生活。敬贾斯敏。"

"敬贾斯敏。"除了拉达，每个人都这么说。拉达只是搂住了她妹妹的肩膀。

"我很高兴每个人都在这儿，"珍妮说，"这一年挺稀奇的，不过结局还不坏。"

"啊？"贾斯敏说，"你们也知道，我他娘的差不多一团糟。你们在说什么呀？"

拉达哈哈大笑。钱德拉有一阵子没听见贾斯敏这样爆粗口了。他想知道，是不是由于被要求暂时离开寺院，她的年少轻浮劲儿又回来了。他不在意，只要她远离毒品就行。

"我想知道你是从哪儿弄到大麻烟的，"珍妮说，"你住在一个修道院里。"

"妈妈，这条路上有个草药店。"拉达说。

"我带来的，"贾斯敏说，"抱歉，可我真的那么做了。那差不多像保险单。"

"这条路上就有保险单。"拉达说。

"我们现在能不能不谈这个？"贾斯敏说。

"不谈了，妈妈。"还没等珍妮开口，拉达就说，"贾斯说得对。我们不需要再谈它了。"

"我们只是担心，"珍妮说，"父母担心，你应该知道。"

"耶稣呀！"贾斯敏说，她现在真的和过去没什么两样了，"我不会再吸了。我烦透了，好吗？"

"好吧。"珍妮说。不过，看样子，她好像意犹未尽。

"我要宣布一件事，"苏尼说，"我要搬回伦敦了。"

钱德拉兴奋地举起了双手。苏尼不久前说的是"美国或英国"。这不大可能会改变了。

钱德拉看着拉达，想让她也说同样的话。她的视线和他的视线交织在一起。

"喂。"钱德拉说，他站起来，以便能扫视整个房间，他还走出了拉达的视线，"我太高兴了，这么多喜事。但是，最让我感到高兴的是，我在这儿，和你们大家在一起，尤其是珍妮。我知道你们都挺不容易的，眼睁睁地看着我们分开。好吧，也许当时不知道。但是，我现在知道了，我想说我很抱歉，由衷的。我也非常、非常高兴，因为不管怎么说，我们又能在一起了。我很高兴史蒂夫也在这儿，也会来这儿，与我们共度这个假期。"

"只要没人揍他。"珍妮说。

"是呀。"钱德拉说。他注意到，没有其他人知道珍妮说的是什么。他稍微有些失望。

"这是我在这世上的第七十一个年头，"他接着说，"发生了那么多事，发生了那么多的变化。"

"你成了个像我那样的嬉皮士。"拉达说。

"不过他有工作。"苏尼说。

拉达冲苏尼竖起了中指。

"我现在意识到，"钱德拉接着说，"我错就错在以为我在生活中没别的东西要学。我认为，如果没有新东西要学，那就可能真的没必要活了。一个小时前，珍妮问我，我为什么一直在做所有这些新事情，我说那是为了我，但或许那也是为了你们大家。我甚至都不确定我这么说究竟是想表达什么意思，但我认为，那是实话。"

钱德拉能够听见一辆车停在车道上。史蒂夫来了。

"我以为我期盼我的生活能在七十岁时有所改观，但我想说的是，事情进展得非常顺利。和你们大家在这里。那么……圣诞快乐。祝你们大家圣诞快乐。"

钱德拉高高举起他空着的香槟杯，依次看着珍妮和他的每个孩子。他们的脸被静音的电视屏幕照亮了。他试图把这一刻印在他的脑海里，以便永志不忘。这样的时刻以前曾有过很多……在芝加哥，在剑桥。他们曾作为一家人那么久，其中绝大部分时间……一些时间……很多时间是愉快的。即使这是他们最后一次在一起，他也将记住这一刻。他会永远记住这一刻。

17

第二天早上，他们都要相继离开。钱德拉没料到会是这样。

昨天晚上进展顺利。苏尼请他们吃了一顿饕餮盛宴，其中包括火鸡、香槟和火焰冰激凌。饭后，他们坐在厨房里，钱德拉和珍妮讲了一些关于他们的孩子的故事，一些只有他们知道的事情。有那么一会儿，他和他的前妻在桌子下握着手。没人能看见这一点，其中包括史蒂夫。钱德拉爱她，但不是以过去的那种爱的方式。当她松开他的手时，他没有感到遗憾。

后来，他们在火炉前玩打哑谜猜词。史蒂夫两分钟演完了整部《泰坦尼克号》，让钱德拉不由得拍了拍他的后背，不过几乎没用上劲儿。有那么一会儿，钱德拉觉得他和给他戴绿帽子的家伙情同手足，觉得对方像个同父异母弟弟，或继弟。这让他上了楼，要给普拉卡什打电话。不过，铃才响了两声，他就挂断了电话。在一个帝国主义的节日给一位第三世界民族主义者打电话，绝不是什么好主意。

午夜过后，他们转移到了地下室。那里有个乒乓球台。由于年纪太老，无法再玩板球，乒乓球现在成了钱德拉最喜欢的运动。让他感到意外的是，史蒂夫居然打得不错。他发现自己必须脱得只剩短裤，才能更为灵活。如果要想在扣球时真的发上力，击球高度就要和肩膀齐平。多年来，他一直这么对别人说。

到了凌晨两点，每个人都说这一晚玩尽兴了。他感到失望，因为他兴致勃勃，想玩到黎明。但是，贾斯敏抱住他，说："你需要去休息了，爸爸。"那相当于说："你醉了。"

这个早上，他感觉很好，神清气爽，像一只啄木鸟。然而，每个人都要离开了。他没有料到史蒂夫、珍妮会这么快返回博尔德。当然了，由于被要求暂时离开这里，贾斯敏将和他们一起离开。现在，这显得没那么糟糕了，至少并非所有人都觉得糟糕。

于是，他站在那里，拥抱着他最小的女儿。当她坐到史蒂夫的林肯车后座时，他努力克制着，才没有哭出来。她的黑头发只有寸把长。

"再见，珍妮。再见，史蒂夫，"他说，"保重。"

"万事如意，钱德拉塞卡。"史蒂夫说。

"保重，查尔斯。"

等到多洛莉丝走过来抱住他时，林肯车已经从视野中消失。他想对她说他是多么难过，但在他的脑海里，昨晚发生的意外事件依然清晰。

"喂，教授，"多洛莉丝说，"真好呀。"

"谢谢你做的一切，多洛莉丝，"他说，"假如没有你，这一切就不可能发生。"

"不用客气，"多洛莉丝说，"保重，钱德拉教授。你是个很特别的家伙，你知道吗？"

多洛莉丝用双臂抱住他，抱得很紧，仿佛是不自觉的。当他们分开时，他甚至不敢正眼看她。在咕哝了几句前言不搭后语的话后，他就道别离开，去了他的小屋。他试图把一种想法从他的脑子里清除出去：和珍妮之外的某个人一起生活也许并非如他设想的那样绝无可能。

吃过午餐不久，苏尼也离开了。他预订了在夏威夷度假，去旅游路线外的一个偏远的岛屿。它自夸是生态旅游，可以和海豚一起游泳。钱德拉希望他不是一个人去，但他知道最好别问。

"我会想你的，"他说，"我一直都想你，苏尼。"

"谢谢你，爸爸。"

"我知道我不应该担心。我知道你会一帆风顺。"

苏尼摘掉了他的太阳镜。

"谁能真的一帆风顺啊，爸爸？"

钱德拉不知道回答什么才好。他还在努力思索一个回答时，苏尼就走到一边接电话，开始说粤语。

钱德拉仰望天空，发现它几乎一片湛蓝，并看见几只大雁从头顶飞过。苏尼打完电话，把他的最后一个袋子放进了他租的车里。

"我很抱歉，我太唠叨了，"钱德拉说，"到了我这个年龄，就是这个样子。我只想让你快乐，苏尼，但那并不意味着你非得有所成就。做你自己就好。那就够了。"

"那就伦敦见吧。"苏尼说。

"我等不及了。"

"再见，爸爸。"

"再见。"钱德拉说。

钱德拉站在停车场，直到苏尼的车变成了地平线上的一个小黑点。他意识到拉达没有来这里送别他们，但即使在小时候，她就讨厌告别。有时候，当他动身去参加会议时，她会待在她的房间里，拒绝出来。

他在禅堂外面找到了她。她绕着禅堂走着，低着头，看着她的脚。

"嗨，爸爸，"她说，"就你一个人吗？"

"只剩下我们还没走。"

"那我们就留下吧。"拉达说。

"你要回纽约吗？"

"过几天再走。我要留在这儿，再冥想一阵子。"

拉达上身穿连帽运动衫，下身穿慢跑运动裤，头发绑在脑后。

"我要去纽约，"钱德拉说，"过新年。"

"是呀，"拉达说，"你以前说过。"

他昨晚宣布了这一点，纯属信口开河。他曾对她说，他筹划了几个星期。

"我们可以一起去，"钱德拉说，"我有辆车。"

拉达来到了禅堂台阶，坐在最低的一级上，用手捧住脸。钱德拉坐在她旁边。他们仰望着群山。

"你犯傻了吧？"拉达说。

"也许还稍微有点儿醉意。"

"你想吵一路的架吗？自由市场，记得吗？你支持它。我，没那么支持。"

"我们不可能一直吵架。"

"你确定？"

"就算我们一直吵架，那也比分开好。"他说，微微一笑。

"爸爸，你去纽约的事儿，就是瞎说的，是吧？"

"是的。"他说，垂下了头。

"听着，"拉达说，"我们可以试试。让我们看看，我们能不能赶到纽约，而没有在路上把对方撕成碎片。"

"开车去那里需要多长时间？"

"至少得几天吧。"拉达朝他的方向挪了挪，她的胳膊碰上了他的胳膊，"为什么我们不改乘飞机？"

"我不喜欢坐飞机。"

拉达抬起头，看着他。她的眼睛就像茶盏，和他的眼睛很像。

"那就开车去，爸爸？"她说。

"是呀，"钱德拉说，"是呀，我喜欢那样。"

致谢词

　　这部小说始于海默拉基金会。如果没有它提供的奇妙的会员资格，这一切就不可能发生。我由衷地感谢那里的每一个人，尤其是帮助我筹划了两次美国朝圣之旅的安德鲁·梅尔茨和丹·哈珀，以及我的两位导师查尔斯·约翰逊和安努舒卡·费尔南多普尔。我还要感谢我的所有同伴，感谢一路走来，他们提供的床铺、搭车、拥抱、欢笑、晚餐、建议，以及最为重要的精神友谊，其中包括毛里西奥和玛丽亚、托马斯、杰米、范妮-李、杰伊、卡门、斯瓦米吉、拉梅什、尤瓦尔、迪亚哥、斯塔、鲁迪和丹尼斯、琳达、普拉万、斯坦、瑞安和卡门、阿斯米亚、阿伦、恩古吉、凯文、西蒙和皮雅、汤姆和博德。关于你们的亲切、幽默、爱和慷慨，我可以写上好几页。

　　我还要向我（在我的旅行之前、之中、之后）受教过的冥想老师致以感谢和敬意：S.N.葛印卡，他在很多年前赋予我一种新生活；释一行，他是我的美国朝圣之旅的指导者；鹿苑寺的所有僧尼，以及我在那里遇见的所有令人深受触动的其他老师；珠儿姐姐、拉里·沃德、安吉尔·科多·威廉姆斯禅师、厄斯林·曼努埃尔禅师；我在写作这部小说时参加的内观修课的所有助理教师；金刚手菩萨协会、克里斯通山禅宗中心、纽约禅宗中心的所有僧尼（尤其是雷诺、克里斯蒂安、卓玛措禅师）；马克·马陶谢克，我在伊莎兰时令人赞叹的老师；最后，是在我写作这部小说期间去世的灵性同伴和老师——伦纳德·科恩和普林斯·罗杰斯·内尔森，愿你们在极乐中安息。

非常感谢我最早的读者：斯蒂芬，我写作初稿时的邻室同伴；普拉桑特，我非常喜爱的朋友和红粉知己，如今我们已相亲相知二十五年；我出色的代理人玛格丽特，谢谢她的耐心、洞见和锲而不舍；佛蒙特艺术中心全体人员，谢谢在我的小说第一次被诵读后，他们给予的热情反馈（尤其是萨姆·利普希特和拉里萨·斯维尔斯基）；史蒂夫·波特，他读了不止一稿，忠实，令我受益良多，如今已和我相识近十载；我的朋友和现在的邻居卡丽，谢谢她的一贯支持和友情。感谢柏林工厂女孩咖啡馆的全体人员。它虽非家园，却令我有宾至如归之感。我在这里写了这本书的很多部分，并且我现在正坐在这里。感谢《密苏里文学评论》的作者伊芙琳·萨默斯，她赋予了钱德拉教授第一个家。感谢鸽舍的雅各布和安娜，以及因格和马丁，谢谢他们的支持和内行的建议。

甚为感激美国的查托暨温德斯和兰登书屋的全体成员：莫妮克、惠特尼、简、弗兰，以及我杰出的编辑克莱奥、苏珊、贝基。

你们三个，加上玛格丽特，过去就是我的梦幻团队，现在仍是。感谢剑桥冈维尔与凯斯学院的门卫，以及器官学者卢克，他无意中听到了我们的谈话，解释了在剑桥，一个人最有可能在哪里被自行车撞到。谢谢我挚爱的老朋友，谢谢你们让我在最疲惫最烦躁时保持了理智：马克、马克斯、玛丽、索菲亚、穆特鲁，以及我长期的守护天使尼克。最后，我要把我所有的爱、拥抱、感谢、吻都献给迪芙娅，只有她一路与我同甘共苦，是我幸福的守护者。

图书在版编目（CIP）数据

钱德拉教授想做一个幸福的人 /（英）拉杰夫·巴卢
著；刘国伟译 . —— 南京：江苏凤凰文艺出版社，
2020.3
书名原文：Professor Chandra Follows His Bliss
ISBN 978-7-5594-4468-4

Ⅰ.①钱… Ⅱ.①拉… ②刘… Ⅲ.①长篇小说 – 英
国 – 现代 Ⅳ.① I561.45

中国版本图书馆 CIP 数据核字 (2020) 第 004851 号

中文版权 © 2020 读客文化股份有限公司
经授权，读客文化股份有限公司拥有本书的中文（简体）版权
图字：10-2019-694 号

钱德拉教授想做一个幸福的人

[英] 拉杰夫·巴卢 著　　刘国伟 译

责任编辑	丁小卉
特约编辑	叶 子　　王 品
装帧设计	苏 哲　　Heidi Smith　　陈艳丽
责任印制	刘 巍
出版发行	江苏凤凰文艺出版社
	南京市中央路 165 号，邮编：210009
网　址	http://www.jswenyi.com
印　刷	北京中科印刷有限公司
开　本	890×1270 毫米 1/32
印　张	11.5
字　数	239 千字
版　次	2020 年 3 月第 1 版　2020 年 3 月第 1 次印刷
标准书号	ISBN 978 - 7 - 5594 - 4468 - 4
定　价	49.90 元